シリーズ
日本語の醍醐味⑤

没落時代

尾崎士郎

烏有書林

目次

没落時代

滝について

滝は没落の象徴である。その没落がいかに荘厳であるかということについて説こう。

私は一日天城の峻嶺《しゅんれい》を越え、帰途、山麓の雑木林の中の細径《ほそみち》に、しめやかな落葉のにおいを踏んで浄簾《じょうれん》の滝の前に立った。

冷々とした水煙を頰に感じながら、私は夕暮るる大気の中を白々といろどる滝を眺めた。私の心は幾度びとなく滝とともに没落した。すると、ある自暴自棄な感慨が私を圧《おさ》えつけた。私は眼の前の滝の色が、微妙な、しかも急激な速さで刻々に変ってゆくのを見た。その変化が私の心に新しい浪漫主義を喚《よ》び起した。山腹をめぐる渓流はその静寂な環境の中で、ゆるやかな運命に対して一つの刺戟《しげき》を求めはじめた。流れの先端は新しい方向を求めて、彼等が常に避けていた障碍物《しょうがいぶつ》に突進していった。渓流の冒険が始った。彼等は無限にひろがる広闊な眺望に憧れはじめたのである。しかし、彼等が新しく活躍しようとしている岩のうしろはやがて深い絶壁である。渓流は岩を乗り越えた。彼等が凱歌をあげて、すべるように勾配の急な岩の間に殺到してきたとき一瞬間、渓流は彼等の運命に対して懐疑的になった。彼等自身の力でない、ある不可思議なものによって導かれているという感じを避けることが出来なくなったからである。傾斜がたちまち垂直になった。私は今ようやく落下しようとする瞬間に、非常な力で自分をうしろへ戻そうとする渓流の意志をありありと見る。しかし、到頭落下しはじめた。不安と疑懼《ぎく》と後悔との感情が、没落の出発において彼等を支配する。だが、すぐ新しい反動が現われた。彼等は彼等が没落を意識した瞬間において、ほとんど予期しなかった悲壮な情緒によって、没落の運命に突入してゆくための勇気をとり戻した。さあゆけるとこまでゆこう。滝がその下半分においていかに英雄的に没落するかを見よ。彼等は最早《もはや》回顧的な感情の片影をすらも止めていない。――

獄中より

L事件と言えば、開闢《かいびゃく》以来、日本の歴史に印せられた、最も恐ろしい事件の一つとして記憶せられている。その事件については数年前Hという法学士が、T雑誌に「××」という小説を書いて、その小説の内容が多少事件の実体を説明するのに近かったという理由から、いままで嘗《かつ》て官憲から注意を受けたことの無いT雑誌が発売禁止に処せられたほど、政府がその発表を嫌い且《か》つ恐れていたものである。――従って社会的には此《この》事件は今猶《なお》混沌とした誤解の中にとりまかれている。

私は、この事件に連坐して捕えられ、同時に死刑台につれてゆかれた一人の友人を持っている。彼の名前はAと言った。Aが何故《なぜ》その事件に関与していたか？　Aがいかなる思想の所有者であったか？　そして、Aはいかなる理由の下に死刑台に上らねばならなかったか？　それ等について語ることは私にとって全く不可能である。ただAが世の中の所謂《いわゆる》、革命を希《こいねが》う

Revolutionist の一人でなかったことだけは事実であった。彼は一種の運命的な享楽《きょうらく》主義者であった。

そして、彼は最後まで、――おそらくはその死にいたるまで――その運命主義で一貫した。こういう愛すべき青年がL事件の犠牲となって死んだということは考えるだけでもいたましいことだ。私は今、その頃、Aが私に送った次の数通の手紙によってでも幾分にてもAのきもちを世間に伝えたいと思う。――付け加えて置く。Aが死んだのは二十四歳であった。彼には係累というものは一人もなく、ただ彼だけの胸に秘められた一人の恋人があったばかりだった。それは、L事件以後十年間に亘《わた》る日本××の運動の中心人物として動いた――そして同時に彼の思想上の先輩であったT博士の令嬢Y子であった。Y子はいまF県下の、ある有力な新聞に主筆として赴任している某の妻になっている。Aは少しばかりどもりであった。そして、せき込むような物の言い方が一層彼の性格を情熱的にしたようであった。彼は眼の鋭い豊かな頬をした小男であった。いま私の手許には彼が生前私にくれた小型の古い写真だけがある。

×月×日発信

君が以前くれた手紙を僕は何度よみ返したかわからぬ。君は蔵書をすっかり焼いてしまったといって悄気《しょげ》返っているが、僕の現在では君のそういう心持に同情するような気持にはとてもなれぬ。ありていに言えば、そういう呑気な遊びに耽っていることのできる君の境遇が羨ましい、というよりも軽蔑したくなる。僕はこの二カ月ほどの目まぐるしい身辺の変化を思うと全く夢のようだ。——しかし、君の手紙はうれしかった。僕はいま此処《ここ》から出られるとも考えないが、また、出られないとも考えない。僕は全く、飛び離れた大宇宙という概念の中に入りたい。それがどの位、僕の現在の気持ちを柔げてくれるであろうか。

×月×日発信

大分寒い日が続く。僕はどうしても地球の滅びることを信ずる。今日、マクドナルドを読んでいたら、フリエーの章に「世界の存在は八万年で終る」と書いてあった。何だか知らないが僕は非常に嬉しかった。八万年経てば、歴史も、伝統も、芸術も、恋愛も、何も彼《か》もがみんな滅び去るのだ。僕はKさんが此前獄中で病死したとき書遺した遺書の中の文句をおもい出す。——「死というものは高山の雲のようなもので遠方から眺めていると大した怪物の形にも見ゆるけれど、近づいてみれば、何でもない。唯物論者にとっては左右に振っていた柱時計の振子が停止したより以上の意義はない」こんな言葉をおもい出すことすら僕にはうれしかった。先《せん》便《びん》一寸《ちょっと》、Y子さんのことを書いたが、矢張り僕はY子さんに恋しているのだ。——僕は何故もっと勇敢でなかったろうか。何という哀れな男だろう。革命家——おお何という馬鹿馬鹿しい名辞であろう。Kさんにしろ、Iさんにしろ、それからL先生にしろ、みな革命が一つの享楽なのだ、遊びなのだ。彼等は、女郎買いをしたり、淫売買いをしたりするのと同じ気持で革命遊蕩をやっているのだ。そして、死ぬまで彼等は、その遊戯の中にあることを決して悔いないのだ。今日は空の色が莫迦《ばか》に晴れやかだ。去年の冬、君と二人で酔っぱらって街を暴れ回ったことをおもいだして覚えず吹き出してしまった。人間という奴はどんな苦しい境遇に置かれても、笑いということを忘れることは出来ないものだ。段々、年の暮れが近づいてきた。吉原なぞは、さぞ酉の市が賑かだろう。僕はもう全く運命を信ずるのほかはない。

×月×日発信

多少は予期していたものの、この手紙を書く日が、こんなに急激に、而《しか》もこんなに不意にやって来ようとは思わなかった。君はもう疾《とっ》くに新聞で承知しているだろう。何も彼もいよいよおしまいだ、この手紙を書くまでの僕が、いかに悩み通して来たかということは君にも大抵想像がつくだろう。僕は中学の頃君と二人で語り合った、シェレーの詩をおもいだす。晴れた秋の日の午後、僕等はよく、あの植物園のそばの雑草の上に寝転んで、愉快な話をしたものだ。——「見よ、これ等の塁々たる墓の中に多くのミルトンとシェクスピアとが眠る」と。僕等は何度繰返して歌い合ったろう。僕は、僕が天才で無いということを如何《いか》にしても信ずることが出来ない。そして、僕はいま牢獄の中で殺されようとしているのだ。何という淋しいことであろう。僕は今、××の犠牲という名辞の下に僕の死の匿《かく》されるのが厭だ。Virgin Soil のネヅダーノフは、まだ僕よりも幸福であった。彼にはまだ自分で自分を処理する自由が与えられていたから。どうぞ、君たちよ、――かりそめにも僕を志士だとか犠牲者だとか呼んでくれるな。けれども、こういう言葉の下から、僕は未だ奇蹟を信じている。あのバスチーユの牢獄が破壊されたように。

恐怖と、焦躁と、かぎりない情欲が夜毎に僕を苦しめる。僕といっしょに死んでゆく三十人の人々は、それぞれ、彼等の死後に対し犠牲者としての、ある憧れを持っているように見える。それだけに彼等は幸福だ。寒い。寒い。しかし、今夜は、その寒さも忘れるほどにぼんやりしている。T博士なぞは相変らず、深切《しんせつ》に青年を煽動《せんどう》して居られるであろう。考えてみれば、あの人にとっては、それが必然なのだ。今後十年、あるいは、幾十年、L事件というものが始めて世の中の批判にのぼる日が来るであろう。Y子さんの周囲には彼女をとりまく男の群が無数に現れるであろう。

そして、同じような青年が、同じような社会的正義感と、英雄的な出来心とに刺戟されて、同じような努力を続けてゆくであろう。そして、吾々とともに、Nさんが死ぬことによって、――運動の巨頭の一人が失われることによって、T博士の位置は益々、安全となるであろう。

何という悲痛な矛盾だ。同じことを何度繰返しても同じことだ。最早、紙がないから止める。昔の友人に会ったら、よろしくと伝えてくれ。君にも、長い間、厄介をかけたな。

予は野良犬の如くかの女を盗めり

僕の恋愛事件が或《ある》新聞に出た。それが別に意外だったというのではない。社会記事の報導が僕にとって不利であるから、その弁解をしてやろうなぞとはちっとも思っていない。ただ、社会的に態度を明らかにすることにおいて僕が甚だ臆病であった、という批難だけに対しては一応説明する義務があるようである。——

恐らく誰れだって同じ事だろうが、人の女房を「とる」なぞということはあまりいいことではない。恋愛の道徳論なぞは如何様《いかよう》にも組み立てが出来るものであるが、結局、恋愛の本質から入っていったら、当事者が思想を持っていようと、いまいと、人間であろうと犬であろうと同じ事である。ただ犬には社会生活もなければ、それに附随する道徳意識もない。彼等はその醜情を天下に曝《さ》らすことができるのである。人間は一つの行為に対して常に道徳的批判を——有意的たると無意的たるとを問わず——前提すべく余儀なくされる。いかなるエゴイストも、自ら着、自ら喰いながら、デオゲネスのように樽を転ろがして生きることができないかぎり、誰れにしたところで無人の境を行くような生活は出来ないにきまっている。

もし僕の周囲に同じような事件があったとする。——よし、事件がどんな内容のものであったにせよ僕は積極的に不快な感じは持たないまでもあまりいい気持ちはしないにちがいない。それだけに、僕は自分だけを、そういう場合の除外例にして考えたくない。特別な理窟をつけたくないのだ。人間の心理は代数の方程式のように整然たる理路を辿って展開してゆくものではない。そうじて、われわれは広い人生の大道を細い制度の縄を踏んで歩まねばならないのだ。これを踏み外ずさないで歩み通すことは一つの技術である。手品使いに近い道徳の技術に訓練の無い者にとっては人生は冒険である。踏み外ずすことによってわれわれは新らしい道徳を発見することもある。しかし、新らしい道徳を発見するために踏み外ずすのではない。外さないやつが正しいか、外したやつが正しいかということになったら、おそらく誰れにも見当はつくまい。理論はどっちにだってついてくるからだ。

が、しかし、われわれは、なるたけ人生の危険を避けたい。すくなくとも避けることによって他人に及ぶべき迷惑から逃がれた方がいい。——これだけの用意を持っていて、それで我々がひょっと足を踏み外ずしたら少くとも当人にとっては仕方のないことである。

すくなくとも私は自分の行為を「止むを得ないこと」とは考えても、正しいこととは考えていない。私は小心な律義者である。そして、私の古い道徳観は、「情事関係」をあまり美くしいものだと思わせない。神聖なものだと思わせない。そして美しからざるもの神聖ならざるものに私は心を奪われる。

「国民新聞」記者は私を藤村千代の若い燕に擬した。これだけは願い下げをして貰いたい。燕のように女の「懐ろ《ふところ》」に飛び込んだのではなかった。私は野良犬の如く人の台所から魚を涘《さ》らっていったのだ。若《も》しくは鳶の如く油揚をかすめていったのだ。その魚と油揚とがなければ生きられなかったからだ。――道徳、法律、それ等はすべて私の欲求の背後にあった。

それで……私の行為を正しからずして、私の態度の卑怯であると言う者よ。私は太陽に向って生殖器をさらけ出す勇気がないのだ。

賭博場へ

もう、最初のその日から私はその室《へや》へ引越してきたことを悔いていた。――その室というのがちょうど階下の一番隅っこで、幅の広い階段の裏手になっていた。露路《ろじ》の方に向って大きな窓が一つだけあるけれども、それも少しでも明け放しておいたら、ちょうど使い古るしたままで廃物にされた煙突の筒口に鼻をあてがったときのような、むかつくような生暖い臭気が、黄色ぽい風といっしょに流れこんでくるのであった。それだけではなかった。ちょっと外出して帰ってくると、もう一、二分位の間というものは室の中の見定めがつかなかった。太陽は、ずらりと一列に並らんだ五階建の建築の、精々三階の窓の上に、それも朝のうちだけ勿体そうに僅《わず》かな光線を投げ落すだけで、ずうっと屋根の上を素通りにしてしまった。勿論、此《こ》の最下層の室なぞは見向きもしなかったのだ。

此のあたり一体《ママ》の露路は松柏里《しょうはくり》と呼ばれていた。そこには支那の無頼漢がところどころに巣喰っていた。――呉淞路《ウースンろ》の日本人街から、あまり遠く離れてはいなかったが此のあたりには空っきし日本人の影も見えなかった。

呉淞路の四ッ角の青物市場の前を突切って左に曲がると、その細いごみごみとした通りが此の暗い露路の外壁になっていた。細い通路をまん中にして両側には、よく日本の田舎なぞで見かける蹄鉄屋のような、中がすっかり土間になっていて、その薄暗い土間の奥の方で鼠のような人間がこつこつ動いているといったような時代離れのした、へんな家が並らんでいた。その中からは、絶えずブリキの破片だとか、古錆びた鉄屑のようなものを敷台の上で敲《たた》いたり、選り分けたりする音が、この狭苦るしい街に一層、気倦《けだ》るい鬱陶しさをたれ流すように響いてくるのであった。

この袋のようになった町のつきあたりに、もう大分時代のついた石の柱が大きな邸宅の門柱のような恰好に立てられていた。――この門からさきの洞穴のような露路が松柏里であった。そして、私が此《この》露路の中にある家の一間を借りて住むようになったことについてはそれほど深い原因があるわけではなかった。

私はその前まで文監師路《ぶんかんしろ》のT旅館にいた。其処《そこ》で私は多分私の電報といっしょにK社の社長が送ってくれるであろう金の届くのを待って日本へ帰るつもりでいた。考えてみると私が支那へ来てからもう知らぬ間に三ツ月が過ぎようとしていた。その間私はほとんど毎晩のように老《ラオ》酒《チュウ》に涵《ひた》ったり教坊の女を買ったり、旅をしたりして暮らしてしまった。しかし、五月も末になると、もうじりじりと夏の押寄せてくるのがわかった。急に私は日本が恋いしくなりだした。毎日せかせかしい思いを忍びながら金のくるのを頻《しき》りに待たれた。到頭私は待ちきれなくなって、また新らしい工面を始めた。

上海へ着いた一ヶ月目位に、おべっかのつもりかもしれなかったが金を送ってもいいといってきたある本屋のことを不意におもいだしたりして心にも無い鄭重《ていちょう》な手紙を書いてみる気にもなった。——こうして、あとの一ヶ月は金の届くのを待ちながら暮らしてしまった。上海はもうすっかりあきあきするほど厭になってしまった。町を歩いても老酒を呑んでも少しも面白くなくなってきた。洋袴《ズボン》を穿《は》いている広東ピー（淫売婦）からだんだん同類意識が消えていった。しかし金は到頭来なかった。

四日目ごとに呉淞沖をのぼってくる日本郵船の便船を私はどんな思いで待っていたか知れなかった。——

こうなると急に一日一日と宿賃の重なってゆくのが気になってたまらなくなった。ちょうどそのとき支那へ来てから知り合いになったKという若い洋画家——彼はゆきあたりばったりに放浪して歩いていた——が四五日のうちに北京へゆくことになったので彼がいままで住んでいた室があくことになった。それが此室《この》であった。私はKからこの話をきくとすぐに彼が北京へ出かけたその翌日から此処《ここ》へ引越してきたのであった。勿論私は此室へ来たことを前から上海で知り合いになっていた誰れにも話さなかった。彼等に対しては私は何処《どこ》までも支那漫遊にやってきた日本の若い芸術家の端しくれにせよその一人でなければならなかったから——。

私は全くどうしていいのかわからなくなっていた。離れ小島に流されたような佗《わ》びしいおどした日ばかりがつづいた。しかし、ときとしては悲壮な昂奮《こうふん》が波のように湧いてくることもあった。何だかこれを転機として私の生活の上に急に明るい光が注ぎかけられるような予感が不意に生々《いきいき》とした力を胸の中に運び入れてくれたかと思うと、忽《たちま》ち、ぐらぐらっと断崖の一角が崩れ落ちるように、よりどころのない遣瀬《やるせ》なさが泌々《しみじみ》と湧いてくるのであった。日本にいる親しい友人の顔の一つ一つが、だんだん頭の中で、うすくぼやけていってしまうような感じがして居ても立ってもいられないような気になったりした。ことによるとT旅館の番頭が私にあててきた電報為替をこっそりとってしまったのではないかというような気もされてすぐにも詰問に出かけようかという気持を慌てて抑えることもあったりした。

しかし私の懐ろの中には若《も》し私が今からすぐ日本へ帰るつもりならば、かつかつではあるがそれに足るだけの金は残っていた。

金が無いとしたところで私は二三着余計の洋服も持っていたし、身分不相応の金時計も持っていた。——ただ、私にとっては、こういう気持の中に入ってしまってから、おめおめと日本へ帰ってゆく自分のみすぼらしい心を振返えることが厭であった。

朝のうちは大抵机に向っていたが、しかし何一つ書ける筈もなかった。——こういうとき私は無精《むしょう》に話し相手がほしかった。そうかといって、自分から進んで、私のために歓迎会を開いてくれたりしたことによって一二度会ったことがあるだけの新聞社の特派員や会社員なぞの家へのこのこ出かけてゆく気にもなれなかった。

暑さは一日ごとに加わってきた。炎暑と病毒でこね返えされたような上海の真夏のことを思うと全く私はぞっとした。


ある朝であった。私は窓の下で異様な泣き声をきいた。それが人間であることは疑うべくもなかった。——

私は慌てて窓をあけた。そこには一人の乞食が土台石のそばに仰向けになって寝そべっていた。彼は私の顔を見ると、前よりも一層大きい声で泣きはじめた。私は黙ってその顔を見下ろしていた。その眼には、ほんとうに涙が滲んでいるのが見えた。彼は泣きながら、私に何事かを饒舌《しゃべ》っているのであったが力の無い弛んだ声は、近頃やっと少しずつ上海語がわかったくらいの私にはまるで意味をつかむこともできなかった。頬骨が露《あら》わに出た褐色の頬にはところどころに白い髯が房々と垂れていた。——

彼は仰向いたまま動こうとしなかった。急に私はぞっとする様な寒さを覚えた。よく見ると彼は両手も両足もないのであった。彼が泣くごとに両肩が右と左へ激げしく動いて、そのたびに、刃のこぼれた鋸《のこぎり》で切りとった丸太の切口のような凸凹になった肉の切あとが地面に触れる部分だけ足のかがとのように硬く、平面に伸びているのが見えた。

私は慌てて洋袴のポケットの中から銅幣《ドンペイ》を探がした。そして、ろくに勘定もしないで一摑みを彼のちょうど腹の上にあたるところにそっと投げ下ろした。そしてそのまま窓をぴったりとしめた。急に乞食は、それとほとんど同時に彼のありったけの声かと思われるほどの大きな声で叫びはじめた。私は妙に恐ろしくなってきた。そのまま、じっとして机にしがみついていた。乞食の叫び声は間もなく止んだ。十分ほど経ってから、私はまたおそるおそる窓をあけた。そこにはもう誰れもいなかった。いままで乞食がいたらしい形跡も見えなかった。

そのとき私はやっと乞食が叫びかけた理由がわかったような気がした。――彼は手が無かったのだ。彼はその銅幣を彼の頭のそばにあった入れ物、――そう言えばそこに袋のようになった箱があったような気がした――の中に投げ入れてもらいたかったのだ。そう思うと私は急にすまないことをしたような気持ちになった。私は彼が私の投げてやった銅幣を一枚一枚口でくわえては箱の中へ入れてゆく恰好を思い浮かべた。

しかし、此小さい出来事はその日から私を少し幸福にした。私の焦燥《しょうそう》と倦怠《けんたい》とを紛《ま》ぎらすために神様がそっと私のところへ彼を遣《つか》わしてくれたのだという気持になってみたりした。

次の朝——そのとき、私は未だ眠っていたが、また同じ乞食の泣声を私は窓の下にきいたのであった。その声をきくと私は、ちょうど寝床の中で目醒時計《めざまし》が鳴るのを待っていた人のように勢いよく跳ね起きだ。そして、シャツ一枚のままで窓のところへ飛んでいった。

乞食は昨日と同じように仰向いていた。そして、彼はちゃんと腹の上に、銅幣を受けとるための小さい箱をのせていた。彼は私をみとめると何事かを哀願するように叫んだ。が、しかし、その眼はもう昨日のように泣いてはいなかった。

私に対する極度の親しみを表わそうと努めているらしい此の老人の気持ちを私はすぐに悟ることができた。頬のあたりに大きな皺をよせたり、口をもぐもぐさせたりして彼はちょうど飼犬が主人の前に現われたときのように姿態をつくっているのにちがいなかった。

私は今度はベッドのところへ飛んでいって上着のポケットの中へ入れた小さい蟇口《がまぐち》をとりだした。そして小洋《ショウヤン》を二つ拾いだすと、そのまま窓のところへ持っていって、もう二三枚の銅幣がはいっている腹の上の箱の中へ落してやった。——チン、リン——と、小洋が銅幣にあたるときに、かたい、すきとおるような音がした。そのとき、私は乞食の額が急に引釣ったように動かなくなったのを感じた。ほんのちょっとの間であった。その驚ろいたように硬くなった表情は忽ち、極度のよろこびに変っていった。堪《こら》えきれないほどの感情を私は、彼の急に生々と燃えるように輝き始めた老人の瞳の中に見た。

こうして同じような毎日が暮れた。――あるとき私は、北四川路《きたしせんろ》の郊外の方へ散歩に出かけて道ばたで樽のようにごろりごろりと調子よく身体を転ろがしながら歩いてゆく此の哀れな乞食を見た。そこは電車の終点でもあったし、人通りも相当に多かったので彼には勿論私の歩いていることとの解ろう筈はなかった。

しかし、私は彼を見出すと、思わず、どきっとして足をとめた、人混みの中で自分の知り人の後姿をちらりと見た時のような慌《あわただ》しい感じに率《ひ》き入れられながら、私はごろりごろりと退屈そうに転ろがってゆく彼を眺めていたのであった。

『おお懐かしき老人よ』――私はそう叫びたかった。哀れな乞食であるよりもさきに彼は私にとっては懐かしい老人であるにちがいなかったのだ。

それから十日目、私が一縷《いちる》の望をかけ切っていたところの日本郵船のH丸が、揚子江の朝霧を破ぶってのぼってきた。その日の午後私は黄包車《ワンポーツ》を走らせてT旅館へいった。

『××さん――手紙がどっさり来ていますぜ』

若い番頭のHが私の顔を見ると、こう言いながら一束にした封書やハガキを渡してくれた。

『書留は?』と私は危なく言うところであったがやっと踏みこたえた。そのまま早々にT旅館を出てきたが、私はもう手に握った封書を一々破ぶって見る元気もなかった。

もう私は、心の底の方に微《かす》かに残されている力さえ何処かへ発散してしまったような、つかみどころの無い気持ちになって日盛りの電車路を一人でぼくりぼくり歩きながら薄暗い露路の中へ帰ってきた。——

その夜、私は身体を動かすごとに、ぎしぎし音のするカンプベッドの上に横になりながら完全に日本から突離されている自分を意識した。こうやって此処に寝そべっている間ですらも間断なく時は過ぎて、私という存在が此地上から生きたままで垢塵《こうじん》の中に埋められてゆきつつあるのだ。——という感じが何の誇張もなしに私の胸に迫ってくるのであった。

眠ったかと思うと眼が醒めた。醒めたと思うとまたとろとろとした。次の日私が床から起き出《い》でたのはもう十時を過ぎてからであった。その朝私は乞食の声をきかなかった。あるいは私がぐっすりと眠っている間に彼はやってきたのかも知れなかった。——いや、しかし、そんなことはもうどうでもよかった。

私は何事よりも前にこれからさきの私の身体の処置について考えなければならなかった。私はざっと冬の洋服や身の廻りのものを売払って残る代金を勘定してみた。概算するといくら少く見積っても二十弗《ドル》はあった。

二十弗！よし！此金を握って賭場へ行こうか。それとも北京へ走ろうか。——私は傲然と肩を聳《そ》びやかして自分に向って叫びかけてみた。

『賭場へゆけ！賭場へ！』

私は自分に答えていた。すると俄《にわ》かに一ヶ月ほど前にN新聞社のRに連れられて見にいった仏租界の奥にある恐ろしい賭博場の光景がありありと頭の中に描かれてきた。大きな室に強烈な煙草の煙りと線香の煙とが濛々と淀むように流れていた。真ん中の四角いテーブルには大きな骰子《さいころ》を置いて、そのぐるりには幾十という眼玉が、極度の不安に燃え狂いながら輝いていた。

『二十弗！』――脂ぶとりにふとった脊《せ》の高い男たちの間から絶望に顫《ふる》える声でこう叫びかけながらよれよれになった四明銀行の紙幣を張った日本人があった。途端、ぐるりに集った凄い眼が、皺くちゃの紙幣の上に言い合わしたように冷嘲《れいちょう》を投げかけた。――

私は急に頭がぐらぐらっとしてきた。そしてそのままカンプベッドの上へばったりと横に仆《た》おれた。ちょうど一週間ばかり前に北四川路の電車路で見た日射病患者のように。

影に問う

南里玄作《なんりげんさく》はその夜非常に憂鬱だった。それに月明《つきあかり》が寝室の窓を掩《おお》っていたので彼は少しも眠れなかった。そこで彼はこっそり起きあがって外へ出た。

彼は雑木林《ぞうきばやし》の中の道を歩いていた。その道はうねうねとして丘から丘に続く一筋の帯であった。一つの丘から他の丘にうつるまで道は幾つかの傾斜面をつなぎ合せて大きな弧を描いていた。月光のために道が白く浮き出しているので彼は歩くごとに一歩一歩幻想の中へ進んでゆくような気持になった。それに雑木林の途切れるところからだんだん勾配の急な阪道になっているので右側の深い窪地の底にある西洋館の青いカーテンに沁《し》みている電灯の明りが月の光の中にくっきりとうかびあがっていた。それが彼の心に非常に神秘的な印象を与えた。言わばその窓が何か彼の生存と密接な関係を持っていて、それが彼の運命に一つの方向を暗示するような感じであった。夜がおそいので青いカーテンの色が一層夜の閑寂をそそり立てているようであった。もう二時間も早かったらこの窓はあけ放たれて彼はそこに一人の男の姿を見出したであろう。それは五十近いでっぷりとふとった赭《あか》ら顔の西洋人である。その家は彼が毎日風呂に通うための通り路の一端にある。脊の低い石の門柱の上には白い陶器の標札がかかっている。その標札には「秘露《ペルー》公使館、エル・バート・ブレッサニ」、と二行にわけてうるしで書いた細い字がならんでいる。秘露という国が何処にあるのか彼は知らない。そしてこの国と日本との外交関係がどういう状態に置かれているのか彼は考えたこともないのだ。それればかりか、彼は毎日日ぐれがたこの家の前を通るごとに、二階の窓枠に両肘を突いて無心に彼の下駄の音に耳を澄しているこの西洋人――たぶん彼がブレッサニ氏であろう――と顔を見合わす癖がついてしまっているのに、それは彼の心に少しの動揺も起さないのだ。しかし今彼はこの阪道に立って深くたれこめた窓のカーテンを見詰めていると、あの窓に凭《もた》れて下を見おろしているブレッサニ氏の顔をおもい出さないでは居られない。その顔はたちまちのうちに彼の幻想の中にひろがってくるのだ。それは何という憂鬱な表情であろう。この家には二人の青年と一人の若い娘と、それからおそらく彼等の母親であるにちがいないところの脊の高い痩せた四十近い女がいるのであるが家の中は非常に閑《しず》かで、彼等は彼等の笑い声すらもつつしんで生きているように見える。それにしてもブレッサニ氏の顔の神経はかすかな動きにすらもすっかり退屈してしまっているように見えるではないか。彼の生活は孤独の中に萎縮してしまっているのだ。彼は毎朝室《へや》の中をぐるぐる歩き廻って暮しているにちがいない。あの脊の高い妻君は非常に強いヒステリーで彼の空想にすらも干渉しようとしているのだ。それでなくてどうしてあの哀れな老人が同じような表情をして窓枠に凭れているものか！　それほど彼はブレッサニ氏がこのひろびろとした平原の道を歩いているのを見たことがない。それにこの奥深い郊外の一隅に一つの気品を保ってそびえている秘露公使館の前に彼は一台の俥がとまっているのを見たこともなければ、何か外交上の用務を帯びたらしい西洋人が瀟洒《しょうしゃ》とした足どりで赤く錆びた鉄の門を出てゆくのを見たこともない。彼の幻想の中にうごめいているブレッサニ氏の姿は、無数の人間の封じこめられた運命を象徴しているように思われるのだ。――

彼の足の下の草は夜露に濡れている。歩くごとに湿っぽい七月の夜風が彼の裾に纏《まと》いつく。彼は彼の非常に好きなある西洋の作家がその散歩道の一つを呼んで地球の道と言ったことをおもいだす。それは道の最も高いところに立っていると傾斜面のはずれから近づいてくる人間の足音が先《ま》ず聞え、それから帽子が見え、顔が見え、やがて全身が見える。そういう変化が一瞬間のうちに現われるので一種不可思議な感銘をあたえられるというのであった。――そういう言葉がこの丘に一つの印象をあたえる。彼の眼の前に城壁の一角のように斬り立った断崖の向うに一本の細長い煙突が蒼空に向って伸びあがっている。それが毎日彼のかよってゆく風呂屋だ。その風呂屋に彼は十人以上の浴客がはいっているのを見たことがない。夜が更けてときどき彼は一人きりで肥溜のように濁った生ぬるい湯の中につかっていることがあるが、そんなとき彼の軽い咳ばらいまでが高い天井にひびくのであった。ある夜、彼が一人きりでひろびろとした流し場にしゃがんで顔を洗っていると、ふと板一重《ひとえ》に区切られた女湯の方からかすかに水を流す音が聞えてきた。その音は幽玄なひびきをもって彼の耳にせまってきたのだ。彼は慌てて立ちあがった。それはほとんど一つの衝動であった。彼の心の底深くかくされた神秘な要求が発作的に彼を不安にしたのだ。そのとき彼の右側に板の区切りによって折半されている流し湯の溜《たまり》があった。鏡のように澄んだ湯の面《おもて》に彼の視線が吸いこまれたとき、彼はそこに異常な生命の輪廓のうかんでいるのを見た。それはおどろきであるよりも以上に不安であった。ふくよかな曲線は鏡の上に若々しい弾力を感じさせた。しかし、それは一瞬間にしか過ぎなかった。小さい湯桶を持った白い手が「流し湯」の中に伸びて湯の動揺のために生命の表情は消えてしまった。そして荒々しく硝子《ガラス》戸のあく音がして、土方らしい頑丈な身体《からだ》をした一人の男がはいってきたのである。そういう情景の記憶は今、彼の前に黒々とうきだした風呂屋の建築にすらもかすかな親しみを感じさせるほど怪奇な空想を唆《そそ》り立てるのである。それにしても今夜は何という おかしな晩だろう。夜の更けた郊外の道を歩いているのは彼一人きりなのだ。世の中のすべての人が眠っている。この夜の空気の中で人間の「現実」は遠く姿をかくしてしまっているのだ。

彼は丘の頂上に立っている。此処に立っていると両方の傾斜面が前とうしろになだらかにひらけているので、ちょうど彼の真上にある月の光のために彼の影が二つに截断《せつだん》せられる。彼にはその二つの影が全く脈絡のないもののように思われる。自分の存在を支配する力が二つにわかれて、はなればなれになってしまったという気がするのだ。

此処から小さな丘のうねりを越えて古い椎の並木の間に彼の住んでいる家の屋根が見える。窓のあたりに白い翳《かげ》がくっきりと樹《こ》の間《ま》がくれにうかんでいるのは月の光が窓ガラスにうつっているせいであろうか。それとも彼のいないのに気のついた妻が慌てて電灯をつけたためであろうか。玄作の頭には蒲団の上に悄然として坐っている妻のうしろ姿が見えるような気がする。それは彼の心にさまざまな記憶を運んでくる。彼はあの森にかこまれた小さい家の中に自分を不幸にするため暮してきたのだ。何故なら、彼は何よりも自分を幸福にしなければならなかったから。そして今は、――今はどうだ。彼の「現実」は死滅してしまっているではないか。いや、現実だけではない。妻は彼の空想を知っている。空想の方向を知っている。しかし急に彼はある一つのおそれのためにうしろをふりむいた。そこに彼は彼の妻でない一人の女が蒼ざめた顔をして立っているような気がしたからだ。

しかし、此処から見える風景はすべて過去のものだという気がする。あの黒々とぼかし出された森も、なだらかな畑のうねりを切りひらいて縦横に続いている新しい道路も、あの椎の並木のうしろに狭い通りをつくって一軒一軒とぞんざいな文化住宅のふえてゆく高台もすべてが彼の過去の運命につながりをもっているという気がするのである。それほど生活はゆるやかに流れていった。三年前、彼は長い放浪の一段落を終えて、全く不用意に一つの生活をつくりはじめた。四十坪ほどの茄子畑の一部分の土台がたかめられて彼の新らしい家が出来た。その家の中に彼の空想の歴史があった。そして彼と彼の妻とはお互いに彼等の現実を奪い合って生きてきた。（それが一体どうしたというのだ）この哀れな戦いの中に彼等は新らしい生活の動機を失ってしまった。だが（それが一体どうしたというのだ）――人生は未だ長い。そうだ。そのとおりだ。しかし、ある人生は長くある人生は短い。そして、彼の視野の中にうき出しているあの白い窓を見詰めていると彼の人生がすべて過去の空想の中に埋められてしまったという気がするのだ。それだのに彼のうしろには幻想の丘が長々と続いているではないか。それは彼の心を未知の世界に導く。南瓜《かぼちゃ》畑が幾つかのうねをつくって左右にひらけているだらだら坂を彼は急ぎ足に下りていった。次第にうしろから迫ってくる過去の足音を彼は耳の底にはっきりと聴いたのだ。坂を下りきったところで彼は煙草を一本吸った。そして煙が蒼白い大気の中にとけてゆくのをじっと見詰めていた。すると急に可笑しくなってげらげら笑いはじめた。

ブレッサニ氏の家の前を彼は音のしないように通りぬけた。もし彼の足音に眼を醒した老人があの窓をあけたとしたら彼の心が何か急に異常な不安に脅かされるような気がしたからだ。そこで彼はすべりそうな正面の赭土の坂を足音を忍ばせてのぼっていった。すると、彼は眼の前の断崖に棒きれで落《らく》がきした二つの人間の形を見た。一つは男で一つは女だ。簡単に引かれた無雑作な線がかえって裸体の人間の輪廓を鮮《あざや》かにうき立たせているのである。彼は今までこういうところにこんないたずらがきがしてあるのを知らなかった。それに、こういう三方から見える場所でこんな丹念な仕事をする人間は何か精神に異常な徴候をもった男にちがいない。そしてこの断崖がブレッサニ氏の二階の窓と向い合っていることも彼には不思議な気がする。何故なら、あの二階の窓からひろがっているブレッサニ氏の視野の中でおそらく何よりも先きにこの裸体の男女の姿が眼にとまるにちがいないのだから。そういう想像が彼の心にわびしさをかきたてるのだ。しかし、彼がこの断崖の下を右に曲って新しく砂利を敷きつめた道を歩いてきたとき彼は遠くの方から薪を割るような音を聞いた。閑寂な大気の中ですべての音が彼の耳に向って集ってくる。その音の方へ近づいていった。

風呂屋の前の石炭小屋のかげにシャツを着た一人の男が前屈みになって息をはずませながらしきりに鉞《まさかり》をふりあげている。それは労働であるというよりも、むしろ一つの衝動が彼を唆《け》しかけているような感じである。彼が近づいてゆく足音には無頓着でその男は新しい材木に向って飛びかかっているのだ。ちらっとその横顔を見た瞬間、彼はその風呂屋の親爺《おやじ》であることを知った。この小柄な鼠のような顔をした男が番台に坐ったまま寂しそうに首をあげて人気《ひとけ》の少ない湯殿の方を眺めている姿を彼はおぼえている。この風呂屋の入口にはこういう商売の家に似合ない大きな頑丈な標札がかかっているので彼はこの親爺の名前まではっきりおぼえてしまっているのだ。それにしても彼は、こんな真夜中にどうしてこんな労働をしているのであろう。この男はまるで人生に向って挑みかかっているようだ。彼が木材に飛びかかってゆくごとに破片が四方に散乱する。一体君はどうしたのだ、笠原獅子太郎君！　彼はあぶなく叫びかけるところだった。しかし、その男の眼は怒りに燃えていた。若し何事かを彼が口走《か》ったら笠原獅子太郎はきっと彼に向ってとびかかってくるにちがいない。おれは何も彼も知っているぞ、貴様はヒステリーの女房に悩まされて夜道を歩いているにちがいない。そんな男がおれに同情する資格があるか。貴様はおれの風呂に何人の浴客があるか知っているか。この石炭小屋に石炭のかけらが一つでも残っていたらそのときこそ俺を笑うがいい。——南里玄作は急にこの道を通ってゆくことが不安になった。この精悍《せいかん》な男が何時彼のうしろから忍びよってくるか知れないからだ。

彼は自分が葦《あし》のしげっている細い沼の前に立っていることに気がついた。どうしてこんなところに来たのであろう。そう言えばこんな沼のあることを彼は知らなかった。一瞬間彼は頭の組織が非常な速度で変りつつあることを感じた。月の光が水面に砕けている。そして、沼の中の葦の葉が、かさかさとうごいて蛙が一斉になきはじめた。その声が彼の耳を通りぬけて身体中にひろがってくる。そのとき彼は向う側の土手の傾斜面に黒い人かげがうごいたのをかんじた。そこに彼はたしかに一人の人間の姿を見出したのである。それはもはや彼にとって少しの不思議でもなかった。彼の頭の中を何とも知れず荘厳な感じが走り過ぎた。彼は不意に何かしゃべり出したくなった。すると黒い人かげが手をあげて軽いゼスチュアを示した。——彼はそのまま昏倒しそうになった。そのとき、——彼は諸君！　と耳のそばではっきり叫びかける声をきいたのだ。同時に彼は同じ声が彼の心の底からふきあげてくるのをかんじた。彼はどっかりと尻餅をつくように冷い草の葉の上にしゃがんでしまった。蛙のなき声の中からほそぼそと澄みとおった声が、堅い金属をたたくような冷めたいひびきをもって伝《つたわ》ってきた。

「——私は空想を失った男であります。私の空想は私の現実とともに死滅してしまったのであります。私は自分の生活が自分の運命にとっていかに正しいかということを疑うことが出来ません。何というおそろしいことでしょう。私の心は何事かが起るだろうという不安すら感じないのです。私の心はそういう不安の中に幽閉されてしまっているからです。私に若し幸福があるとすればとりも直さず私の不幸です。私に若し希望があるとすればそれは絶望以外の何ものでもありません。何故なら、私は私の幸福に堪《た》え得る力を、そして私の希望に向ってひろがってゆく空想を失ってしまっているからであります。私の眼には痩せ衰ろえて蒲団の上に悄然として坐っている哀れな妻の姿が見えます。彼女は私からうばい取った空想の重みのために圧死しかかっているのです。——

その声は急にとぎれた。しかし、その声は彼の魂の底に泌みついてきた。彼は不意に立ちあがった。一つの衝動が非常な速さでのぼってくるのをかんじたのである。

「君は——君は一体だれだ！」

しかし、その声には響《ひびき》がなかった。彼はうしろからくる月の光のために向う岸の傾斜面に長長と尾をひいている彼の黒い影を見ただけである。——

三等郵便局

一

兄よ。あなたがこの世に生きていないことが、どんなにわたしの心を悲しくすることか。その悲しみのためにこの一つの計画に対するわたしの情熱までがいかに減殺《げんさい》されることか。何故ならわたしが試みようとしているこの一篇の小説はあなたについて、いや、あなたの犯した罪について、あなたがいかに正しく善良な人間であったかということを語ることにのみ唯一の動機を感ずるからである。これは勇敢なる兄に対して捧げられた頌徳《しょうとく》の辞であるよりも以上に、おろかなる弟が自らの心に加えた荊棘《いばら》の鞭であるからである。

わたしの一家が没落してから十年になる。過去の濃霧がわたしの生活の中から不快な記憶を奪い去った。わたしの夢の中をさぐるように古さびた生活のきれぎれを拾いあつめる。おもいでは古いおもいでにつながり、古いおもいではより古いおもいでをよび起してわたしの心を深い過去の谷底に導いてゆくのだ。わたしは其処に父の生活を見た。兄の生活を見た。叔父の生活を見た。そして、父と兄とがそれぞれの生活によって示した運命は抵抗し難い力をもってわたしの生活の上に現われてきた。

一つの情景がわたしの頭をかすめる、村の小学校に通っていた頃であった。朝であったか午後であったか、はっきりわからないが、ざらざらの頬髯に包まれた叔父の横顔に窓から洩れる陽ざしが落ちて、骨張った蒼白さがうきあがって見えたことだけ覚えている。そのとき叔父は事務室の椅子を踏み台にして立ち、じっと首を傾けながら柱時計の振子の音に耳を澄していたのだ。

「これはいかん。——良さん、おい、しっかりしないといけないぜ。お前の悪口を言ってるぞ」

叔父は頓狂な声をあげて、今着いたばかりの行嚢《こうのう》をいじっていたわたしの兄を呼びかけた。

叔父の眼は何かおそろしい凶兆を感じた人のようであった。

「哲！　何を言うか。貴様はもう家へ帰れ！」

急に眼鏡をかけた父の顔が現われて叔父の首筋をつかんで椅子の上からひきずりおろした。

叔父は彼の兄であるわたしの父の局長をしている郵便局に事務員として傭《やと》われていたのであ

ったが半歳ほど前から気が少しずつ変になりかかっていた。元来が無口な性質であったが、一日むっつりとして黙っている日が多くなり、それから数字に対する観念が朦朧としてきた。わたしの父が算盤《そろばん》で叔父の眉間をなぐりつけたのを見たことがある。彼はそのとき葉書を二十枚買いに来た男に間違えて五十枚渡してしまったのであった。

「哲！　五銭と五銭で幾らだ。言って見ろ！」

怒気を含んだ父の言葉を浴びて、叔父は唇を顫《ふる》わせたままへどもどしていた。父はすっかりおそれている叔父の前で罵《のの》り続けた。叔父の病症は益々悪くなってきたが、それでも彼にとって全く用事のなくなってしまった郵便局へ毎日出勤することだけは欠かさなかった。彼が時計と話をするようになったのはそれから間もなくである。その八角時計は事務室と父の居間（それが局長室になっていたのであるが）との境目になっている鴨居の上の柱に打ちつけてあったので叔父は時計と話をするために椅子を踏み台にしなければならなかったのだ。

父は叔父の首筋をつかんで玄関まで引きずっていった。叔父は子供のように声を立てて泣いた。――

この記憶だけがあまりに鮮かにわたしの頭に残っているのは、おそらくその翌日から叔父がばったりとこの事務室に姿を見せなくなってしまったからであろう。叔父はそれから半歳経たないうちに死んでしまったのであるが、死ぬ数日前、彼は看病している叔母の眼をぬすんで病床から抜けだし、こっそりと父の家へやってきた。それは夜であったが叔父が何処から入ってきたのかだれも知らなかった。父の居間に久しぶりで叔父の声が聞えたのでわたしが入っていってみると、痩せほうけてすっかり容貌の変ってしまった叔父が鼠のように体軀をかがめながら、口を尖らして早口に何か饒舌《しゃべ》っていた。

「何だ――これがほしいのか？」

父が何時《いっ》になく柔和な顔をしているのがうれしかった。父は煙草入についていた赤い珊瑚珠をとって、それを叔父の膝元へころがしてやった。叔父はそれをうけとって何べんも父にお辞儀をした。赤い色がどうして叔父をひきつけたのかわたしは知らない。その頃、彼の枕も蒲団もすべてが赤いきれによって掩《おお》われていたのだ。――

数日の後叔父は死んだ。その前後の記憶はわたしの頭の中に無い。叔父の生死がその頃のわたしの生活にとって全く没交渉であったからでもあろう。しかし、父について、あるいは兄について考えるとき、わたしはこの叔父を想い出さないでは居られない。彼はわたしの子供の頃に死んでしまっているので、わたしの家の没落については何の関係も持っていないのにもかかわらず、彼に絡《からま》る記憶が一族の将来に対して何事かを暗示していたような気がしてならないのである。

叔父は俳人であって号を松声と言っていた。彼の作句を集めた和綴《わとじ》の本が二冊、わたしの家の二階の書物棚の上に古雑誌とともに積み重ねてあったが、それ等も何時《いつ》の間にか多くの反古《ほご》とともに紙屑屋にでも売られてしまったのであろう。中学を卒業する頃、わたしが思い立って探したときには最早何処にも見当らなかった。

叔父の死後、彼の家には毎夜のように一人の若後家をとりまいて町の男たちが集った。その噂が伝わると父は叔母がわたしの家に出入することを禁じてしまった。叔母はわたしの家に来なくなった。しかし、彼女の消息については誰れからともなく伝わってきた。彼女がある男と岡崎の町に逃げ落ちてそこの小さい宿屋で女中奉公をしていること、やがて、その男ともわかれて淫売婦のような生活をしていること、しかし、間もなく新しい男が出来て名古屋のある場末の街に小さい菓子店を開いていること——その噂の一つ一つが流れ寄ってくるごとに父は何か不潔なものにでも触れるような顔をした。だが、数年の後、叔母は再びわたしの町へ戻ってきていた。ある秋の夜、わたしはその時中学の二年生であったが、町の祭りの日がちょうど日曜にあたっていたのでその前の夜から帰省していたのだ——わたしは一人で雑沓《ざっとう》の中を歩いていた。踊り狂う人々の群れが幾つとなくわたしの前を通り過ぎた。そのとき、わたしの歩いてゆく街の右側に古い寺の門があった。門の前の空地には、そこだけ群集の波を避けた薄闇の中で環をつくって騒いでいる一団があった。頬かむりをした一人の女が、ぐるりに集った酔っぱらいどもの卑猥な歌に合せて踊っているのだ。女がわざとらしい嬌態を見せるごとに賤《いや》しい笑い声が起った。

それが叔母であった。――おお、そのときほどにわたしは人間の痛ましい運命を見たことはない。彼女のそれではなくして彼女の悪しき情慾のために滅ぼされた叔父の運命を――。哀れな叔父よ。叔父の半生が示した凶兆はわたしの心の底に何かしら恐しい不安を植えつけた。

二

その頃、わたしは中学に通うために岡崎の町に下宿していたので、ときどき帰省するときのほかは郷里の家との交渉はほとんどなくなっていた。それだけに休暇が来て帰るごとに家の中のあらゆるものの上に現われた変化が著しく眼についた。

事務室の横にある父の居間から、曲りくねった長い廊下が母屋の廻《まわ》り縁《えん》に続いていた。その長い廊下にかこまれて、形の美しい飛石がまん中の石灯籠を境に庭木の間を縫って十文字に道をひらいている中庭があり、中庭の背《うし》ろの納屋に続いた潜《くぐ》り戸《ど》をあけると雑木林が左右に枝をからみ合せていたので、其処に立つとちょうど洞穴の入口を前にしたような、落葉に埋れた小径が五六町先きにある水田との境を劃《くぎ》る竹藪の前まで続いていたが、ある年の夏わたしが帰省したときには、雑木林はすっかり伐り払われ、竹藪のあった跡には地ならしが終って、納屋の前に立つと今まで遮《さえぎ》られていた眺望が豁然《かつぜん》とひらけていた。縹渺《ひょうびょう》と続いた水田を隔てて町をめぐる山脈の連峰までが歴々と見えた。これはわたしの家に現われた最も大きい変化であった。この変化と比ぶれば、事務室の構造が変って急に独立した郵便局らしい体裁を備え出してきたことや、父の老衰が目立って来たことなぞは少しもわたしを悲しませなかった。しかし、同じ年の冬はもっと大きい変化が起った。屋敷の門の両側に列をつくって聳《そび》えていた松の並木が取り去られ、その代りに新しい黒板塀が家をかこんでしまった。それだけではない、その塀の端しと納屋とを結びつける一直線の竹垣が雑木林の跡を斜めに横切って続いていた。それはこの竹垣の外が最早わたしの家に所属するものでないことを示しているのだ。冬枯れの寒い日であった。落葉がかさかさと足元に鳴るのを聞きながら、次第々々に狭められてゆくわが家の屋敷の中をわたしは年とともに枯れてゆく朽木の幹を撫でるような気持で歩き廻った。

衰えたというだけで父も母も生きていたし、名古屋の通信官吏養成所を卒業して帰って来た兄は、三等郵便局としてはあまりに広すぎる事務室に彼好みの官僚的な色彩を加えて数人の若い事務員を頤使《いし》していたし、下女や作男たちは昔のように微笑みをもってわたしを迎えてくれていたにもかかわらず、家の中の空気は何かしら空虚に歪んで見えた。言わば家としての存在が次第に稀薄になってゆくような感じであった。

父はその頃完全にモルヒネ中毒に犯されていた。三十前後に胃痙攣を起して応急手当のために注射してもらったのがもとで、この二十年来注射器を手離すことが出来なくなっていた。それが死ぬ二三年前からは、ほとんど一時間おきにうつ薬の量は急激な速さで殖《ふ》えてきた。

モルヒネの効力がうすれかかってくるにつれて彼の意識は朦朧としてきた。一時間以上を必要とする仕事は最早彼の能力の堪うるところではなかった。わたしは父が彼の管理していた官金であるところの数百枚の十円札の束を中途まで数えながら、勘定を忘れてしまい忌々しそうに顔をしかめながら数回同じことを繰返して勘定を仕直しているのを見たことを覚えている。

その頃、わたしにとっての一つの疑いは家の財政が何によって樹《た》てられているかということであった。父は何時も身辺に小さい支那鞄を置いていたが、その中には郵便局に属する官金が入れてあった。それから、彼は細長い皮財布を持っていて、その中の金を家の小さい費用の支弁に当てていた。しかし、その財布はわたしの知るかぎりでは、十円以上の金によって充《み》たされたことがなかった。あるとき、——それは未だわたしが中学に入ったばかりの頃であるが——父が出入りの骨董屋に金を払っているのを見たことがある。たしか二三十円の金額であった。父は最初用箪笥《ようだんす》の抽出《ひきだし》をあけて何時もの財布をとりだした。やがて、それを逆さまにして中からこぼれ落ちた数枚の五十銭銀貨を掌の上にうけとってから、また財布の中へ流すように落した。それから、くるりと背ろを振向いたと思うと彼の左手は官金の入れてある支那鞄の蓋をあけていた、一瞬間であったがわたしの胸の底をもやもやとしたうそ寒い感じが通りぬけた。父はその中に束ねてあった紙幣をぬきだして骨董屋の手に渡したのだ。それは全く何気ない調子をもって行われたが、わたしは父が財布の中の五十銭銀貨を掌の上にうけとって、じっと見詰めていた瞬間、彼の表情の中にわざとらしい技巧を感じてしまったのだ。何故なら、その財布の中に決して十円以上の金が入っていたことはないのだから。

しかし、ある夜であった。わたしは到頭、見るべからざるものを見てしまった。その夜家の中は妙にしいんとしていた十時過ぎであったが、わたしは台所につづいた仏間で火鉢によりかかりながら、新しいわたしの着物に火熨斗《ひのし》をかけていた母に新聞の続き物を読んで聞かせてやっていた。そのときである。急に父の居間の方から調子はずれの疳高い兄の声が長い廊下に幾つもの反響を残して聞えてきたのだ。

わたしは新聞を膝の上に置いて、しばらく耳を澄した。もやもやとしたものが急に家全体を包んでしまったような無気味な妄想がわたしの心を捉えた。わたしは衝動的に立ちあがり、暗い廊下を足音を忍び忍び父の居間に近づいていった。父の居間は突きあたりの障子が半分ほどあいたままになっていたので、わたしは薄闇の中から室の中の様子を見届けることができた。胡坐《あぐら》をかいたまま首を屈めている父の姿は細長い鉄火鉢のかげになって、半白の髪によって掩われた尖った頭だけが前後に動いていた。彼の前に坐っているであろう兄の姿は障子のためにさえぎられて見えなかったが、しかし、少し顫えを帯びた疳高い声からわたしは、肩を怒らした彼の姿と昂奮のために蒼《あお》褪《ざ》めた彼の頬のぴくぴく動くのをありありと感じた。そのとき、事務室には最早誰れもいなかったので兄の言葉が途切れるごとに、湯のたぎり(沸)すぎた鉄瓶の鳴る音が救われようのない静寂を唆《そそ》り立てていた。

父の膝の前には、全面に細かな線が縦横に交錯している少し厚ぼったい帳面がひろげてあった。それが局の出納簿《すいとうぼ》であることを感ずると、わたしの足は凍りついたようになった。——

「お前一人だけじゃないぞ！　一体どうなると思うんだ。ひどい。ひどい」

その声にわたしはどきっとした。それは父の声ではなくて兄の声である。わたしは呼吸の切迫してくるのを圧えることができなくなった。わたしは今まで兄がこういう調子で父に対して物を言っていたのを聞いたことがないのだ。それだけではない。あの頑固一徹の父がこれほどにまで意気地なく立ちすくんでいるのをわたしは始めて見たのだ。父はしばらく身動きもしなかったが、やがて懐《ふとこ》ろの中から鼻紙をとりだし烈《はげ》しく洟《はな》をかんだ。瞬間、彼の横顔がちらっとわたしの視線をかすめた。彼は眼を瞑《と》じ、下唇を噛みしめていた。それは必死になってある一つの感情を堪えている人のようであった。——

その情景は今でもありありと眼の前にうかんでくる。そのときの兄の言葉が何を意味するのか、わたしにはまるで、わからなかった。しかし、わたしが目撃したこの数分間の情景は朦朧とした兄の言葉から明かに一つの、最早決して疑うことのできない暗示をわたしの胸にあたえた。嘗《か》つて起らなかった何事かがこの家の中に起りかけている。——

わたしは再び足音を忍ばせて仏間へ帰り、何事も知らない母のために、途中でやめてしまった新聞の続き物を読みはじめたが声が顫えてどうしても読みつづけることができなかった。それきりで、兄の声は最早父の居間から聞えなかった。だが、翌朝になると、父も兄も何時もの調子で話をしていた。いや兄は平常《ふだん》よりも一層、父に対して機嫌がよかった。

冬の休暇が終りに近づいていた。年末に入って事務室の中の空気は急に活気づいて来た。事務員たちは夜おそくまで残って年賀郵便の区分をやらなければならなかった。兄は一人の若い事務員に算盤を弾かせながら帳簿の数字を読み上げていた。

賑やかな笑い声が十二時近くまで続いた。ときどき兄の詩吟が台所の方まで聞えてくることもあった。

夜、わたしは仏間に続いた六畳の室で眠っていた。一時頃であったろうか、わたしは不意に飛び起きて蒲団の上に坐ってしまった。わたしは烈しい銃声をきいたのだ。しかし、そのとき父の居間から和《なご》やかな母の笑い声が聞えたのでわたしの神経はやっと鎮《しず》まった。父の居間へ入ってゆくと、母が一人だけ眠そうな顔をして坐っていた。其処へ父が中庭の方の縁側から荒々しい足音を立てて帰ってきた。彼は右手にピストルをぶら下げていたがわたしの方を見てにやりと笑った。

「何か手応えがあったように思うがな」

彼は呟くように言った。ピストルの銃口からは煙が出ていた。それは旧式の六連発銃であった。ある請負仕事のために台湾へ行っていた大工が四五年前帰ってきたときそれを土産にくれたのであった。そのピストルは大きな皮袋に収められて長い間父の室の用箪笥の抽出に入れてあったのだ。

「だんだん馴れてきたぜ。――これで四へんだからな」

と父は言った。そしてピストルの環をはずして黒くなった銃口を白い布で拭きはじめた。

「はじめはびっくりしたがの、このごろでは何とも無いようになった」

と母が言った。翌朝、庭へ出てみると納屋の前の植木棚の下に一匹の子猫が死んでいた。

三

午後の田舎道をわたしは父とならんで歩いた。父は着物の上にマントを羽織り、靴を穿いていた。

「どんなことが起るかも知れん。それに俺もこの身体じゃあ、あまり長くないからの。学校に入っとれる間だけ儲けものだと思っとくれ。なあに、まだ二三年は平気だがの」

　歩きながら父がわたしに言った。中学を卒業したわたしはその日の夜の汽車で東京へゆく筈であった。風の強い日であった。堤防へ続く一筋の道が菜種畑を横切っていた。馬車屋はN町の入り口にあった。わたしたちがN町へ着いたとき馬車はちょうど出るところだった。客はわたしのほかに二人しかいなかった。わたしは窓に近いところに席を占めて風呂敷包を膝の上に置いた。馬車が動きだすまでに五六分の合間があったが父は黙って立っていた。

　やがて馭者《ぎょしゃ》が鞭をふりあげたとき、父は急に窓に近づいてきて、

「あとから荷物と一所に送るものはないか？」

と言った。

「ない」

とわたしが答えたとき馬車が動きはじめたので父は口をあけたまま二三歩背ろへ退いた。

わたしは、そのときほど強くわたしの顔をじっと見詰めている父の眼を感じたことがない。

馬車は二三町先きから右に曲った。曲り角でわたしは何かしら、もう一度父の顔をたしかめたいという衝動を感じた。わたしは窓から顔をつきだした。父は同じ位置に同じ恰好をして立っていた。しかし、わたしが慌てて手を上げようとしたとき傾斜になった道路を馬が急に走りだしたので父の姿はわたしの視野から消えてしまった。わたしの胸はある感動のために顫えはじ

めた。このときほど父の愛情をきっかりと自分の心にうけとめたことはない。幾度びとなく父の姿がわたしの頭の中を走った。靴の先きが長いマントの裾に掩われて、彼の痩せた身体が今にも前によろけそうに見えた。それは最早彼の肉体が生存に堪えなくなっていることを感じさせるほど危なげに見えた。そして、このときほど、父の姿が寂しく見えたことはなかった。彼の顔は、そして、わたしに注がれた彼の眼は、微《かす》かな子供への愛のためにのみ生きている人の索漠《さくばく》たる余生を象徴していた。

この瞬間はわたしにとって尊い記憶となった。何故なら、此の日以後わたしは再び父を見ることが出来なくなってしまったのだから。――

二年後である。わたしは仏間の横の六畳の室に寝かしてある父の遺骸の前に坐っていた。彼の顔は白い小さい布によって掩われていたので、わたしには彼の死をはっきりと意識することができなかった。

父の枕元には母と兄とほかに数人の人が坐っていた。

「お気の毒じゃったな。到頭死に目にお会いになれんかった」

わたしがその室へ入っていったとき、首をうなだれて坐っていた人たちは黙って同じ姿勢を続けていたが、横にいた人がわたしの耳に囁《ささや》いたのを覚えている。それが、誰れであるかわからなかった。

心が落ちついてくるにつれて、父の死のために生ずるであろうわたしの生活の転変に対する不安が、すべての悲しみを追い退けて胸の中にひろがってきた。わたしは首をもたげて正面に坐っている兄の顔を見た。彼は青みがかったセルの単衣《ひとえ》に対《つい》の羽織を着ていたが、そして、彼の眼には涙がたまっていたにもかかわらず、その顔には晴々とした生気《せいき》が感ぜられた。彼の頭髪が綺麗にとかしつけてあることも、頬に青い剃りあとが残っていることも、兄の心の中に浮浮とした余裕の残されていることを示していた。兄は父の死によってもたらされた彼自身の新しい運命を享楽しているようにさえ見える。わたしは不意に立ちあがって廊下へ出た。すると涙が溢れるように出てきた。

中庭に面した縁側に腰をかけていると兄が背ろから近づいてきた。

「玄作、心配するな。——今朝、俺に局長の辞令が下ったんだ。葬式が済んだらすぐお前は東京へ帰れ」

兄の言葉は底の方で顫えていたが、その咳きこむような調子の明るさが押えきれない彼自身の喜びを象徴しているように見えた。その言葉はわたしの心にかすかな反撥を感じさせた。

わたしは地面を見詰めたまま返事をしなかった。強烈な初夏の陽ざしがわたしの涙の上に溶けた。

「思ったほどごたごたもなくて済みそうだ。親父が出来るだけのことをしといて、死んでくれたのだ。――しかし、これから何が起るかわからん。家のことなんか心配しなくていいからお前は早く上京しろ。そして一日も早く試験を受けてしまうんだ」

兄の言葉は急に沈んだ調子を帯びてきた。

「試験って？」

「高等文官さ」

兄の声は疳高く尖って聞えた。わたしはそれきり黙ってしまった。兄は四五年前に抱いていた彼自身の夢をわたしによって実現させようとしているのだ。わたしの心は無意識のうちに、わたしの東京の生活について何事も感づいていない彼に対してかすかな軽蔑を感じはじめた。わたしは父を欺いていたのだ。わたしはW大学の法科に入ったのであるが半年足らずのうちに文科に籍を変えていた。学生としての生活がわたしにとって全く意義を失いかけていたのだ。その頃日本に漸《ようや》く芽をのばしかけたある社会主義者の集団に身を投じていた――わたしはそのためにわたしの心に幾つかの厭《いと》うべき記憶が残されたのであるが――最早数ヶ月の間、学費を納めることを怠っていたし、自分がW大学の学生であるということをすらも、父に対して学費を請求するときのほかには意識したことがなかった。しかし、兄は弟の嘘を信ずることによって、これから展《ひら》かれるべきわたしの半生の中に、彼自身が失った空想を取戻そうとしていた。

こうして父の生前彼に対する一つの大きな義理であったところの学生生活が再び兄から金を取る手段として用いられようとしているのだ。

その翌日、父の葬式を済ますとすぐにわたしは東京に立った。

四

秋の朝であった。わたしはそのとき下戸塚の下宿屋にいたが、母から一通の手紙をうけとったのであった。それは兄の生活の近情を報じたものであった。兄が相場に手を出しはじめたこと、――それが二三回当ったために、母が最もおそれていたところの彼の遊蕩がはじまったこと、夜、家へ帰らない日が多くなったこと、そして母の想像し得るかぎりでは、兄はN町のある芸妓《げいぎ》に馴染んで毎日のように彼女のところから電話がかかってくるごとに出掛けてゆくこと、そのことのために母に対する彼の態度が段々冷淡になってきたこと、――そういう細々とした怨言《えんげん》が巧みな草書によって書き綴られていた。しかし、その手紙はわたしの心に何の感動も起させなかった。兄は毎月きちんきちんと学資を送ってくれていたし、それから、――いやそれ以外に何を彼に期待することがあろう。――

わたしは母に対して返事を出さなかった。その手紙を母が読む前に兄が開封するかも知れないというおそれが、その為に母の立場を一層苦しくするだろうという疑いを喚び起したから。

しかし、一ト月たって——わたしは冬の休暇を前にしていた——母から来た第二の手紙は家の中に生じた一つの変化、それはわたしにとって決して意外な出来事ではなかったが、しかしそのためにわたしと兄との関係を一層稀薄なものにしてしまうであろうところの一つの変化を報じていた。

兄は一人の芸妓を彼の妻として迎えてしまったのだ。母の手紙はそのことについての唯《ただ》簡単な報告に過ぎなかったが、彼女が怨みがましい繰言をならべていないだけに、わたしは家庭の中に生じた唐突な変化が、母の心をへんに歪めてしまっていることを感じた。わたしは新しく彼女を姉さんと呼ばなければならない一人の若い女性を想像した。わたしは胸の底に何かぎごちないぐりぐりが出来たような気がした。そして、その女の存在が今にも家中にひろがってゆくような気持を避けることが出来なかった。すると老衰した母の姿が始めて異常な寂しさをもってわたしの心に迫ってきた。

兄はわたしの帰省を望んでいなかった。それをわたしは彼の手紙の中に感じた。何故なら、彼は彼の結婚について一言も書いていなかったばかりでなく、「冬の休暇は短いから無理に帰る必要もあるまい」という最後に書かれた言葉が、わたしを避けている彼の心を明かに暗示していたから。

しかし、わたしは自分の心の中に一つの要求を感じないではいられなかった。わたしたちの間に生じかかっている新しい関係の中においてのわたし自身の立場を明かにしなければならないという気持が強くわたしの心を支配したのだ。それに兄が避けている気持の中へ進んで入ってゆくことが、長い間わたしの胸の中に鬱結していた彼に対する反抗を明るみの中に証拠立てるような気がしたのだ。

町は半歳経たないうちに見違えるほど変っていた。その年の夏、漸く工事が始まったばかりの軽便鉄道が平原を遮断してN町から続いていた。家の裏口へ出ると水田の中に小高くもり上げられた堤防の上を玩具のような汽車が小さな煙の輪を吐いて走ってゆくのが見えた。

家へ着いたのは夕方であった。わたしが裏木戸から入ってゆくと台所の戸が開けっ放しになっていて、電灯の下で胡坐《あぐら》をかいて飯をたべている兄の顔が見えた。

「何だ。玄作か――」

兄は薄闇の中に立っているわたしの顔を透かすようにして見たが、急にわざとらしい笑いを唇の上にうかべながら、

「変な奴だな」

と言った。

兄の前には一人の若い女が坐っていた。兄がわたしに呼びかけた瞬間、彼女が肩をすぼめたのを感じた。それがわたしの来たことをおそれているような印象を与えた。数時間の後、兄の室で始めて引き合わされたときも彼女はそのときと同じ姿勢をしていた。おどおどとしたようにむっちりとした彼女は口を利かなかった。彼女はわたしと同じ歳の十九であったがその初々しい人を避けるような表情のためにずっと若く見えた。彼女の顔の中で一ばん先きに眼につくのはその健康そうな弾力に充ちた小麦色の皮膚であった。眼も鼻も口も、唯それが、眼であり鼻であり、口であるという以外に何の特徴もなかったが、それにもかかわらずある注意をもってこの顔に対していると何かしら静かな力で惹きつけるもののあることを感じないではいられなかった。その顔は気品と言うよりもむしろ、一種の淋しさを含んでいた。若しわたしが往来で彼女と擦れちがったとしても、おそらく彼女の存在に気付かなかったであろう。彼女には意識したけばけばしさがなく半生が芸妓であったという過去の痕跡――彼女は産れ落ちるとすぐに芸妓となるべく養育せられていたのだから――を少しもとどめていなかった。

家の中は静かであった。わたしが想像した変化は何処にも起っていなかった。唯、兄の顔だけが非常に生々として見えた。若い事務員たちによって充たされた事務室の中の空気は賑やかな倶楽部のような感じを与えたし母の顔にも今まで感ぜられなかったようなゆとりが現われていた。昔、父の居間であった新しい局長室には、見馴れた用箪笥の上に金で装飾された置時計が飾られてあった。
不思議なほど家の中の生活が潤沢に見えた。

兄は始終そわそわとしていたので、わたしは落ついて彼と話をする機会をつくることができなかった。彼の顔は瞬間を追って変っていった。疲れ果てたようにぐったりしているかと思うと急に生々とした血の色が痩せた彼の頬を彩った、寝そべって一心に本を読んでいるかと思うと彼は何時の間にか頬杖をついて鼻唄をうたっているのであった。一時間と家の中にじっとしていたことはなかった。飯をたべながらも茫然として一つ所を見詰めていた。急に思いだしたように笑いだすことがあった。しかし、すぐに憂鬱な表情になった。

それは彼の心が微妙に目まぐるしく何ものかに追い廻されているような感じであった。事務室で仕事をしながらも彼は大きい声で出鱈目《でたらめ》な節をつけて唄をうたっていた。それは不自然に自分をけしかけているとしか思えなかったほどに――

静かで朗《ほが》らかであった家の中の空気が次第にわたしの心に暗い影を投げはじめた。兄は最早わたしに対して高等文官の試験については何事も言わなくなっていた。彼自身のことだけが、ぎっしり彼の心を埋めているように見えた。

その冬の休暇は慌しく過ぎていった。わたしが東京へ帰るとき、風の寒い夜であったが母と兄と嫂《あによめ》とが、新しく町はずれに出来た軽便鉄道の停車場へ見送りに来てくれた。人気のない寒い構内にわたしたち四人がならんで立っていたのであるが、そのとき、わたしの横に立っていた兄が急にうつむいてにやりと笑った。しかし彼の顔は彼の方を見詰めていたわたしの視線を感ずると不意に厳粛な表情に変った。一瞬間であったが、彼の眼は心の底にかくされた秘密を探りあてられた人のようにほとんど絶望的な不安のために顫えているようであった。

五

春が近づいていた。母から来る手紙は兄の身体が非常に衰えて此頃は少量のモルヒネを嚥《の》むようになったということを伝えていた。わたしの頭にうつる郷里の家の中の空気は何かしら薄暗くじめじめしているように見えた。一ト月ほど経ってまた母から手紙が来た。それは嫂の妊娠を報じたものであった。しかし、その頃からわたしの生活は調子はずれになりかかっていた。わたしは家のことも兄のことも落ちついて考えることができなかった。それはちょうど淡い靄《もや》を透して見る風景のように、ときどきぼやけたような輪廓を示してわたしの頭の中を閃いて通るに過ぎなかった。わたしの心は未来に向ってのみひらかれているのに郷里の人たちの生活は遠く過ぎ去った過去の中にあった。彼等を振返ることすらがわたしにとっては一つの苦痛になりかかっていたのだから。——

六月に入って、ある朝、わたしは書留の封書をうけとった。その厚ぼったい封書の表皮にわたしは久しぶりで兄の手蹟——この半年近く兄から直接に手紙を貰ったことは一度もないのだ——を見出すと、急にある予感に捉えられた。その月の学資は疾くに母の名前によって送られて来ているので、その封書が書留であるということが何か重大な内容を含んでいるという気がしたのだ。

封書の中には郵便局の罫紙に書いた兄の手紙と、五六枚の同じ罫紙を帳面のように綴り合せたものが入っていた。

前略。去年の秋から身体が非常に悪くなった。近頃妙に自分の運命にたよりなさを感ずる。こんなことを書くのは病気のためだと思ってくれてもいい。俺は何時ひょっこり死ぬかも知れないという気がしてならないのだ。そのために一週間ばかりかかって家の財産目録をつくりあげておいた。これをお前の手許に送って置く。俺が若し死んだら、何卒これだけのものを一ト月経たないうちに処分して貰いたい。一日も早い方がいい。家も土地もすべてお前の名儀にしておいた。いくら安くてもいいから出来るだけ早く売って金に代えて貰いたい。母と春代（嫂の名）との生活は呉々《くれぐれ》もよろしく頼む。若し春代が再婚を望むようなことがあったら家を売った金だけをやって自由にさせてくれ、いずれもっと詳しい手紙を書くときがあると思うが、これだけは必ず承知していて貰いたい。云々。――

財産目録の中には父の代から伝わっていた書画骨董の類が微細に亘《わた》って部類分けに書いてあった。そして、一つ一つ番号のついた目録の下にはそれぞれの品に対して兄の想像した価格が書き加えられてあった。しかし、わたしの心はこの手紙のために少しも動かされなかった。否むしろそれはわたしの空想の中に描かれた兄の姿を一層みすぼらしく滑稽なものにしてしまったのだ。というのは、その頃わたしは極度に唯物的な考え方に囚われていたので死に対する彼の宿命観をすらも、絶えず自分の境遇を何かしら素晴らしく悲痛なものに誇張しようとする彼の病的な感傷癖の変形だと解釈しなければ居られなかったのだから。

わたしは兄に宛てて返事を書いた。彼の手紙がわたしを驚かしたこと、それを自分は彼の病気のせいだと解釈していること、若し仮りに兄が唐突に病死することがあるとしても家を売らなければならないような事情が生じてくるということは絶対に想像することもできないこと、一日も早く兄の健康の恢復《かいふく》するのを自分が望んでいること――

その簡単な文言の中にわたしは兄に対する軽侮《けいぶ》の情をかくすことが出来なかった。しかし、それきり兄からは何の返事も来なかった。

六

一ト月経った。わたしはある海岸に肺病を養っている友人を訪ね、二三日泊って帰ってくると机の上に一通の電報が置いてあった。

アニキトクスクコイ

発信人のところには母の名前が書いてあり、受付の日附は前日の夜の九時になっていた。

わたしは電報をひろげたまま茫然として立っていた。最初頭の中を病みほうけた兄の顔が現われた。そして、わたしの方を向いてにやりと笑った。わたしは自分の心が烈しく打ちのめされたのを感じた。それは朝であって梅雨晴れの陽ざしが開け放した南向の窓から室中に流れこんでいたが、わたしは自分の身体が薄暗い影の中に立っているような気がした。すべての考えがわたしの心の中で位置を変えはじめた。どうしていいのかまるでわからなかった。一種名状しがたい――それは言わば何か神秘な妄想がわたしの頭を充しつつあるような――不安がわたしの上にのしかかってきた。しかし、未だそれだけで兄の死を信ずることが出来なかった。いや、ことによるとこの電報すらも、彼のたくらんだ一つの芝居に過ぎないのではないか。そういう気持が、きれぎれにわたしの心を支配した。その疑いは、翌日の午後、彼の死顔の前に坐るまで続いた。

兄は死んでいた。家の中は恐しいほどひっそりとしていた。兄の枕元には母が一人だけ坐っていたが、彼女はわたしの顔を見ると声をあげて泣きだした。

壁に沿うて敷かれてある蒲団の中に兄の死骸はわたしたちの方に背を向けて横《よこた》わっていた。頭には白い繃帯《ほうたい》がぐるぐるに巻かれてあったが、繃帯のところどころに血の色が黒い汚点《しみ》を残していた。壁の方を向いて彼の顔は少しの苦悶の様を止《とど》めずに口をぽっかりとあけていた。灰色になった首筋に鳥肌が立っているのを見るとわたしはどきっとしたが、しかし、直ぐにこの異常な情景はわたしの現実感を遠くへ追いやってしまった。わたしの心は冷かであった。何の感動もない数分間が過ぎた、そして、わたしは唯、母の歔欷《すすりな》く声を聞いただけであった。

「兄貴は自殺したんですね？」

わたしの声が妙にとげとげしく響いた。その声に応ずるように母は首をもたげたが、

「ああ、ピストルで――」

と言ってから急に調子を落して、

「どうしてこんな気になったものかの」

と呟くように附け加えながら、外光に反射する硝子戸の方を見詰めていた。

やっぱりそうだったのか、とわたしは思った。数年前に感じた凶兆をまざまざと眼の前に見せつけられたような気がしてきた。するとわたしの不安はおそろしい速度で廻転しはじめた。

「真逆《まさか》、公金を費《つか》い込んだんじゃあるまいね？」

わたしは発作的に頭の中に閃いた一つの疑いを母の顔の上に投げつけた。

「莫迦《ばか》な――そんなことが」

と言いながら母はわたしの視線を避けるもののようにうつむいてしまった。

「何か遺書のようなものはないんですか？」

「さあ、それが、――何が何だかわたしにも少しもわからないんだよ。一昨日の朝なぞ、とても機嫌がよくてはしゃぎ廻っていたんだがね。別に気にかけているようなこともなかったようだし、夜も此処で一人で本を読んでいたようだったがね。そいでも虫が知らせるというものかあの晩にかぎってわたしはどうしても寝就かれんのじゃ。一時過ぎじゃったと思うが大きい声で春代を呼んでいたがそれも二三度呼ぶと止めてしまった。それから暫《しばら》く経って忍び足でわたしの室までやってきて蚊帳を覗くようにするので、わたしが声をかけると笑いながら、お前は未だ起きていたのか、おれは今夜は調べ物があるからもう少し起きているのじゃが急須が無いんで探していると言うから、急須はたしかお前の室にあった筈じゃがと言うと、ああそうか、それはうっかりしていたと言いながら行ってしまった。そのときは気にもとめなかったが今から考えるとあのときの様子が変じゃった。それから十分とたたない間におそろしいピストルの音が聞えたのじゃ。驚いて行ってみると机の前にぶっ倒れていた。血が額からどくどくと出ての、それでも呼吸だけは長い間続いていたが、もう物を言っても何にもわからんのじゃ。わたしは思いだすのもおそろしい――」

母はまたおろおろ声になった。

壁一重によって劃《くぎ》られた事務所の方からは慌しくスタンプを捺す音が聞えてきた。その音がわたしの頭の中に沁み透るようにひろがってきた。長い間聞馴れた音であった。だが今はその音が空虚な家の中に、嚇《おど》すような響きをもって伝わってきた。

「お前は一眠りしたらどうかな」

と、母が心配そうに言った。

「ああ、そうしようか」

わたしは長い旅の疲れを始めて後頭部のあたりに感じた。じっとして坐っていると無数の人声がもつれるように遠くから呼びかけてくるような気がした。わたしは逃れられない一つの危険に当面している自分の心をありありと感じないでは居られなくなった。わたしは不意に立ちあがった。そして、廊下へ出ると、事務室との境になっている扉を勢いよくあけた。何かしら一つの力がわたしの身体を其処へ追いやってしまったような気持であった。

背の高い男が、往来に面した事務机に倚《よ》りかかって、一束のハガキにスタンプを押しているのであった。その男はわたしの入っていったことにまるで気をとめていないようであった。まだ十五六と思われる木綿の棒縞《ぼうじま》の単衣に裾短かく袴を穿いた小さい事務員が区分棚の前に立っていた。彼はちらっとわたしを見たがその儘《まま》視線を横へ外らせた。突きあたりの格子戸に隔てられた交換室から若い女の忍び笑うような声が聞えた。机にも椅子にも見覚えがあった。だがすべてが見馴れた光景でありながら、この室の中の空気が自分にとって急に冷たくなってしまったような気がした。

左側の壁とすれすれに置いてある兄の机の上には五六冊の出納簿が重ねてあり、その上に黒い革の巻煙草入が口をあけたままで載せてあった。そこには今まで誰かがいたことを思わせる煙草の吸殻が、かすかな煙を立てて灰皿の中にころがっていた。

古さびた出納簿の赤茶けた表紙の色がわたしを惹きつけた。それは、父と兄とが数年前に一冊の開かれた出納簿をまん中にして向い合っていた一夜の情景を、太い綱をもって手繰り寄せるように、次第に鮮かな形を示してわたしの頭の中に映じだした。忘れがたい瞬間であった。

そのとき、わたしの正面にあたる柱の上に大きな八角時計があった。表面の硝子は埃《ほこ》りのために黄色くなってくすんで見えた。それが子供の頃から今と少しも変らない同じ場所に懸っているということが何とも知れず不思議なことのように思われる。その前で、毎日のように叔父が爪立ちをしながら饒舌りつづけていたのだ。時計は無気味な音を立てて、時を刻んでいる。その音はわたしの心の底に眠っている十年前の不安の一つ一つを呼び醒ましてゆくような気がした。

そのとき、表の開き戸があいて、洋服を着た一人の男が入ってきたのだ。一瞬間、彼の身体は夕陽の中に硬直したようになって動かなかった。

その男は背の高い事務員の方に近づいていった。そして、机の上に首を屈めるようにして話していたが、わたしはときどき彼の陽にやけた顔から流れてくる睨むような視線を感じた。彼とわたしとの距離は一間ほどしかなかったのにもかかわらず、彼の眼は非常に遠いところにあるような気がした。しかし彼はすぐにわたしの方を向いて軽い会釈をした。

「弟さんですね？」

低い声であったが、わたしはほとんど直覚的に彼が名古屋の管理局から派遣された視察員にちがいないことを感じた。

「とんだことになりましたな。わたしも兄さんとは一面識だけあるんですがね、今度はまたへんな役廻りを命ぜられたわけです」

その男の言葉は、わざとらしい穏かさを含んでいたためにその一つ一つがわたしの胸を突き刺すように響いてきた。それから、彼は、もう一時間ほど経つともう一人ほかの視察員が来ること、二人で徹夜して調べ上げようと思っていること、そして、彼等の使命がわたしたちの生活を脅すような何ものをも含んでいないということを話した。

その男は兄の机に近づいて、無雑作に、其処に置いてあった黒い革の巻煙草入をとりあげた。

七

台所では母と嫂とが近所の人たちにまじって明日の葬式の支度をしているのであった。

ときどき、静かな忍び笑いの声がわたしの寝ている室まで伝わってきた。その笑い声が途切れるとき、じっと耳を澄ますと、事務室でぱちぱちと算盤を弾いている音が、更けてゆく夜の閑《しず》けさの中から産れ出るかのようにおごそかに響いてきた。

身体はへとへとに疲れているのに、わたしの神経は痺れたままで尖り立ち、わたしの耳は磁石のようにかすかな物音をも吸い寄せなければ措《お》かなかった。

台所の方にはひとしきり笑い声が続いた。それが終るとばったりと静かになって、こんどは太い濁《だ》み声が事務室の方から烈しく響いてきた。その声に誘われるようにわたしはそっと起きあがった。

廊下を踏みしめながらも、わたしの足はよろけそうであった。だが、その声はわたしが事務室との境の扉の前まで辿り着かない前にはっきりとした音調をもって聞えてきた。

「とてもひどいね。随分古いものらしいじゃないか！」

そう言ったのは夕方事務室で会った男の声であった。

「仕方がない。早速問い合せよう。何しろ愚図々々しちゃあ居られないぞ」

わたしは思わず立ちどまった。最早わたしは自分の耳を疑うことが出来なかった。だが何という心の静けさであろう。わたしの耳は唯その言葉の切れ端しを鮮かにうけ入れたばかりであった。それは十数年前の古い記憶の中から聞えてくる声のようであった。

愚図々々しちゃあ居られないぞ——わたしはわれとわが心に叫びかけていた。わたしは今眼の前で自分の運命が大きく転廻しはじめたのを感じた。すべての不安が消えた。おのれは今一族の運命を呪う不可思議な力と戦いつつあるのだ。新しい昂奮がわたしの胸に充ちてきた。

翌朝は曇っていたが、湯灌《ゆかん》が済み、読経が済み、そして型どおりに兄の葬列が火葬場に向って町を通る頃には空は次第に明るくなり、やがて真夏の太陽が疲れたわたしの頭に沁みるようであった。わたしは何ものをも見ることが出来なかった。両側にならんだ家々の軒下《のきした》には町の人たちの顔が集っていたが、わたしの耳には唯、彼等のさざめき合う声が罵《ののし》るように聞えてきたばかりであった。ときどき白い砂埃りの中に、前にゆく嫂の横顔が閃いた。彼女は始終うつむいていた。その蒼褪めた頬の色だけがわたしの放心の中をすべっていった。

一時間の後、兄の屍骸は火葬場の竈の中に投げ込まれた。空に突き出した三角形の煉瓦《れんが》造りの煙突からはすぐに煙がのぼり、空高く消えていった、がわたしの心には少しの悲しみさえもなかった。

兄よ。一ト月以内に財産を処分せよと言ったあなたの手紙の中の言葉が、どんなに強くわたしの胸の中に呼吸していたことか。しかし、わたしは、あなたの用意周到な遺言をすらも果すことが出来なかった。何故なら、その日の日暮れがたであった。家の表口から一人の男が入ってきたのだ。白いリンネルの詰襟服を着た五十恰好の老人であった。彼は眼鏡越しにじろりとわたしの顔を見上げた。そして、非常にゆったりとした声で、

「執達吏《しったつり》です。裁判所から来たんですがお母さんは居られますか？」

と言ったのであった。母が出てくると彼は二三枚の罫紙に書いたものを渡した。それをうけとったまま母は縁端《えんばた》へ坐ってしまったのだ。そのときの彼女の顔についてどうしてわたしに説明することが出来よう。彼女はこみ上げるように咽喉《のど》元を顫わせたまま、物を言うことも出来

ず、唇を噛みしめているばかりであった。わたしにはそのまま彼女が昏倒してしまうのではないかと思われた程であった。

「お気の毒です」

と、その男が言った。

「あなたの息子さんもとんでもないことをなされましたな、犯罪は明治四十二年頃から始まっていますからね。――」

だが、彼は急に寂しそうに笑いながら、

「まったくお気の毒です。こんなことをなさらなくっても済んだでしょうにね。しかし、仕方がありません。今夜のうちに片づけてしまいますから」

と言った。それから靴をぬいで上ると大きな手提鞄の中から手帳と、束になった封印紙とを取出した。彼の顔にはすっかり義務的な表情が現われ、室の中に雑然とならんでいる道具の一つ一つを丹念に眺めては手帳に書きとめていった。台所が済むと彼はすぐに仏間に入ったが其処には仏壇のほかに何もなかったので、そのまま素通りして奥の間に入っていった。

わたしはそのとき薄暗い室の中に媪の引きつったような顔がうかんでいるのを見た。彼女は彼女の所持品の収められている簞笥の前に立っているのであった。

室の隅に父祖代々から伝わっている骨董品のしまってある大きい戸棚があった。執達吏の老人はその前に近づいて重い戸をあけた。中にはさまざまなものが幾つかの列に分たれて整然とならんでいた。すぐ眼の前にある壺にも香炉にもわたしの古いおもいでが忍んでいた。彼はそれにちょっとさわってみては順ぐりに手帳に控えながら番号のついた小さい紙を貼りつけていった。嫂は最後まで簞笥の前を動かなかった。しかし、老人はちらっとその方を見ただけで廊下の方へ出ていった。兄の居間が一通り済むと老人は表二階から裏二階まで、用意してきた彼の懐中電灯で足元を照らし乍《なが》ら侵略するように歩き廻った。

すべてが終るまで三時間近くかかった。

「おそくなりましたな。――ことによると明日またお伺いするかも知れませんが」

彼はわたしの方を向いてこう言ったが、わたしの背ろに母の姿をみとめると慌てて近づいていって低いかすれるような声で彼女の耳に囁やいた。

「少しずつ目こぼしをつくって置きましたからな。――今夜のうちに何処かへ片附けておしまいなさい」

兄よ、――あなたが深い土の底に埋めて置いた筈のあなたの犯罪は、あなたの死後二日を出《い》でずして掘り返えされ、明るみへ、さらけ出されてしまったのだ。しかし、兄よ、それにもかかわらず、あなたの計画は見事に効を奏した。何故なら、誰もあなたの犯罪のために父を疑ぐる者は無いであろうから。あなたがあなたの犯罪について、何事の説明も残さないで、いや、少しの暗示すらも与えようとしないで死んでいったことのために、わたしたち一族の前途には再び明るい光が射しはじめたのだ。おお、自殺こそあなたにとって唯一の道であったということが今においていかにわたしたちを感動させるであろうか。あなたの寂しい運命を理解することのできなかったおろかな弟を憐みたまえ。父の犯した罪――今こそわたしはそれを明瞭に言うことができる――のかげに滅びていったあなたの一生ほど悲しく痛ましいものがあろうか。神を欺かねばならなかったあなたの一生ほどに――。

兄よ。それから数日の後、わたしたちは新しい運命を開くために東京へ出てきた。あの善良な執達吏の老人が残して置いてくれた目こぼしだけが、偶然にもわたしたちの数ヶ月の生存を支える糧となった。嫂は間もなく男の子を産んだが、しかし一年の後、彼女は子供を残して彼女が長い間受けた不幸な教養に相応《ふさわ》しい場所へ、新しい生活のきずなを探すために帰っていった。そして、母とわたしとあなたの子供との上に新しい日が恵まれつつある。しかし、兄よ、子供への愛情は一日ごとに深くなり、彼が生長するよろこびはわたしをして妻をめとる必要をすらも感ぜしめないほどであるのに、あなたの非業の死についての記憶が一日一日とわたしの心を過ぎ去った運命の不安の中へ呼び戻そうとするのはどうしたものであろうか。

秋風と母

昼少し過ぎてから母の容体《ようだい》が急に変ってきた。妻が呼びに来たので私が慌てて下の家へおりていったときには母は敷きっぱなしになっている小さい蒲団の上に身体をえびのように曲げてしゃがみ、絶えずいきむようなうめき声を立てながら苦痛に抵抗するために下腹部を烈しくよじらせていた。何時《いつ》もの発作があらわれたのだ、妻は母のうしろから軽く背中を撫でおろしながら、

「すぐ医者が来ますからね」

と言った。しかし近所の医者を呼びにいった妹はすぐに帰ってきたが医者が往診に出かけたあとで留守だった。四時にならなければ帰らないということだった。暑い中を急いで歩いてきたので妹の顔はへんに歪んで見えた。丁度一時だ。ほかの医者は町の通りまで出なければ無いし、それに複雑な病気なので新しい医者に診せる事もちょっと不安な気がするのであった。

「それじゃあね、もう一度行って四時になったらきっと来てくれるように念を押してきてくれないかね」

私は小さい声で妹に言った。妹は黙って出ていった。風通しのわるい母の室は窓があけ放しにしてあるのに熱気のために空気が淀んでいた。妹が出て行ってから私はまた少し不安になった。母のうめき声が私の疲れた神経に挑みかかってくるのだ。母はこのまま死んでしまうのではないか、という気がする。その感じは非常に静かに私の心の底に沈んでいった。――私の頭の中には母の死が私の感情にもたらす変化の予想で一ぱいになっている。

「まだか！　医者は？」

うめき声の中からとぎれとぎれに言う母の声が聞えた。

「もうすぐですよ。――もう一息ですよ」

妻は汗びっしょりになって両手で母の腰の上を撫でているのであった。今は一時だから医者の来るまであと未だ三時間ある。私は不意に胸の上にのしかかってくる重苦しいものを感じて瞼《まぶた》が妙に熱くなった。慌てて妻のうしろから、

「おれが暫《しばら》く代っていてやるからね、お前は俥屋へいってほかの医者を探してきてもらってくれないかね」

わざと、元気のいい声でこう言いながら私は無理に妻のあとへ坐ってしまった。母は私の手

が代って背中を撫でていることを感じたらしかった。

「もっと下の方を、――」

母は口早にこう言ってから前よりも一層烈しく悶えはじめた。井戸端で妻が水を流している音が聞えてきた、げっそりと痩せた母の身体は少しの力を入れると骨の位置が変ってしまいそうな気がする。急に母はぐったりと首をうなだれたまま動かなくなった。脊骨の両側の薄い肉がたるんで、無気味な感触が私の掌に泌《し》みついてきた、窓の前にひろがっている無花果《いちじく》の葉の青い色が真昼の大気の中で硬直したように動かなかった。


母が急に両足を突っ張った。

「ああ、あ、あ、――便器、便器は無いかの?」

便器は何処にあるかわからなかった。

「ちょっと待っておいで、――探してくるからね」

「そいじゃあ、すまんがな、ここでやるからの――」

その声には何かしら心のぬくもりが感ぜられた。私は不意に母がいとおしくなったのだ。母は腹を圧えながらいきみ続けた。便泌がすむと私は汗のためにねっとりしめっている寝衣の裾をまくって鼻紙で汚物をふきとってやりながら一瞬間、何か妻に対して悪いことをしているような気がした。若し妻だったら母はもっと遠慮するにちがいない。自分は妻を出しぬいて眼に見えない骨肉の親しみをぬすんでいるという気持の中にかすかなうしろめたさを感じないでは居られなかった。僅《わず》かな便泌のために母は少し生気をとり戻したらしかった。それだけに呻き声は一層強くなった。それは彼女を圧えつけている肉体の苦しみから漸《ようや》くはね上ろうとしている彼女の心を感じさせた。その微妙な変化を意識すると私は急に老衰した母の肢体が妙に不潔なもののように思われてきた。

そこへ妻と妹とが一足違いに帰ってきた。

「さあ少し代りましょう」

妻は浴衣の袂《たもと》で汗をふきながら私の横へ坐った。私は蒲団のそばに丸めておいた母の汚物をふいた鼻紙をそっとかくすように持って立ちあがった。井戸端で手を洗いながら、自分の身体ににじみこんでいる母の体臭を感ずると私は着物をぬいで身体をふき、裸体のまま庭を歩き廻った。そこへ俥屋が走ってきたがやっぱりその医者も往診に出たあとだった。

三時少し過ぎになって近所の医者がやってきて注射をして帰っていった。注射が利いたのか母はそのままぐっすり寝入ってしまった。薄暗い室の中に仰向きに寝ている母の顔は肉がげっそり落ちて、その頬の生白さが薄い能面のような感じを与える。母は今年五十八だ。してみると彼女はこの十年の間におそろしく老衰してしまったものだ。この十年間私は彼女をお婆さんと呼び馴れているので母だという気がしない。だから私の頭の中にときどき閃くように通りすぎる母についての記憶は子供のころのことにかぎられてしまっている。中学を卒業してからの数年間を私は放浪してくらしてきたので母と会う機会がなかった。そのころから母の病気がはじまったのだ。つまりその数年の間に私は母としての彼女を見失なってしまい、それと同時に母もまた人間としての進化を失ってしまったのである。

私は七つから八つまで横浜に住んでいる叔父のところへ養子にやられていたのである。岡崎から横浜までの長い汽車の旅を私は母といっしょに揺られていった。それは私にとって生れてはじめての旅行だというだけではなく私の人生にとっての新しい出発であった。私と母とが腰をかけているベンチのすぐ前に一人の眼鏡をかけた学生が乗っていて彼はほとんど絶え間なしに膝の上に置いた籠の中から葡萄の房をとりだしては喰べていた。私が一眠りして眼を醒ましたときは彼が未だ葡萄を喰べることを止めなかった。それは不思議であるというよりもむしろ私にとって一つのおどろきであった。私はこの時ほどはっきり自分の成長を信じやがて自分も大人になれるにちがいないという意識の中に憧れを感じたことはなかった。何故なら、私の母は私が私の前にいる青年のように葡萄を喰うことのできないのは私が未だ子供であるからということを教えたから。叔父の家に着いてから二日目の夕方、母は私をつれて街へ出た。そしてある一軒のおもちゃ屋の中へ自ら進んではいっていって、どれでも一番好きなおもちゃを買ってやろうと言った。私は母のそういう意外な好意の魂胆が何処にあるか知らなかった。おもちゃ棚の前を私は幾度びとなく歩きながら到頭非常に精巧につくりあげた軍艦をえらんだ。その軍艦はゼンマイ仕掛になっていて座敷の中を自由に走り廻るのであった。そのおもちゃ屋の店にならんでいるおもちゃの中でもおそらく最も高価なものの一つにちがいなかった。それを指差したとき私は母の表情の中に明かにかすかな躊躇を感じた。しかし彼女の手は素早く帯の間からとりだした一枚の紙幣をおもちゃ屋の手に渡していた。その夜私は軍艦を枕元に置いて何時ものように母に抱かれて眠ったのであったが夜中に私は夢を見て泣きだした。眼が醒めると枕元に叔母が坐っていた。

「お母さんは？」

私は泣きながらきいたのであった。そのとき叔母が何と答えたかおぼえていないが、母はその夜のうちに田舎へ帰ってしまったのであった。その次の日から私は夜になると泣き出した。十日あまり泣きつづけたある日、私は母にあてて手紙を書いた。

カニガホシイ
スズメホシイ

ただこれだけの文言であったが私の頭に泌みついている田舎の風景や、さまざまな子供のあそびまでもすっかり母が持って帰ってしまったような気がするのであった。すると数日経って母から手紙が来た。それには「カニ」は近いうちに送るが「スズメ」は送ることができないから、木や電信柱にとまっている「スズメ」を自分のものだと思いなさいと書いてあった。その手紙と一足ちがいに私宛の小包が届いたのである。それは巌丈《がんじょう》な白木の箱であったが、ところどころに穴があいていたので叔父は不審そうな顔をしながら太い火箸で釘づけにされた箱をこじあけた。すると中から赤いカニが鋏をもたげて勢いよくとびだしてきた。「カニ」は座敷の中を這い廻ってなかなかつかまらなかった。叔父は到頭怒りだして階下にいた書生を呼んで、「カニ」をみんな庭へ捨てさせてしまった。

「田舎者ってほんとに気が利かないわね」

叔母も、母の私に宛てた手紙どおりにほんものの「カニ」が送られて来ようとは思っていなかったのであった。それから一年経ち、母が田舎から迎いに来た。叔父からの手紙が届いたからである。どうしても馴染まないので叔父も到頭私に我を折ったのであった。母は未だ若く艶やかに張りきった肉体を持っていた。そのころであったか、あるいはそれからずっと後であったか私にはおぼろ気な記憶しか残っていないのであるが、ある夜、母は薄い着物を着ていたからたぶん夏であろう、——私は母とならんで田舎の家の中庭に面した縁側に立っていた。月のいい晩で、樹立をめぐってくる風が何がなしに一脈の哀愁を湛《たた》えていた。もっともそれは私のかすかなおもいでの中にうかんでくる情景であるが……。そのとき母が急に庭石の上へとびおりたのだ。平ぺったい庭石を二つ三つ渡ってから急に私の方をふりむいてじっと立ちどまった。私はそのときの母の姿勢をおぼえている。彼女は何ものかに対して一つの姿態を示しているのであった。私の眼の前に立っている人が自分の母であるということを感ずるより前に静かな胸の顫えを感じた、私はそのまま衝動的にとびおりて母に近づいていった。すると母は慌てて私を抱くようにしたが急に私の肩をつかんでいた手を離した。すると私は声をあげて泣きだしたのだ。何故かといって、いそいそ私から視線をそらした母の眼の中に私はたしかに涙のたまっているのを見たのだから。――

夜になって母の発作はよほどおさまりかけた。然《しか》し、彼女は烈しい疲れのために寝そべったまま身体を動かすことが出来なかった。その寝姿を見詰めていると私の眼の前に迫りつつある母の死を思わないではいられないのだが、静まったあとで母は何時も口癖のように、あんなときにはほんとうに誰れか来て殺してくれればいいと思う、と言うのである。その言葉は私の胸を突き刺す、何故かといってこのうす暗い三畳の室で朝から晩まで小さい自分の身体を持てあましながら寝そべっている母の生活がどうして彼女の死以上のものであると言えようか。彼女の余生の中に残されているものは一つもないではないか、数年前まで、母は兄の家にくらしていたのであった。そのころ兄の家は郊外のひろびろとひらけた平原の一角にある村落のはずれにあった。ある夜数年ぶりで私はその兄の家を訪れたのだ。私はそのころ下宿屋から下宿屋を流れわたってくらしていたのであるが、兄は、——彼もまた就職の途を失って田舎から持って来た偽筆の書画や、やくざな家財道具を売ってくらしていた。建付けのわるい格子戸をあけてはいってゆくと兄が真蒼な顔をして出てきた。彼の眼は何か、おそろしい凶変を前にした人のようであった。

「どうしたの?」

「いや」

と兄は口早に言っただけで次の室へはいり机の上に置いてある酒罎《びん》から冷酒を呷《あお》るように飲んでから、——

「おれは自分で自分がわからなくなった。こんな生活を誰れが一体押しつけたんだ。おれはもう少しで気が違いそうだ」

家の中はひっそりとしていた。室の隅に床を敷いて寝ている嫂のそばに仰向いて寝ている子供は眼をひらいてじっと兄の方を見据えていたがその眼は未知の運命に対して怯えているように見えた。私がそのまま立ちあがってゆこうとすると、兄がうしろから鋭い声で呼びとめた。

「待て。——おれは今お前におふくろと話をしてもらいたくないんだ」

「何故?」

「俺の心はおふくろに対する憎しみで一ぱいになっているのだ。そりゃあ苦しい時には死にたくもなるし、実際死ぬ事ができたらその方がいいにきまっているさ。しかし、若しおふくろを自殺させたとしたら俺は一体どうしたらいいんだ。おふくろには自分の死骸の前に立っているおれの姿が見えないのかな。自分の苦痛につながりを持っている人間の姿が……」

私は黙って兄の前に首をうなだれていた。何事が起ったかということを知った。室の中は妙にうそ寒く、私は自分の心にぴしぴしと鳴る眼に見えない運命の鞭を感じた。今、母の寝姿を前にしていると、その記憶は遠い昔の出来事のようでもあり、たった今、私の眼前を通り去った情景のような気もするのであった。その回想は私の心に何時同じことが起るかも知れないというおそれを運んでくるのだから。

夜中に妻が私の書斎にはいってきて、母の発作がすっかり静まって、大変気持も軽くなったらしいという話をした。それから妻は声の調子を落して、

「不意に心細いことを言いだしたのよ。自分はね、死んでから葬式をして貰うよりも生きているうちに葬式をして貰いたいってね。そのことをあなたに頼んでくれと言うの。その葬式というのが、おかしいのよ。——田舎にまだ生きている自分を養ってくれた乳母とね。それからう

ちの尼寺の坊さん呼んでね、いろいろなものを喰べたいんですって、その話を聞いておばさんと一しょに笑っちゃったのよ」

その話につりこまれて私も思わず笑いかけたが、急に一すじの冷たさが心の底からのぼってきた。

「いくらおそくってもね、――今年の秋までにやってもらいたいって」

妻は明るい語調で言った。

「しかし、今年の秋までおふくろは生きているだろうかな」

こう私はひとりごとのように言いかけて思わずどきっとした。窓越しに見える雑木林の梢に鳴る夜風の冷たさを不意に感じたからである。下の家のうすぐらいあかりが曇り硝子に沁みている母の室から何かしら冷たい気流が流れてくるような気がする。――

山峡小記

私は今、伊豆の山間にある、ひそやかな温泉場にいる。数日おくれて東京からやってきたH氏、H氏の仕事を助けるために来ているM氏、S氏、それに同じ宿で泊り合わせて知合いになった洋画家のA氏を加えてなかなか賑やかです。A氏は猥談が好きで、夕食がすむといかにも懶《ものう》げにごろりと横になって、口から出まかせにしゃべりだすのだが、人間には何処となく俗に徹した風格があっておもしろい。一堂にあつまった人が笑い興じていると、先ず癇癪《かんしゃく》を起こすのがM氏である。「どうもふやけていて駄目だ。僕は一日も早く東京へ帰りたい。こんなところは青年のくるところじゃない！」

そのM氏を先頭にして、ある夜、宿の裏にある川ぞいの若い女のいる家へ出かけたのです。雨あがりの大気がしっとりとしている。「今晩は」と言って玄関をはいると、上り口の障子のかげで三味線をひいていた五十過ぎのおばあさんがぬっと顔を出した。何の用事か、といった、調子である。「酒を飲みに来たんだがね」と言うと、急に相好がくずれて、「いらっしゃい」とうす気味のわるい声を出す。階段をあがって二階の奥の間に陣どると、上唇のたれさがった若い女が出てきた。ビールが出て、順々にコップが廻るのだが、どうにもピントがはずれていてやりきれない。H氏が苦しそうな顔をして、若い女の方を向きながら、「君は何処だい？」と言うと、若い女のかわりに、横にぺったりと坐っているおばあさんが、いそいで、「東京です」と答える。「東京は何処だい？」「渋谷です」とくる。「渋谷は何処だい？」「下渋谷です、下渋谷一七五三番地です」「一七五三番地というと……」「あのね、ほら、××病院を御存じでしょう」

と、ばあさんが片っぱしからしゃべりまくる。上唇のたれさがった女は眼を俯せて坐っているが、横顔は頬がそげて妙にさびしい。この前、夜が更けてから網をうちにゆく宿の番頭さんについて岩伝いに川をわたったときこの家の窓の下に出た。石垣を這いのぼって窓によりかかると女が二人顔を出した。そのときの顔の一つであることをおもいだす。二、三日前、同宿の人からこの家の女が一人百五十円でうけ出されていったという話を聞いたが、してみると、その薄化粧をしていた丸顔の女がそのときいた別の女にちがいない。おばあさんは紅をさした唇に嬌羞《きょうしゅう》を湛《たた》えながら今は女が一人きりで困っているが、しかし二、三日経つと新しい女が東京からやってくるという話をする。老醜何ぞ堪えんという文句が支那の詩の中にあるが、これはまた老醜何ぞあまりに老惨である。この愛すべき「老惨」が自分のコップをぐっとのみほして、小生の前へそっと差し出し、なみなみとついで、さて言ったものだ。「これは思いざしですよ」と。……室生犀星氏の表現を借用すれば彼女は「うどんのごとく」げらげら笑ったのである。

夜は深く、うす暗い電灯に照らし出されたこの部屋は、寂しい旅芸人の泊りにもひとしく、心に屈託のある顔が五つ、小さい餉台《ちゃぶだい》をかこんで、ときどき思いだしたように、S氏の悠揚《ゆうよう》と気取りすました安来節《やすぎぶし》。照れくさくなった自分にはね返るためM氏の磯ぶし。だが、うたったあとの空虚さよ。到頭がまんのならなくなったH氏が飲めぬビールに顔を火照《ほて》らせて、突拍子もなくうたいはじめましたのは――。

うちのとなりでよいむころた。医者で伯楽で大工で左官、桶屋さすれば桶屋もするが、何の因果かえさしがすきで、アア、すっちょん、すっちょん、すっちょんなあ。

そこで小生も思いざしのビールをあけて、新しい感興を見出すためにうたいだす。十二時過ぎ宿に帰り、渓流に鳴く河鹿《かじか》の声を追いながら眠るのです。しかし、次の日、HさんとAさんが午後の自動車で、東京へゆくために修善寺に立ったので、急に宿の中はひっそりとしました。ゲーテが温泉場を人生に擬して、ゆくりなくも会った人々と親しくなり漸く交情が濃《こまや》かになろうとするころには、やがて秋が近づいて、それ等の人々とわかれねばならぬ。一人去り、二人去って、自分だけがとりのこされる孤独な心を、友人を失い恋人とわかれて老境に達した人間の寂寥《せきりょう》にくらべているのですが、しかし、この狭い峡谷の宿にいて、人のうつり変りを見るのは骨髄に徹して淋しいものだ。私は一つの仕事を完成するために来ているのですが、蕩々《とうとう》として既に一ヶ月過ぎた。東京にいるころは借財に追い立てられながらも、絶えず、新らしい戦いに直面している気持でいたのですが今や戦いは百里の外にある。私は塹壕《ざんごう》の中に力なく這いつくばった負傷兵のように砲煙の渦巻く方角を眺めているのだが、しかし、静寂な空気が腸に沁みて暗い孤独感のみが犇々《ひしひし》と迫ってくる。

此処から五、六町はなれた渓谷の湯宿に、半歳近く病を養っているKさんがいます。Kさんは毎日のようにやってきては夜おそくなると提灯をさげて帰ってゆくのですが、この人の言葉には深い純情がひそんでいて、沁々と語る調子がおもしろい。今日は農休みで、街道筋の劇場に、「キネオラマ応用」という芝居があるというので宿の人たちといっしょに出かけました。劇場入口の事務所のようなところに、昨夜川ぞいの若い女のいる家で会ったおばあさんが厳然《げんぜん》として坐っているので、あとできいてみるとあの人が元締で、ここにかかる興行物は大抵あのばあさんが引きうけているのだというはなし。それで平常は、あの家で手伝いをしながら泊っているのだが、昔は東京の人で、ずっと流れ流れてここに足をとめているのだということを同宿の一人が話した。

齢《よわい》、耳順《じじゅん》に近づいて山間の湯の町に色っぽい生活を送っている老女の生活には重畳《ちょうじょう》を極めた過去の翳がさしているのであろう。しかし、ばあさんは前の晩とくらべるとつんとすましている。こんなところでセンチメンタルになるにも及ぶまい。劇場の中は人でうずまって、今、次の幕があいたところだ。神崎与五郎の幼年時代。節劇《ふしげき》というやつで、村井長庵の出来そこないのような顔をした若い男が、下品な眼玉をぎょろつかせて、観客の中から田舎娘の瞳を探りながら、昂然としてうたいはじめるのもわるくない。そとは雨。中途で一人だけ雨の中へ出たが暗い山坂を歩いているうちに到頭道に迷った。闇夜だから影に問うわけにもゆくまい。

河鹿

川ぞいの温泉宿の離室《はなれ》に泊っている緒方新樹夫妻はすっかり疲れてしまった。彼等はお互いの生活の中から吸いとるかぎりのものを吸いとってしまっていた。愛することにも、憎むことにも彼等にとっては最早何の新しさも残っていなかった。彼等は全く同じ二つの陥穽《かんせい》の中に陥《おちい》っているようなものだった。互いに、小さな感情で反撥し合うことと、残滓《ざんし》にひとしい小さな愛情の破片を恵み合うこととの退屈な習慣の繰返しによって、彼等は辛うじて自分たちが対立しているということを感ずるだけであった。こういう生活は何時《いつ》かは破れなければならない。——緒方新樹はそう思った。彼に従えば、つまり、これは誰れが悪いのでもない、彼等の結合が既に不自然であったのだ。彼等は生理的に男であることと女であることとの区別をのぞいては全く同じ気質を持った人間であったから。——

ある晩、二人は寝床の中でこういう会話をした。最初、緒方新樹を揺り起したのは妻のA子である。

「ねえ、あなた、——わたしたちはこうやって暮しているうちに自分をすっかり擦り減らしてしまうような気がするじゃないの、それがわたし急におそろしくなったの。だからね、わたしいいことを考えたのよ。わたしたちはすっかりわかれてしまうことにするの。そうしてね、勝手な空想をするの。空想の中であなたがほかの女と一所に何処かへ逃げていってしまったっていいわ。わたしがひとりのこされる。ね、そうするとわたしたちの生活がもっと生々《いきいき》してくるわ。ほんとうにわかれるんじゃないのよ。世間体だけそうするの」

「なるほど、そいつはいい方法だ。早速はじめることにしよう。だがね、おれはお前ほど空想的でないから動くのが厭だ。——おれの方に残される役を振りあてててくれ」

「あなたは莫迦《ばか》に冷淡なのね、あなたはそんな風な言い方をして平気なの、——わたしはもうあなたにはまるで要らないものになってしまったのね、あなたはわたしがほかの男と逃げていったりするのを黙って見て居られるの?」

「お前は自分勝手な奴だな。——お前がおれにとって要らないものになってしまっているよりも以上に、おれはお前にとって要らないものになってしまっているじゃないか。おれたちの生活はそんな子供だましのような方法でゴマ化すことはできなくなってしまっているんだぞ。——だから」

「だからどうしたの？」

「だからおれはもっと根本的なことを考えているんだ——」

「根本的なこと？　じゃあ、わたしたちはもうほんとうにすっかりわかれてしまうの？」

「そんなことはおれにもわからないさ。兎《と》に角《かく》だ、おれはもうこういう話をすることにも疲れているんだ。おれは一人きりになりたい。そしておれの生活をとり戻したいのだ。おれはお前のかげを背負って歩いているようなものだ。お前がおれの敵だったら、おれは未だしも救われるだろう、だが、そうじゃない。おれたちは味方同志だ。憎み合っている味方同志だ。それにこんな古ぼけた痴話喧嘩のテーマを幾つ積みあげたところで同じことだ。お前は何にもおれに遠慮する必要はないのだからな、お前の新しいきずなにとびつけばいい。——こういうときには人間は自分を不幸にすることを恐れてはいけない」

「とんだ御説法だわね。そんなに自分を不幸にしたければ、あなたが御自身で決行なさるがいいわ。あなたは何時だって、自分のことだけしか考えていらっしゃらないくせに」

「おれが？　——なるほど、おれは自分のことを考えているさ。だが、お前がおれよりも以上に自分のことを考えていないと言えるか」

「あなたは理窟がお上手なのね。わたしは一度だって、あなたとわたしとを別々のものにして考えたことなんかないのよ。それだのにあなたは何時もわたしのことと御自身のこととの間にはっきりとした境界をつけていらっしゃる。――わたしから離れよう離れようとなさるのがよくわかるわ。それを考えるとわたしはほんとにあなたにお気の毒でならないと思うのよ。ね、あなた。わたしたちはもうおしまいになってしまったのね」

　緒方新樹はもう我慢がならなくなった。彼は自分の頭の中の冷静が次第に乱れてくるのを感じた。Ａ子の声が耳のそばで挑みかかるようにがんがん鳴りはじめた。彼の頭の中をＡ子との結婚生活が始まってからの数年間の記憶が入れ《ママ》乱れて通っていった。その回想はすべて不快で濁っている。一瞬間、彼は自分が非常に不誠実で狡猾な、無価値な男のように思われてきた。すると、Ａ子とわかれることが、何かしら献身的な行為のように思われてきたのである。そうだおれはわかれてやろう。おれはほんとうに一人きりになろう。――彼はわざと身体を反対側にねじ向けた。陽に輝いた白い砂浜を控えた海が彼の頭の中に現われてきた。その砂浜の丘の上にある宿屋の二階でごろりと横になっている自分の姿を想像した。おれは一人で旅に出よう。そう思うと、彼は急に自分の前に一つの新しい道がひらけてくるのを感じた。だが、これは何も今に始まったことではない。彼は、痴話喧嘩のあとで必ず自分の空想が同じ順序を追ってこういう気持に到達するのだという自嘲的な想念によって烈しく鞭《むちう》たれながら、次に来るＡ子の言葉を待っていた。此処でおれはセンチメンタルになってはいけない。――と彼は思った。しかし彼が空想の限界を飛び越えるために心の構えを立て直したとき、彼は背中に忍びよってくるA子のすすり泣く声を聞いた。すると、彼は何か一つの強い衝動がおびき出されてくるのを感じた。

「ねえ、あなた、――ほんとうにわたしたちはもうおしまいになったの、ね、ね」

A子の身体のぬくもりが彼の身体に迫ってきた。二つの掌が、吸盤のようにぴったりと彼の背中に吸いついた。馬鹿野郎、貴様はひっこんでいろ！　緒方新樹は胸の底から疼《うず》くようにのぼってくる衝動に向ってこう叫びかける、おれは今大事なときなのだ。

「ねえ、あなた、ほんとうなの？」

「ほんとうだ」

「じゃ、わかれてしまうのね？」

「そうだ。――」

しかしそう言ってから彼は、急に心の中がげっそりして虚ろになってしまったような気がした。A子が彼の背中にしがみついて烈しく泣きはじめた。その泣声が、彼の胸の中にひろがってきた。彼は少しずつ自分がうしろへ引き戻されてゆくのを感じた。

「おい。お前はじっとしているんだ。おれは一寸《ちよつと》そとを歩いてくるから」

緒方新樹はついと身を躱《かわ》すようにして立ちあがった。彼はうしろにA子の声を聞いたような気がしたが、しかし、彼はわざとその声を払いのけるもののように縁側の障子をぴしゃりとしめた。星の冴えた夜である。彼は宿の裏手の草道伝いに水際までおりていった。彼の眼の前にはまん中にある大きな岩のために川の流れが二つにわかれ岩の横腹には波の飛沫を浴びた水苔がうす闇の中に光っている。彼はその前にしゃがんでじっと岩の横腹を見詰めていた。すると断続的に岩に殺到してくる白い浪がしらの尖端から黒いものが岩にとびつき、そのままずるずると上の方へ這いあがってゆくのを見た。

一つ、二つ、三つ、――と、彼は水苔を縫うように、ぬらぬらと這ってゆく異様な生物の行方を追っているうちに、やがてそれが河鹿《かじか》であるということに気がついた。闇の中に人間の模型のような四本の手足が、ちょうど裸体の人間を見るようにぺったりと滑かな岩の面にへばりついている。

そのとき、一匹の河鹿が、岩角にしゃがんだと思うと流れの方に頭を向けて、美しい声で鳴きはじめた。すると、また一匹、また一匹、といった風に、岩をめぐって澄みとおった鳴き声が川波の音を潜《くぐ》ってひびいてきた。それは何か異常な衝動に唆《け》しかけられているもののように彼の耳に迫ってきた。その鳴声は彼の心に生々《なまなま》しい性慾を喚び起した。彼は力無く蒲団の上にぐったりと横わっている妻の姿を想像した。妙な、不愉快な感情が彼の胸をかすめた。彼が慌てて立ち上ろうとしたとき遠い川岸から一斉に河鹿の鳴き声がむらがるように起ってきた。――その鳴き声は流れとともに近づいてきた。一匹の河鹿が岩角に縋りつきするすると巧みな腰つきで上に這いあがった。つづいて、もう一匹もう一匹と、転ろがるように咽喉《のど》を鳴らしながらのぼってくる。——最初の一匹が、前にいた河鹿に近づいて、うしろから、ひょいと胴体にとびついた。とびつくと、そのまま両足をだらりと下へのばした。鳴き声の調子が急に変った。と、見る間に二つ折り重ったままじりじりと岩をすべりおりた。やがて、彼の眼の前を雌と雄の二匹の河鹿が、胸をぺったりと吸いつけて下流の方へ流れていった。次の一組が現われた。そして、あとからあとからと同じ恰好をした二匹の河鹿が、頭だけを二つ流れの上に擡《もた》げるようにして下流の闇の中へかくれてゆく。絶え間なしに続いてゆく河鹿の行列を眺めているうちに緒方新樹は妙に心が晴ればれとしてきた。彼は酔っぱらったようにごろりと砂原の上に横になり、低い声で唄をうたいはじめた。彼の頭の上には星のうかんだ空がひろがっていた、彼は自分の唄う声が川波の音の中に消えてゆくのにじっと耳を澄ませながら、自分の心は今、非常に荘厳な何ものかに当面しているのだ、という気持になった。すると、彼の幻想の中で河鹿の行列のあとから、妻の身体をうしろから抱きすくめて悠揚《ゆうよう》として流れて行く自分の姿が神々《こうごう》しいもののように描きだされてきたのである。

鶺鴒の巣

鶺鴒《せきれい》が街道に沿った岩かげに巣をつくった。背のびをしなくても手の届くほどの高さであるが、今まで誰れも気がつかなかったらしい、ということをある夕方瀬川君が来て話した。瀬川君の宿と南里君の宿とは十町ほど離れているが、道は一本筋だから彼は南里君の宿へあそびにくるごとに鶺鴒の巣の前を通るわけだ。巣のある場所は瀬川君の宿に近いところで、そのちょっと手前に小さい石地蔵がある。そこは真っ暗な道で、足の下の樹立の闇をえぐってひびいてくる激流の音が絶望的な呻き声のように伝わってくる。しかし、断崖は石地蔵の少し先きのところで道に並行して急に傾斜しているのでその突端までくると、瀬川君の宿のあかりが見えるのである。鶺鴒の巣のあるのはその曲り角だ。曲り角では人間は大抵の場合、遠い眺望の変化に気をとられて、すぐ眼の先のことを忘れているものだ。だから、鶺鴒が街道筋の断崖の上に巣をつくったのは大胆すぎると言えば大胆すぎるが、しかし賢明な方法であったとも言える。

何故かといって往来に近い場所の方が蛇を避けるには都合がいいにきまっているし、それに第一、彼は人間よりも以上に蛇を恐れなければならないのだから。——

瀬川君は妙に昂奮しながら話した。彼がその巣を見つけたとき、町はずれの淫売宿にいる若い女がうしろからのぞきこんでいたということに彼は不安を感じていた。

次の日、南里君はその巣を見るために出かけた。石地蔵のところから、南里君は丹念に断崖の上に注意していったが、しかし、何処にあるかまるでわからなかった。南里君は茫然として立ちどまったまま所在なさに煙草を喫うためにマッチを擦った。すると、その音に驚いたようにすぐ眼の前の岩の小さい裂け目から羽搏《はばた》きをしながら一羽の鶺鴒がとびあがった。南里君は慌てて身をひいた。その裂け目の上の方に枯草を積みあげてつくった小さい巣と、その中におずおずとうごいている三つの雛の頭をたしかに見たからである。一瞬間、南里君はかすかな衝動に襲われた。南里君が手をのばしさえすれば一羽の雛を容易に奪いとることができるのである。南里君はその雛が欲しいのではない。唯《ただ》、自分の盗心が誰れにも気どられないで済むという気持が彼を唆《そそ》りかける。——南里君はそっとうしろを見た。誰れも近づいてくる者はない。南里君は素早く手をのばした。南里君は心臓が顫えるのを意識するとほとんど同時に指の先きから伝わってくるやわらかいぬくもりの中に少女の生活を感じた。南里君は自分が今何をしたかということについて考える余裕もなく一羽の雛をつかんで右手を懐ろの中へ入れたまま自分の宿の方へ歩いていった。道が行詰って新しい道につづく橋の袂まで来たとき、雛の身体から伝わってくるぬくもりが次第に衰ろえつつあるのを感じた。懐ろの中であまりに強く握りしめたからであろう。そっと掌をひろげてみると雛はもう死んでいる。南里君はその死骸を川ぞいの草むらの中へ捨てた。同じ日の午後瀬川君が来たので、彼は、今朝鶺鴒の巣を見にいったという話をした。だが雛は二つしかいなかったというと、瀬川君は、いや、そんなことは無い筈だ。僕の見たときにはたしかに三ついた筈だが、と言いながら眉をひそめて、

「ことによると、滝の家（淫売屋の名前）の女が怪しいぞ。夕方もう一度見て、いなかったらあいつに聞いて見よう」

と言った。眼に見えないものを欺き了《おお》せたという気持のために何ということもなく南里君の心は晴れやかになった。彼はようやくにして一つの危険を突破した人間を自分の中に感じた。一瞬間、自分がある欲情を充《み》たしたということをのぞいては、すべての状態が元の通りではないか。南里君はそう考えることに少しの不安も感じなかった。

「兎に角、ひどいことをしたもんですね。そう言えば、今日わたしがくるとき巣のまわりを鶺鴒がしきりに飛んでいましたよ」

そう言った瀬川君の言葉に対して南里君は平然としてこう答えた。

「鶺鴒はもう少し人通りの多いところへ巣をつくればよかったわけですね。蛇より人間の方が

どんな場合でも道徳的だと考えたところに鶺鴒の錯誤があったわけだ！」

日暮れがた、南里君は瀬川君をおくり旁々《かたがた》鶺鴒の巣を見に行った。陽がかげって、大気が夕靄のためにうすじめっているので水の音に秋を感じた。

巣のある場所の近くまでくると、足音におどろいたのか、一羽の鶺鴒が、もう一つ上の岩角へひょいとびあがって、軽く全身を弾むように動かせながら、不安そうに二人を眺めていた。瀬川君は巣に近づいて、じっと中をのぞきこんでいたが、急に頓狂な声で叫んだ。

「一つしかいない。一つしか。——さっきまでたしかに二ついたんだが」

南里君はぎくりとした。してみると、誰れか自分のあとから、もう一つ盗んだ奴があるにちがいない。南里君は急に不安になった。ことによると、その男は自分の盗むところをこっそり見ていたのかも知れない。そして、その男は、おれがとらなくともどうせ誰れかがとるのだ、それにあの男がとった以上はおれがとったって差支《さしつかえ》ない筈だ。——見知らないその男はそう考えることによっておれに罪をなすりつけるつもりでとったのかも知れない。南里君は一瞬間、道徳的な感情の方へ引き戻されたが、すぐ猛然として跳ねっ返った。——誰れも見ていなかった。あのときはたしかに誰れも見てはいなかった。おれはこんな幻覚におびえてはいけない。

南里君は、しかし、鶺鴒の親の悲しげな視線をうしろに感じながら、そこの曲り角から自分の宿へ帰ってゆく瀬川君とわかれて暮れかかった道を歩いていった。歩きながら、彼はこの村へ来てから知り合いになった一人の娘のことを考えていた。彼女は南里君の泊っている宿からあまり遠くない街道筋にある古い寺のひとり娘で、父と母が死んでしまって、おじいさんとおばあさんとだけに養われている。そのおじいさんと南里君とは将棋の友だちなので、彼は毎晩のように寺へ出かける。ありていに言えば、実は将棋よりも娘の方が目当なのだ。彼女は今年十五歳であるが、身体つきの子供らしいにもかかわらずその瞳の底には成熟した女の嬌羞《きょうしゅう》が潜んでいる。南里君が寺へゆきはじめてからやっと一ト月にも充たないのであるが、しかし、その間に娘の肉体は異常な発達を示した。それはちょうど梅雨の頃の枇杷《びわ》の実が一日ごとに色づいてゆくのを見ていると同じように、南里君は娘に対して新鮮な食慾を感じた。炉をかこんで話をしているとき、南里君は鈍い電灯のほかげの中に、じっとおびえるように自分を見据えている娘の視線を捉える瞬間があった。その視線は一晩中彼を追っ駈けてきた。彼女の肉体の微細な部分についての想像が彼を悩ました。あの娘は自分の近づいてゆくのを待っているのだ、――と、南里君は思った。彼は自分の頭の上にぶら下っている木の実を空想した。若しそれをとろうとするならば、彼は背伸びをする必要もなく、唯、手をのばしさえすれば足りるのではないか。機会は幾度びとなく彼の前を往復した。しかし、そのたびごとに南里君は妙に心のすくむのを感じた。そして、娘はだんだん色づいていった。――

その娘のことが、不意に南里君の頭にこびりついてきたとしても少しも不思議ではない。南里君の空想は異常な速度で発展していった。今こそ、おれは何でも出来るぞ、——と、彼は思った。彼はあの娘に対して自分だけが道徳的な責任を感ずる理由は無いと思った。何故かといって、彼が若しとることを躊躇したとしても、あの色づいた木の実は、偶然あの下を通りかかった誰れかによって必ずとられるであろうから。そういう考が南里君の食慾を駆り立てた。——「そうだ、今夜こそ、おれは」南里君は自分の決意をたしかめるもののように心の中で繰り返した。その夜、南里君は計画どおり娘に近づいていった。そして、無造作に、全く無造作に娘の唇に触れたとき、彼は娘の存在が彼の掌の中に握りしめられた鶺鴒の雛よりも以上の何ものでもないことを感じた。しかし、夜が更けて、娘とわかれて宿へ帰ってから、彼の心は思いがけない一つの考によって圧えつけられた、彼は見知らない一人の男の顔を頭に描いた。そして——あの男がとった以上はおれがとったところで差支ない筈だ。——そう呟いている男の姿である。南里君はそういって瀬川君に話した。彼女の運命を支配する微妙な力をまざまざと見せつけられたような気がしたからである。——

数日後、南里君は、夜おそくまで話しこんでいた瀬川君をおくって外へ出た。夜がおそいし、それに月があるので、大気が澄み透っていた。うねうねとつづく街道筋を歩いて二人が何時の間にか石地蔵のある断崖の近くへくるまで南里君は鶺鴒の巣のあることを忘れていた。しかし、石地蔵の前までくると一瞬間、非常に冷めたいものが南里君の胸をすべっていった。不吉な妄想が彼の頭にうかんだのである。ことによるとあの巣の中には鶺鴒の雛は一つもいないのではあるまいか。――南里君は足音を忍ばせて岩のかげに近づいていった。巣はもとの場所にあった。巣の中には一羽の鶺鴒が羽をひろげてうずくまっていた。

「こいつはね、この二三日僕が通るごとに巣の中にしゃがんでいるんだ。雛をとられやしないかと思って警戒しているのかも知れないね――」

うしろから肩越しに覗きこむようにして瀬川君が言ったとき、鶺鴒は急に物におびえたように巣の中からとびあがり、街道を横切って樹立の闇の中へ消えていった。

南里君の眼の前には、ほのかな月明りに照らし出された空虚な巣があった。積みあげた枯草の一角がばらばらに壊れて、巣の中は空き家のようにがらんとしている。そこには小さな雛の頭すら見出すことができなかった。

「へんだね。――雛はもう一つもいないじゃないか！」

月光の反射のために瀬川君の眼がうす気味悪く光った。南里君は自分の頬の筋肉がかたくなったのを感じた。一つの情景があわただしく彼の頭をかすめたのである。小さな炉をかこんで、正面におじいさん、その横におばあさんと娘とが並んで坐っている。――彼は鈍い電灯のほかげの中に、一つの欲情のために燃えている娘の悩ましい瞳をさぐりあてると急に不安になった。

あの娘は近いうちに、きっと誰れかほかの男に誘惑されて寺を逃げだすにちがいない。——

そういう予感が南里君の胸に犇々《ひしひし》と来た。

娘のいない古寺の台所が荒涼として彼の幻覚の中に現われてきたのである。

秋日抄

都新聞の小説がすんでぐったりとつかれたせいであろう、四、五日放心したような気もちでくらした。いつのまにか秋がふかくなっている。小さい庭の朝顔が、咲いたのさえも気がつかずにもう葉も黄色く萎《しお》れかかっているのに驚く。

薩摩琵琶《びわ》渡辺流の宗家である渡辺玉仙老が山王の小さい流れにそっている持ち家が借り手もなく荒廃にまかせきったままになっているので借りてくれぬかと言って来られたのが、もう一ト月ほど前であるが自分のいつものくせですぐ借りうけて仕事部屋にするという約束をしながら一日経ち二日くれて、やがて新聞小説が終るころにはもう金もつかい果して家を借りる能力もなくなっていた。約束をしたときには出まかせを言ったわけではなく、自分もその家には前に住んでいたことがあり、だから、鬱蒼としげった樹木にも、秋になると底が澄んでくる浅い流れにもふかく心をひかれたのであるが、しかし、今となるとわが家を支えることに急で仕事部屋どころではなくなったので、心にかかりながらほったらかしておいたのである。その玉仙老が今日ひょっこりやってきた。玉仙老のことは前にも書いたことがあるが、年歯すでに五十をすぎて、どこか飄々《ひょうひょう》たる感じのうちに高い気魄《きはく》が宿って、彼の琵琶がそのまま彼の人柄を語っていると言える。琵琶というよりもむしろ謡曲の境地にちかく、その枯淡な、すみきった味は俗流の琵琶を聴くこころをもって聴けるものではない。玉仙は殊《こと》に弾奏が得意で、彼の撥音《ばちおと》には五十年の人生を封じこめたと思わるるばかりの峻烈なひびきがあり、きいているうちに心がひえびえとひきしまる。歌詞もほとんど彼のみに独自のもので、「琵琶行《びわこう》」「長恨歌《ちょうごんか》」等の白楽天物を愛し、彼の弾奏をききながら、しっかりと構えたすがたを見ているとおのずから荘厳の気にみちあふれて、むしろ芸道の三昧境というものにおそろしさをさえ感じさせられる。このような琵琶が職業的な集団によってまもられている今日の俗流にうける気づかいもなく、長い生活の習慣から彼もいつのまにか肩をそびやかして孤独の境地におのれを楽しんでくらしているのであろうが、すくなくとも琵琶だけは一日一日と進境の深さを加えておごそかな闘争の情勢をかきたてる。歌詞はすべて古い詠嘆にみちた感傷句の連続であるが、しかし、それにもかかわらず、ひとたび彼の声をとおしてあらわれると、感傷はあたらしき意志となり、物のあわれは一つの絶対境を産んで、たちまち闘争の行進曲に一変するのだ。よきセンチメンタリズムへの暗示が此処にあり、すぐれた芸術はどのような否定的なかたちにおいてさえも、常に生《なま》生《なま》しい青春の現実にみちあふれていると思わせる。弾奏が深まるにつれて、彼は不思議なほどだんだん若くなる。僕は眼の前にとぎすました槍の鉾尖《ほこさき》をかんじないではいられない。

玉仙老の顔を見ると僕はもう何も彼も安心したきもちになった。僕が金をすっかり酒色につかいはたしてしょげかえっているところだとはなしをすると、玉仙老は僕を一喝するような思いをこめた瞳を輝かした。「その危険の中に泰然と落ちつくところに芸術があるのです。——云々」

その日、玉仙老から貸家の鍵をうけとり、すぐ仕事に出かけることにする。二人でビールを飲み、二、三時間昼寝をして、うすら寒さに眼がさめると玉仙老はもういなかった。玉仙老は貸家のあるじであるが、それは彼の愛妻の死後、彼に残された唯一の財産なのである。ああ、財産というべくあまりにみすぼらしき廃屋であることよ。よき家主たるべき心構えのできていない彼は、修理さえしたらどんなによき住家となるであろうと思われるような家でも、ほったらかしたままにされて、荒れ放題になっているので進んでこの家を借りようというひともないらしい。翌日、僕は一友の来訪をうけて、ひるすぎから掃除がてらにこの家へ行ってみると、庭も樹立も、あたりの風色はことごとく昔のままであるにもかかわらず、家そのものの荒れようのひどいのにおどろいた。玄関につづくひと間だけは畳が変えてあり、僕はそこをかりの仕事部屋にあてることにした。

秋の夜は虫の音に心のわびしさをかきたてられるであろう。数年前、僕ははじめて玉仙老を知ってから芸術に精進することの生甲斐を知ったと言っても過言ではあるまい。この家も玉仙の家と思う故にこそ、奥床しさを覚えるのである。ニイチェが彼のすきな芸術家について書いている。

「私のすきな芸術家——その要求において控え目な芸術家である。彼は本当に唯二通りのものを要するだけである。即《すなわ》ち彼の芸術と彼のパンと——」

玉仙は彼の貸家を持っているにもかかわらず彼の住むべき家を持ってはいない。彼は五十をすぎて兄の家に寄食しながら人生に泰然と腰を据えている。撥の音に生活の乱れを残さない玉仙を見ると、常にみすぎよすぎの原稿にのみ追われて、日に日に精進のすたれてゆくわが心に鞭うつ思いの急なるものがある。

鳴沢先生

その私設簡易宿泊所は海のそばにあった。古い木造の三階建であるが、しかし、ゴテゴテとならんだ細民街では兎に角巍然《ぎぜん》としてそびえている。以前にはナルザワ先生が一杯機嫌で玄関の扉（と言っても板戸であるが）をあけると、謹厳《きんげん》な相貌《そうぼう》をした主事の馬渡老人がストーブの煙突のかげからぬっと顔を出したものである。

老人は終日、ストーブのかげの椅子によりかかって煙管《キセル》をはたいていることがある。ときどき小使長の笹沼と二人でぼそぼそと話をしていることがあるが、しかし、それさえ、生理的に唇を動かす必要が生じたので仕方なくやっているという風に見える。それで、格別用のないことでも老人は必ず左手で屏風《びょうぶ》をつくって話をする。老人が退屈しきっているということをのぞいては、笹沼でさえもおそらく彼の言葉の意味をすべて汲みとることはできぬであろう。兎に角、彼は実に退屈して居たらしい。退屈というよりも、何か持てあましきっているという風に髭をひねったり、肩を敲《たた》いたりして、時にはそのでっぷりとふとった身体の遣り場に困っているという感じだった。

そういう、馬渡老人の姿がナルザワ先生には途方もなく親しいものであったにちがいない。

「あの老人がいる間は僕もまるで安《やす》んじて泊りこむことができたんだが」

と、ナルザワ先生はあるときそう杉坂半六に言ったことがある。

しかし、今はそうではない。馬渡老人がいなくなって新しい主事がやってきた。そして、事務は淀みなく進行する。馬渡老人がそこで怠業していたストーブはとり払われ、事務員や小使たちも、もうまごまごしてはいられなくなった。それ故、創業以来の上客であるナルザワ先生も、一文無しで飛び込むわけにはゆかなくなったのである。そして、今はこの海浜ホテル（ナルザワ先生はそう命名していた）で、先生に特別の好意を示してくれるものは小使長から事務員に出世した笹沼だけである。というのは、笹沼がこの簡易宿泊所においての先生の華かな時代を知っているからだけではあるまい。それは笹沼にとって先生が唯一人の「話せる客」であると言った方が早いであろう。つまり、それほど笹沼は話したいことを余計に持っていたと言った方が。――

まったく、身の上話をするときの笹沼の眼は感激に燃えていた。それで彼は同じ話を何べんとなく繰返えしたが、しかし、ナルザワ先生の耳はほとんど彼の話を受付けなかったと言うべきである。それ故、ときどき間違いが起った。例えば、笹沼が彼のロマンスを一段語りつくしたあとで悵然《ちょうぜん》としてこう言ったことがある。

「わたしはどうしてあんな気になったのかと思いますよ、今になるとまるで一場《いちじょう》の夢です」

彼は「一場の夢」という言葉に特に力を入れて「ハハア」と笑ってみせた。そのとき先生は、電気ブランのことでも考えていたのであろう、うっかりしたことを言ってしまった。

「あんな気になったって──一体何の話かね？」

人間はどんなに注意しているときでさえ、しばしば問うに落ちずして真実を語ってしまうものである。しかし、そういう「チグハグ」が生じたとき、慌てて真っ赤になるのはきまってナルザワ先生であった。

「なるほどね、いや、実に──そういうときの苦しさは、いや、なるほどね」

十年前に笹沼は上海のある日本人商会の帳簿係であった。二年間、彼は一弗《ドル》均一の広東婢《カントンピー》を買う余裕もなくせっせと稼いだのである。貯金の額が千円に達しようとしたとき一つの事件が起った。つまり、この謹直《きんちょく》な帳簿係は恋愛をはじめたのである。女は同僚の妻であった。二年間の禁慾生活から生理的な結果として千円の情熱はたちまち散じ尽した。こういう恋愛のどたん場はわかりきっている。彼は女のために一生を棒にふらなければならなくなっていた──と、先ずそういう風に言わねばなるまい。女は彼を捨てて彼女の夫とともに日本へ帰ろうとしていたのである。そこで惨事は船と碼頭《マートー》とをつなぐブリッジの上で起った。悲劇の大詰はなかなか華々しかった。笹沼は九寸五分を閃かして背後から女に躍りかかったのである。彼は女が材木のように倒れるのを見た。見る見る彼の生涯が遠くかすんでしまったのは、その一瞬間であった。そして、女は生き還ったが、しかし彼は監獄へ送りこまれた。

「世の中に女位恐しいものはありませんや、今になって考えると、女だってちっとも悪いとは言えねえが、唯《ただ》ね、あの女の亭主にだけはすまなかったと思いますよ。わしがいなかったら、こんな筈になりっこはないし、だから世の中に悪い人間は一人もいやしない、――あんな憎い女でも、今頃はどうしているかしらんなんて妙なことを考えますよ」

こういう話をしみじみ聴いてくれるのは今どき、ナルザワ先生のほかにはない。冬から秋にかけて東京は失業者の洪水だった。そして、簡易宿泊所は眼が廻るようにいそがしい。

ある夜、杉坂半六はナルザワ先生の訪問をうけた。先生は何処からともなくやってくるのである。そして、そのたびごとに先生の生活は変っていた。

先生は明治四十一年の帝大卒業生だから、もう五十に近いであろう。それにしても、一体何が先生をあんな風に一変させてしまったのであろうか――彼等はときどきそういうことについて話し合うことがある。

「先生は要するに生れながらのルンペンなのだ。つまり現代の経済組織が先生のような自由な感情を受け入れるのに適当しないのだ」

するとある男がその言葉を遮った。

「それは必ずしも先生だけじゃない。先生は時代に対して何の苦悶も持っていやしないのだ。あの人は唯、放漫な酔っぱらいさ、よくある奴だ！」

そうだ、と杉坂半六も思う。ナルザワ先生は唯の酔っぱらいにすぎないのだ。だがしかし、先生を酔わしむるものは、――これは酒ではなくて人生ではないか。それほど、先生は人生を愛していると言えないであろうか。多くのロマンチストたちにとって、しばしばそうであるように、「現実」は先生にとって正《まさ》しく阿片であるという風に。

彼等が中学四年のとき、先生は東京から赴任してきた英語の教師であった。あるとき、一人の学生が放課時間に教壇にとびあがって共同便所の落書のような妙な画を黒板にかきはじめた。(中学生はよくそういう悪戯をやる)――そこへ、先生が入ってきたのだ。

「こらっ――何を画いている？」

凛然《りんぜん》たる声で（先生はもうこの調子をすっかり忘れてしまったのであろう）先生が言った。

その中学生は慌てて直立不動の姿勢になって廻れ右！をした。そして、儼然《げんぜん》として挙手の礼をしてから（彼等は極めて周到な軍事教育によって訓練されていたので上官から怒鳴りつけられた場合にそういう動作をする習慣がついてしまっていた）顫え声で言った。

「山梨県の地図を書いて居ります」

するとと、先生は呆然として黒板にうねっているチョークのあとを見詰めていたが、やがて我意を得たという風ににやりと笑ってみせた。そして出ていった。

それから十余年経つ。（尤《もつと》も、彼等が卒業する前に先生はもう追い出されてしまっていたが）そして、先生は今や、「ラジオ飲食」の名人である。

「近頃、何をしていますか？」

「何って、——やっぱりその、ラジオさ」

その夜も先生は酔っていた。二日前まで彼はT署の留置場の中に寝そべっていたのである。その留置場の中で先生は一人の男と知り合いになった。その男は建具師であった。しかし、それも、もう古い話だ。人間は建具ばかりつくっていられるものではない。その男は非常に貧乏していたので、若い女房は場末のカフェーの女給にならなければならなかった。それで、悪いことが起ったのである。若い女房は亭主の建具屋よりもロイド眼鏡をかけた大学生の方が好きになってしまった。しかし、建具屋が発奮したのは彼の愛妻が行方をくらましてしまったからである。発奮したその男は、もう建具をつくらないで、無銭飲食をしては留置場をわたりあるいた。

「いやに落ちついていやがる。君は何で入ってきたんだい？」

その男はごろりと壁際に横になったナルザワ先生の肩を敲《たた》いてそう言ったそうである。

「ラジオさ」

「ラジオだって、横柄な口は利いてもらいたくないね。こっちはもう十年越しのラジオの本尊だ。お前さんは一体誰れかね？」

ナルザワ先生は実に巧みな手付で、その男の真似をしてみせた。

「それで二人はすっかり親しくなってね。二人とも十日の拘留で出てから一杯飲もうということになった。それにはT署の管内が一ばんいい。あそこは第一弁当がいいし、それに一杯機嫌で留置場にごろりと横になっていると、隅田川の川風が吹いてくる。じゃあそうしようということになったのだ」

「それで」

「だから、僕がM橋の袂の牛肉屋で待っている。鱈腹《たらふく》飲んで一寝入りしたところへそいつがやってくる」

こういう寸法に――と言いながら先生が畳の上で鼾《いびき》をかく真似をしてみせた。

そこへ、建具屋がやってくるのである。今晩は？「ナルザワ先生」はいらっしゃいませんか。おや先生ですね。ずい分お待たせしました。さあ眠気ざましにもう一杯差上げましょう。――

建具屋は先生を相手に一時間ほどちびりちびりやったあとで出かけてゆく。先生はごろりと横になる。もう十二時すぎだ。もしもし、まことにすみませんがもう看板ですからお勘定を――と、人相の悪い下足番がやってきて先生をゆり起す。

「何だって――勘定？　そいつは困ったね。さっきのあの人は？」

「疾《と》っくにお帰りになりました」

「帰ったって――畜生、あいつが君、僕に此処へ来て待っていろと言ったんじゃないか。それもあのときたしかに財布を見せて、このとおり金がありますから大丈夫だって、たしかに僕に――」

「困るね、こっちは酔狂に商売しているんじゃないからね――兎に角、交番へ行って貰おうじゃないか！」

このあたりまでくると、ナルザワ先生はそう自分の話に陶然《とうぜん》としてしまった。

「――そこで、交番の巡査が若《も》し人の善い男だったら、僕の言い分をきいたあとで、そんな君、酒場で会った見ず知らずの男を信用するなんてことがよくないぜ。しかし、君はだまされたんだから明日でもこの家へ届けるがいい――というようなわけで、出鱈目の住所姓名を書いて放免になってしまうのだが、そんな巡査は滅多にない。先ず警察へつれてゆかれて留置場へぶちこまれる。何、その方が罪がなくていいよ。どうせ一晩がまんすれば建具屋が迎いにくるんだからね。あいつはそのとき尤《もっと》もらしい顔付で拝み倒すのだ――こちらにナルザワ先生がいらっしゃる筈ですが、実は奥様が病気で、もう朝から心あたりを探し廻っているようなわけで、酒を飲まなければいいんですが、飲むとふらふらとあるきだす癖があって、何でもゆうべも、途中で会った男と話が機《はず》んで何処かへ出かけていったということだけわかったんですが――なあに、わたしは近所の洋服屋なんですがね。今後はきっと責任をもってわたしが監督しますから今回のことだけは何とか御寛大に――とか何とか言ってしまえば先ず大抵は大丈夫だね。そこで留置場からひきずり出されて、ぺこぺこと十ばかり頭を下げて街へ出る、もうこっちの天下じゃないかね。二人はヨイコラサと踊り出す。さあ先生、今度は何処にしましょうか。T署の管内はどうです。あそこはすぐ裏が芸妓街ですからね。と言ったようなわけで、今度は僕が交代になって、そいつを受け出しにゆくのだ」

しかし、それは先生の空想であるにすぎなかった。何故かといって先生は建具屋との約束を履行《りこう》しなかったからである。若し履行したとしてもそうやすやすとゆく筈がない。それ故、ナルザワ先生の悲しみは彼が建具屋の勇敢さを学ぶことができないというところにもあるであろう。

彼は「ラジオ飲食」の方法について実にさまざまなことを考え出すのであるが、決してその実行者ではない。例えば――

「最も安全なる方法は」

と、先生は切りだすのである。

それは、田原町から雷門にわたってずらりとならんでいる屋台店にかぎる。これにはたった一銭銅貨の元手があればいい。おでんやでも、すし屋でも、牛めし屋でもどこでも勝手なところへ飛びこんでゆく。そして喰えるだけ喰って、いざ勘定というときに威勢よく、ふところをさぐって一銭銅貨を握りしめると、わざとそいつを屋台店の下へ落すのである。おやこれはいけねえ——こう言ってひょいと屈んだが最後、犬のように這い出して雑踏にまぎれこんでしまえば——いや若しそれでなければ、いいかげん喰ったところで、ひょいと暖簾《のれん》をひろげてぞろぞろとおる通行人に叫びかける。「おい石原君じゃねえか、おい石原君、此処だよ、此処だよ」

こうして、友だちのあとを追っかける体《てい》に見せかけてとび出してしまえば何の雑作もないではないか。

そういう話で、すっかり愉快になったあとで先生は半六の手から紙幣を一枚うけとった。そしていそいそとして出ていった。

「じゃあ、君——どうしても君は支那人じゃないというんだね」

暗いうすぎたない酒場であった。隣りのテーブルに席を占めていた暴力団員の一人がナルザワ先生にそう言って喰ってかかったのである。

「決して、このとおり、わたしは」

先生は恐ろしさのために両肩を顫わせながら、ぺこぺこと頭を下げた。

隣りのテーブルの男たちは、この頃一世を騒がした「サイナン事件」の報導について昂奮しきっていた。そこで、支那人を罵倒していた一人の男がひょいとふりむくと、そこに一見支那の長者を思わせる髭をもった先生の顔が見えた。(この髭を蓄えるために先生がどのように苦心したかということについて語る必要はあるまい)

すると、この男は、「やあ!」と嘆声をあげた。そして、ぐっとナルザワ先生のテーブルに手をのばした。

「君――君に悪意を持っているわけじゃないぜ、われわれは君の祖国について論じているんだ。君と僕とは何の恩怨《おんえん》もない。つまり四海同胞《しかいどうほう》なんだ。だからさ、何も君にサイナン事件の責任を感じてくれと言っているわけじゃない。誤解しないでくれたまえ。妙なことを言わないで、――さあ隣国の誼《よし》みで一杯つき合って貰おうじゃないか!」

「いや、ほんとうに僕は断じて日本人なんだ――決して、そんな」

「こいつは剛情な男だね」

その男は急に椅子をくるりと先生の方へねじ向けながら、

「君は祖国を偽って平気でいられるんだね。畜生――さあ飲むのか飲まないのかはっきりしろ！」

その男はガタガタとテーブルをゆすぶった。そして、がらりと一変した態度でコップを先生の鼻先へつきつけた。

「じゃあ、いただきましょう。とにかく切角《せっかく》の盃ですから……」

そのとき、先生の足元でコップが微塵《みじん》に砕かれた。その男は肩を張って立ちあがったのである。

「甘くみるない――支那人なら、支那人とはっきり言うがいいさ。それを飽くまで、日本人の真似をして切角の盃だからとは何だい。だから、おれは支那人は大嫌いなんだ」

「――だから、わたしは決して」

「何だって、この野郎」

と、その男が叫んだのと、ビールの空罐《あきかん》が先生の眉間をかすめたのとほとんど同時であった。血が先生の頬を伝った――それは秋の終りであったが、先生の白い夏服の上を点々と滴り落ちた。

こういう晩の「ラジオ飲食」がうまくゆく筈がなかった。ナルザワ先生は酒代のかたにズボンと上着と、その上に靴までもはぎとられて、ワイシャツ一枚でそとへつき出されたのである。もう夜が、明けかかっていた。そして、朝靄が低く、人生の冷たさが大地を踏む靴の底から泌《し》みてきた。(ああ、それにしてもワイシャツ一枚で人間《じんかん》の街につきだされたナルザワ先生の姿ほど、彼自身に相応《ふさ》わしいものがあろうか)

然《しか》し、それよりももっと悪いことが起ったのである。その朝東京市中には非常警戒が行われていた。警戒網をくぐって逃げ廻っている哀れな男は、彼も亦《また》前の晩、情婦をピストルでうって逃亡したのであった。その男は洋服を着て靴を穿《は》くひまがなかった。それ故、ワイシャツ一枚で飛出したのである。ところでこの警戒網にナルザワ先生がひっかからぬ筈はないではないか。先生は一町歩かぬうちに私服の巡査にとりかこまれてしまったのである。

「わたしは、何も」

「もう、おそいよ、そんな言いわけは」

と、この大捕物ですっかり上機嫌になった若い刑事が言った。――「怪しくない者がどうしてそんな恰好で」

ほかの刑事たちが一せいに笑いだした。

無論、間違っているのは刑事たちにちがいない。そして、先生はそれから一時間の後、すぐに放免された。(しかし先生の人生が少しも間違っていないということを誰が一体証明してく

れるのだ）

其話《その》を先生は次の晩、簡易宿泊所の宿直室で長々とやっていた。その夜は笹沼の当番であったし、それに雨が降っていたので客はほとんど半数にも足りなかった。

「それからさ」

と先生は昂然として肩をそびやかした。

「僕は言ってやったよ、警視総監の滝口へ電話をかけろってね――すると、こう言うじゃないか。滝口閣下がこんなに朝早く登庁していられるかって。じゃあ自宅へかけろと言ってやったよ。するとやっぱりかけたらしい。滝口は僕の旧友だからね。電話室で巡査の叱りとばされている顔が眼に見えるようだった。それで、平あやまりにあやまるやつを僕は怒鳴りつけてやったよ。貴様は何処の田吾作だ。ナルザワを知らないなんて――」

「ほう、滝口さんと御懇意ですか？」

「懇意も何も、あいつは学生時代の無二の親友さ」

笹沼は眠そうな眼で、この「偉大なる人物」を泌々《しみじみ》と眺めた。

そこで、ナルザワ先生はすかさず言った。

「君、何とかしてもらえまいかね。今夜と明日の晩だけ――明後日になればきっと払えるからね」

その夜、ナルザワ先生のとなりのベッドへ見知らぬ男が入ってきた。その男は非常に酔っているようであったが、夜中に床の上に起き直って心臓麻痺を起したのであろう。烈しくわめき立てたと思うとそのまま息が絶えてしまった。その部屋に眠っているのはナルザワ先生だけだった。先生はその男の死顔をじっと見詰めていたが、しかし、それきりで、スイッチをひねってぐっすり眠ってしまった。

その次の朝である。

ナルザワ先生は「不忍の池」のぐるりをあるいていた。先生は丸いボール箱を抱えていた。その箱の中には昔、帽子が入っていたのであろう。今はその中に先生の家財道具が入っている。その箱を抱えて先生はじっと池の面《おもて》を睨んでいたが、やがて鉄柵にもたれかかって箱のふたをあけた。

そして、とりだしたのは古い足袋《たび》であった。穴があいて、踵《かかと》のところが垢《あか》でピカピカ光っている足袋、――先生は足袋のにおいを親しそうに嗅いでから、ぽんと池の中へなげすてたのである。それからシャツを、それからサルマタを。

静かな池の面である。先生の「存在」が一つ一つうかびはじめた。

そのとき人の足音が先生のうしろに近づいてきた。

「もし、もし」

その声にナルザワ先生がふりむくと、大きな竹の籠を背負った屑屋が、きょとんとした顔をして立っていた。

「旦那、要らないんですか、その箱は？」

「要らないよ」

「じゃあ、そいつをいただきたいんですがね。実は一昨日の朝から飯を喰べていないんです。それをいただけりゃ今朝は何とかなるんだが」

「あげるよ、だけど、どうだい！　箱よりもいっそのことおれは？」

「何ですって？」

「どうだろう。この箱といっしょにおれを何とか処分してくれないか――？」

「ほんとうですか、旦那」

紙屑屋の顔には急に生気があふれてきた。

「ほんとうさ」

「じゃあ」

と、屑屋は、にやりと笑いながら、しかし、その痩せた右手は何時の間にかぐっと前にのびて、先生の襟首をつかんでいた。そして、かるがるとつりあげた。先生の身体は見る間に「へそ」を境にしてぽきん！　と折り曲げられた。そして、その無雑作な手つきで脊中にしょっている屑籠の中へ投げ入れた。

ナルザワ先生の身体は見る間に小さく紙屑の集積の中へ沈んでしまったのである。

微妙なる野心

大内君は木島君が彼の細君に近づいてくる感情を見逃すことはできなかったけれども、しかし、その感情のために木島君を憎む気持にはなれなかった。それは別の意味で大内君が木島君に近づいていたからであるという解釈もできるであろうが、それよりも、一面、木島君の恋愛法が大内君に批難の感情を起させるすきのなかったほど微妙であったと言えるかも知れない。その恋愛法においては、よしかりに木島君が彼の恋愛に成功したとしても、大内君は決してよりみじめにはならないであろうから。従って彼等は既に、こういう関係が当然に辿りつかねばならぬありきたりの感情をとびこえていたというべきである。木島君は長い間の心臓病で、この温泉町に一年以上くらしていた。それ故、彼の頭脳は空想で一ぱいだった。彼のいる部屋のすぐ前にもう一つ窓があって、ある夜一組の男女がその部屋の中で組うちをはじめた。木島君はそっと、耳をすましていた。さまざまな雑音の中から窓の中に起っている活劇の物音だけをぬすみとろうとしていたのである。しかし、彼の顔はみるみるうちに蒼ざめていった。彼は火鉢の上にかざした自分の乳白な指のさきがぶるぶるふるえるのを見た。それから立ちあがって部屋の中をぐるぐるあるきまわり、そのまま、まるではずみのついた独楽《こま》のようにそとへとびだした。夜はふけてはいたけれども、月が深く道をてらしていた。木島君はその中をせかせかとあるいていった。もっとも、ときどき立ちどまっては胸の上に手を置いたが、しかし、それは彼の病気をおそれているというよりも以上に、彼の動悸と昂奮とが正しいかどうかということをたしかめているように見えた。

街道を越えると橋がある。その橋をわたって、うねうねとつづいている道は遠いというほどではなかったが、木島君の身体には楽ではない。それで大内君の宿まできたときには彼はもうすっかりつかれていた。

大内君の細君は木島君を見るとあきらかに恐怖をかんじたらしい。玄関へ出た彼女はすっかり自分を蔑《さげす》んでしまったような顫《ふる》え声で言った。

「そとをあるいてみませんか、いい月ですよ」

彼はこの言葉が何かちぐはぐな嘘をふくんでいることを感じたけれども、しかし、大内君の細君が出てきたので二人であるきだした。

「――僕は今日妙な幻覚におそわれたのです」

二人の影法師が道の上に流れるようにゆれていた。大内君はそのとき、彼の部屋の中で蒲団の上に両肘《ひじ》をついてチエホフの短篇集をよんでいたが、砂利を踏む二人のあし音がきこえると、そっと起きあがった。もし彼が雨戸をあけて二人のうしろ姿を見ようと思ったらすぐにできたであろう。しかし、彼はそれをしなかった。そして、電灯のスイッチをひねった。闇の中で彼の眼だけがらんらんと輝きだした。大内君の細君は一時間ほど経つと帰ってきた。彼女は先ず電灯をつけ、それから大内君の枕元に坐った。そして、非常にほがらかな調子で、木島君がすばらしい小説の構想をつくりあげたことをはなしだした。

窓が二つあった。その窓は向いあってはいたけれども、中にいる人間の動きをたしかめることができるほど近くはない。一つの窓には若いニヒリストが首をつき出していた。彼は向いあっているもう一つの窓を眺めていたのである。その窓には二人の人間がいた。それは影法師のようでもあれば生きている人間のようでもあるし、男のようでもあれば女のようでもあった。しかし、惨劇は瞬くうちに起って、短刀をもった一人の男がもう一人の男にとびかかった。血汐《ちしお》が白い浴衣を染め、二人は折り重って倒れてしまった。そこで若いニヒリストは、今度は望遠鏡をあててこの惨劇の結末を見究めようとした。すると、彼の望遠鏡にうつったものはまったく意外な情景であったのである。若いニヒリストはいそいで望遠鏡をすてたが、しかし、彼はもう何も見ることはできなかった。

大内君の細君はその話を一語一語嚙みしめるようにはなした。細君が話をつづけているあいだ、大内君はじっと彼女の顔を見つめていたが、彼は彼が予期したような変化を決して細君の表情の中からさがしだすことはできなかった。いや、それよりも、大内君はそれがために自分が一層純潔になったような気がした。これは途方もなく冷酷な感情にちがいなかった。眼をとじると大内君の胸の底に何か疼《うず》ついているものがあった。長いあいだ、それは何であるかわからなかったけれども、やがてそれは一つの計画になってあらわれてきた。すると、大内君は自分が一ぴきの「ガマ」になったのを感じた。口をあけさえすればどんな微細な生物でも吸いあげることができるようなきもちで、彼は一つ一つ眼に見えない感情を吸いあげた。

木島君もそれを感じていた。それ故、彼は自分が敗けたことを明かに意識してしまったが、それは彼にとっては非常に安らかな静かなきもちだったにちがいない。そして、こういう交錯した感情の中で、もし嫉妬を感じなければならない人間があるとしたら、それは大内君の細君であったというべきであろう。何故かといって、彼女は木島君がどのような熱烈な思いを自分によせているかということを正しく理解することを欲しなかったし、それ故、同時に大内君が彼に独特の芸当によって、だんだん近づいてくるべき筈の危険をすりぬけてしまったということを理解するわけにはゆかなかったから。ある朝、木島君は峠を越えてもう一つさきにある温泉場へ出かけていった。街道には霧が下り、陽はまだのぼってはいなかったが、大内君と彼の細君とは道のわかれるところまでおくっていった。木島君はときどきうしろをふりかえった。そのたびごとに大内君の細君の感情は歪められ、最後に彼女は苛立たしそうに溜息をついた。大内君にとってはこれはもはや現実に見る風景ではなかった。彼は空想の中で、愛すべき女を感じた。おそらくこのような眼で彼が彼の細君を見たことはなかったであろう。そして、その瞬間、彼はぱくりと口をあけた。そして、霧の中に消えてゆく木島君のうしろ姿を一呑みにしてしまった。そして、同時にそれは大内君の心が彼の細君からまったくはなれてしまった瞬間でもあった。

大内君が彼の細君とともにその温泉場をひきあげたのは、それから半月ほど経ってからであったが、木島君からは毎日のように手紙がきた。手紙は大抵二通、別々の封筒にはいって届けられた。そして、大内君のところへきた手紙を彼の細君のところへきた手紙とくらべると三分の一にも足りなかった。しかし、その長い手紙の中で、彼の心の底にかくされた情熱を象徴するような文字は一つもなかった。唯、村にどういう事件が起り、気候がどのように変ったかということを長々と書いているだけで、だから大内君の細君はその手紙を平気で大内君の机の前でひろげてみせた。その手紙を見ると大内君は苦しみ疲れている木島君を感じた。そして、細君に届く手紙が次第に長くなり、大内君に届く手紙が次第に短くなるにつれて、大内君はだんだん木島君が大内君の存在をこの三人の関係において意識しはじめたことを感じた。それ故、この感じはもう一とび越えなければならないものであるという気持が新しい立場に大内君をけしかけた。木島君は到頭上京してきた。そして、ある夜、一つの機会がやってきた。その席にはほかに多くの人々がいたけれども、しかし、木島君の眼には大内君と彼の細君がいるきりだった。夜が更けるにつれて大内君は木島君の瞳の中に愛情と敵意とが燃えているのを見た。その敵意は、大内君に対して、彼が木島君の恋愛の競争者であるという意味を少しも持ってはいなかった。それはむしろ大内君に対する敬意であり、それ故、二人の愛情と野心が当然はじき合わなければならない最後の感情であった。二人はそのとき既に土俵にのぼっていたと言わねばなるまい。幾度か仕切りなおし、仕切りなおすごとに呼吸がきっかりと合致してくると、大内君は手に持った煙草を火のついたまま木島君の額にたたきつけた。木島君は、しかし、この突っ張りを彼の胸板にうけながら、ちょうど「待った」をするかのように、まだ彼の両腕を土俵の上に置いていたが、すぐに唸りをたてて立ちあがった。木島君は深い陶酔の中に落ちてゆく人間のようであった。多くの男たちが、二人の酒癖のわるい男を抱きとめた。木島君はまだ吠えたてていた。その声を大内君は彼の空想の中に追い求めていた。彼は何かひろびろとした世界へぬけ出る入口に立っているような気持だった。

大内君の細君は急にうそ寒さを感じた。彼女はこの二人の仲のいい友だちが挑み合う理由を一心に探し求めていた。だが彼女はすぐに安心した。この喧嘩の張本人が彼女であるという意識に到達したからである。そして、大内君は大きい愛情の波がうねりをうって来ないうちに彼の新しい野心の方へ走り出してしまった。

大内君は鼻唄をうたいながら出ていったのである。彼のうしろ姿を見ると大内君の細君はほっとしたように笑いだした。その笑い声につりこまれてほかのひとたちも笑いだした。彼等は一瞬のあいだにすぎ去った事件の性質を理解することができなかったからである。それ故、大へん静かないい晩になった。木島君は窓框《まどわく》に腰をかけ、それはちょうど十八世紀の詩人がギターをひくような恰好で、彼が今までくらしていた山峡の村の変化について語りだした。

酔抄記

僕は「生活」にはどうしても腰の落ちつけない、また落ちついてはならぬと考えている種類の人間であるらしい。ずっと以前馬込に家をつくった頃、僕は家をつくることがいやでならなかった。家があって、庭があって、書斎があって、女房があって、子供があって（ほんとうには子供はなかったが）、それがみんな自分のもので、しかも、どうにも動かすことのできないほど自分のものだと考えるとはずかしくて、とてもそんな風な話なぞできるものではないのだ。これは別の言葉で言うと、何か停滞することをおそれている感情のせいなのであろう。それほど、僕は環境の影響をうけやすく、ともすると環境の中に埋没して、いよいよそうなってしまうと、もうどうにも仕方がなくなり、自分がどんなに流動性を求めているかということを認識すればするほど、ますます流動性をうしなってしまう男なのである。それ故、若し、僕が家を守るためにのみ、そして、子供の将来のためにのみ、そして、そのほかの生活の微妙なる調和のためにのみ生きることを考えねばならなくなったとしたら、どんなにおそるべき結果になるであろうかと思う。僕には危険の上に立っていない文学というものをいささかも考える余地はないのだ。「貴君だって、どしどし仕事が出来たら、今のような露地の裏の妙な家に住んでいなくてもいいでしょう」と、ある若い友人が、あまりにものらくらしている僕への激励と、それから、言うまでもなく深い愛情をこめて言ったことがある。その言葉が僕には大へん悲しかった。「そうだ」と僕はそのとき答えたけれども、しかし、若し金があって借金とりなどは少しも来なくなり、近所の人々からは小説家だというので異常の尊敬を払われ、女中がうやうやしく訪問客の名刺を持って僕の書斎を訪れるということになったら僕は一体どうしたらいいのであろう。僕は自分が何故に存在しているかということを知っている。僕はそれほど大した野心家でもなければ、したがって、常に自分の能力への確信にみちみちているわけではない。実生活の面においては市《し》井《せい》一介《いっかい》の酒徒であるにすぎぬ。そう考えることの楽しさは、文学への熱情が高まるにつれて僕の心の中にはびこってくる。生活がこのように貧しく、このように歪んでいるが故に僕は途方もなく自分の未来に未知を感ずることができる。僕は徹頭徹尾東洋人なのであろう。馬込村にいたころ、僕はある夜ふけに眼が醒めて、（醒めたということが夢であったにちがいない）ぼうっと一つの窓に、そのとき僕の傍に眠っていた妻の顔を見た。おや、へんだなと思いながら、かたわらを見ると、妻はすやすやと眠っている。これは運命的な距離を僕が一人の女の中につくりあげてしまったせいであろう。しかし、これは一つの先ぶれであって、夢は僕の生活の中に、目まぐるしい速度をもって喰いこんできた。その女を僕はやがて、妻と呼ぶ関係からはなれ、そして、僕の仮説したほかの女のすがたを現実の上にさぐるようになったけれども、しかし、このようなささやかな飛躍の中にのみ僕は人生の秘密の意味があると考える。そこで、ほかの話にうつるが、文学が、総体的な意味で人生への迫力をうしなってしまっているのは、若い作家であればあるほど生活への認識が強く(何故に然るかということはまたおのずから別問題である)、したがって、一日も早く生活に停滞しないではいられない焦燥感が、途方もない人間をつくりあげることをさまたげているせいであろう。人は天狗にならねばならぬ。科学的観点に立って、文学の永遠性を論ずることと、酒屋の通帳を机前にひろげながら原稿を書くこととはおのずからにして区別さるべきである。つまり、文学の永遠性ということは人生を認識する一つの態度にすぎないのだ。われわれは間もなく死んでしまうにちがいない。それはそれだけのことであって、そうであればこそ永遠性への認識はわれわれが運命の最後的なものに安んじ得るという確信の中にのみあるのである。

それにしても、情熱のうすれてゆく人間の相貌に触れるときほど痛ましく、その痛ましさがおのれにかえって感じられることはない。大森に住んで十年近くにもなるあいだに僕はさまざまな人に会い、お互いに影響しあった記憶を失うことができないのである。常に人生に向かって積極的に挑戦するだけの熱情に燃えていた広津和郎氏、倦怠と悲哀と、寂寥の中におのれの孤独を守り通そうとしていた萩原朔太郎氏、その萩原氏が一月の労苦によって得た原稿料を酒場の卓上で一夜にしてフイにしたり、名も知らぬ女給にねだられて吉田絃二郎氏の本を買いに行ったりしたことなぞ、それ等の人たちはもう僕のすぐ会えるところに住んではいないけれども、しかし、印象は未だ僕の心の中になまなましい。しかし、考えてみると、その頃、あつまっていた人々は、毎日のように道ばたですれちがう関係にありながら、そして、僕とは五つも六つもちがう少年のように思われた人たちが、うっかりするとおじさんのように見えるほど老成して、子供を産んだり、ひとかどの人物になりすましたりしているのを見ると、自分の歩いてきた人生の道をもう一度考えなおすべきが至当ではあるまいかという感懐に囚われることがある。今夜も、ぶらりとそとへ出ると、馬込の坂をのぼる角にいる今井達夫君のうちの二階に灯がともって、たぶんその中で、彼がひききりなしに煙草をふかしながら文学十年の辛苦をつみかさねているであろう。そのころは「つるばみ」という雑誌があって、その同人の人たちがよく僕を訪ねてくれた。加藤昌雄というすっきりとした青年がいたが、死んだということをきいて幾年かになるのに僕にはまだ生きているような気がする。毎日のようにやってきて勝手な熱を吹いて、そして、かえりには夜の更けた道を二人で停車場の方へあるいていった古き友和木清三郎なぞは久しぶりで会っても昔のままの老書生である。文学だけが何時になっても彼等をどっかりと人生の席へ落ちつかせないのだ。同じ「つるばみ」の同人で何かひとくせ持っていたM君が志を転じて、アナウンサーになり、そのおかげで、僕のとなりのうちから、ときどき彼特有のぴんぴんはねあがった声をきくことができる。すきな人もきらいな人も離合集散何ぞ常なるを得んやである。残灯のかげに僕はぼうっとうかんでくる生活を感ずる。流転のすがたを踏んでゆくと風景は常にあたらしく、豈《あに》酒盃に生活の翳をうつさんやと思うのみである。

海村十一夜話

バカやなぎ

このへんではポプラのことを「バカやなぎ」という。そう言えば、庭のあき地にポプラを植えていないうちは一軒もない。道という道はポプラの並木だ。ポプラのないところにはよし（葦）がしげり、葦の中には水たまりがあって、水たまりを一つ一つ越えてゆくと海岸の防波堤へ出る。土地が海よりずっとひくいので、防波堤の前に出るまではこのさきに海があるということに気がつかない人が多い。防波堤の上に立つと、この海村に軒《のき》をならべている温泉宿が一つ一つ小さい城のように見える。一本すじの街道が城廓の入口まで、バカやなぎの葉かげに白い線を描き、ひききりなしに砂煙を立てて自動車が走ってくる。どの自動車にも、あぶらぎった五十面の、インチキ会社の重役みたいなやつが、東京でひろってきた若いおんなの肩を抱えるようにして乗っているのだ。ひとりでやってくるやつはきっと街道の横にそびえているみずてん(不見転)城の窓を眺める。防波堤の下には広い養魚場があって、温泉宿の二階からみると湖水のようなかんじをあたえる。夕方は海から来る、帆の影が空にうつってまるで蜃気楼を見る思いである。養魚場にそっている低い堤は夏になるとすっかり青い草に掩《おお》われてしまう。温泉宿の客や、この土地に住むゲイシャたちの散歩道になっているので、ときどき思いがけない草のかげから汗ばんだ男女の顔が蝗《いなご》のようにとびだすことがある。雨の日の朝はことに印象が深い。蛇《じゃ》の目《め》の傘をさした浴衣着の、朝がえりのおんなのすがたがなまめかしく、曇った大気の中にくっきりとうきあがって、傘にかくれた帯から下のすんなりとした曲線のうごきに心が弾むような思いがする。

七月に入って、温泉宿の庭では、「バカやなぎ」がすっかり刈りあげられてしまった。「バカやなぎ」の枝がからみあって遠い展望をさまたげるようになるのはこの頃である。植木屋までが、「こん畜生!」と言わんばかりに鋏を入れてゆく。まったく、どのうちの「バカやなぎ」も威勢がいい。そいつがぐんぐん伸びて、うすい葉うらに朝の陽ざしが溶け、高い梢の影が水たまりにうつる頃になるといつのまにか刈りあげられてしまうのだ。だから、上の方から圧しつぶされるごとに「バカやなぎ」は垣根のかげに小さくなり、枝をすくめているすがたはいじけきった人間を見るようではないか。僕は此処で暮すようになってから二タ月ちかくなるが東京からは僅かに一里たらずのみちのりであるのに、しかし、一日ごとに時代の距離がだんだん遠ざかってくる。ときどき、読書に倦《う》みつかれたときなぞは、肉体がこのまま萎《しな》びてしまうのではないかと思われるような絶望的な空虚におそわれることがある。

ある日の夕方——僕が縁側に寝そべっていると、つい眼のさきを小さい黒点が横切ったと思うと、縁側の上へ落ちてきた。蚊だ。二ひきの蚊が尻と尻とをきっかりと結びつけて、仰向けになり、足をちぢめ、腰をひねり、身体を砕くるにまかせよとばかりにのたうち廻っているのだ。十分、二十分。僕はだんだん蚊の動作の中にひきこまれていった。二ひきの蚊はもう呼吸も絶え絶えである。一ぴきは横《よこた》わり、一ぴきは全身を反りかえらせて立ちあがった。ぐったりと疲れて両手を前に伸ばしているかたちが僕のあたまにたちまち無数の男女の映像をつくりあげた。二つの胴がついに一本の線になり、やがて小さい黒点になった。足が一本折れた。——何とも知れず壮烈なものを見たあとの、あのじっとしていられない気もちに唆《そそ》られて、僕は衝動的にたちあがると、庭下駄をはいてすぐそとへ出た。

宿のうらから、養魚場にそって海岸へぬける堤防づたいの道をあるいてゆくと、草の上にたれかかった「バカやなぎ」の葉がトンネルのような穴をつくって、潮風の鳴る葉ずれの音にこころがひきしまるようだ。草の露が足につめたく、よしきりの声が沼にこめた夕靄の中から沁みるように聞える。灰色にくすんだ空には「バカやなぎ」とすれずれに蝙蝠がむれて、田園の閑かさが夜気の中にだんだん、しっとりと落ちついてくる。堤の下の沼では一人の男が釣りをしていた。「バカやなぎ」のトンネルをとおりぬけると小さい松原に出る。このへんは首くくりの場所として有名である。二三日前にも、ハッピを着た青年が、この松の木の根がたに自転車をもたせかけて、横へのびた枝にぶら下って死んでいたという。そんな事件さえも、この村では一時間たつと忘れられてしまう。冷酷で、そっぽを向いた人情を小さくとじこめた村である。

海はすっかり夜だ。汽船のあかりが沖の方にぼうっと空をそめている。

防波堤の前には、たぶん土地のゲイシャであろう、背の低いおんなが、腹のでっぷりとふくれた、フットボールに髭を生やしたような五十恰好の男の肩にもたれかかって、——

「あれが、夢丸よ」

と言って悲しそうにささやいてから、僕の方をちらっとふりかえった。

「夢丸、——そんな船があるのかい?」

「どうだか」

おんなが笑いだした。「でも、あの船の灯を見ているとそういう気がするの」

彼女の瞳にうつる船の灯は何時《いつ》でも、空想の中ですきなひとのおもかげを描くのに都合がいいと見える。——

さて、僕は今、防波堤をひと廻りして宿の部屋へかえって机の前へ坐ったところだ。

惨劇

真夏の朝だった。

めずらしく晴れた日曜日で、海岸は朝からお祭りのようなさわぎである。街道は自動車の砂煙りで燃えるようだ。

一人の少女が、裾ばしょりをして、よし(葦)のあいだをとぶようにあるきながら、「モチ草」をとっていた。

そのとき、労働者風の男が二人、沼のふちにしゃがんで、釣糸をたれていた。二人とも、もう三十を越して、顔には深い皺が失業の惨苦《さんく》を刻んでいる。朝からやっているのだが、まだ鮒一ぴきつれないのだ。そのとき、うしろの葦のしげみの中から少女の唄う声が二人の耳にひびいてきた。二人が同時にうしろをふりかえった。二人の眼が同じように少女のうしろ姿をちらっとみてから、きっかりと視線を合せた。二人とも物を言わなかった。どっちかがひと口でもしゃべっていたら、たぶん冗談にまぎらしてしまうことができたであろう。むろん、こんなことになる筈はなかったのだ。人間は、無言のままで視線のきっかりと結びついた瞬間を一ばん警戒しなければいけない。

一人の男が釣竿を弁当箱でおさえて立ちあがった。彼は葦のあいだをわけて這うような恰好でうしろから少女にちかづいていったのである。

「何かね？」

少女はびくっとしてふり向いたが、しかし唄うことをやめなかった。

「モチ草だね？」

男が籠の中を覗きこんだ。少女はろくすっぽ男の顔を見ようともしなかった。

「モチ草なら――」

男が声を呑んだ。「こっちにいくらでもあるぜ」

男は少女の足元においてある小さい籠をひったくるようにして前かがみになりながらどんどん奥へはいっていった。

「ほれ、――こんなにいくらでもあるぜ」

彼は手にふれる雑草を片っぱしからむしりとった。

海水浴場にはだんだん人がふえてくる。若いおんなが飛込台の端しに立って大きく両手をひろげたところだ。海の中では水着一つになった男女がはちきれるような肉体を波にぶっつけてさわいでいる。

葦のすき間から、そのさわぎが聞えてきた。少女はうきたつような気もちで、かすかな不安さえもなく男にちかづいていったのだ。そこで、起るべきことが、――否々、起るべからざることが起った。そこは深い葦のかげではあったが、しかし、すぐ上がポプラの並木にそった細い堤で、中学生の一団が、先きに立った少年のハモニカに調子を合せながら海岸の方へあるいていった。

葦のかげでは、少女がびくっとして全身を顫《ふる》わせた。もうおそかった。声を立てる余裕もあたえないほどひた向きな、朝の陽ざしの中で険しく光っている男の眼だった。ほんの一瞬間にすぎなかった。男の、汗ばんだ逞《たくま》しい手が少女の肩をおさえつけたのだ。

あたりが急にしいんとなった。待っていたあとの男は、葦の葉のかすかなそよぎさえも聴きもらすまいとするかのようにじっと耳をすましていた。彼はあたらしいバットに火をつけて、それからゆっくりと立ちあがった。おそろしく長い時間が経ったような気がしたのだ。

そのとき、水たまりをわたってあるいてきたほかの男が、葦の葉かげにうごいている人の影をみつけて叫び声をあげたのは、あとの男が四つ這いになろうとしたときだった。水たまりの前に立っていた男は、もう二三分間同じ場所にいてじっと見ていたのだが、しかし、最初は見ている彼の方が妙なひけ目をかんじていたのだ。あとの男が動きだしたときに、はじめて「こいつはへんだぞ！」と思ったらしい。彼は泥棒から刑事に変るような慌《あわただ》しい思いで、大声に叫びだしたのである。

二人の男が人のいない方へ逃げようとしたのがまちがいだった。群集はどこからともなくあつまってきて袋の入口のような広場をふさいではいたが、そっちを突きぬけることは未だしも楽だった。しかしそれが、だんだん奥へ奥へと入っていったので、防波堤の方から廻っていった海岸に出張中の巡査にすぐおさえられてしまったのだ。二人とも大勢の男にねじ伏せられて両手をしばりあげられた。

もう海にはだれもいなかった。二人の男が街道の方へひきたてられてゆく両側には、まるで仕置場へおくられる舞台の上の罪人を見るような思いで、水着を着た男女が、肩と肩を擦り合せながら垣をつくってさわいでいる。こんな光景を見るのはだれもかれも始めてだった。

若《も》し夜だったら、こんなに明るい気もちで事件を観察する者は一人だっていなかったであろう。しかし炎天の下では……群集のこころが次第にうきたってきたのだ。最初の男は、——たぶん、葦の中をころげたり、逃げまわったりしたせいであろう。垢じみたシャツが汗びっしょりになって、肩や肘に青い草の色が強く沁みこんでいた。二人とも真っ蒼になって額からたれてくる汗で苦しそうに眼をしばたたきながら、うつむきがちにあるいていたが、しかし、前の男がいかにも観念しきったような落ちつきを示して、わざとらしく群集の前で頭をかいたりして（そのたびごとに群集は囃したてた）いるのにくらべると、あとの男は、ときどき歯を喰いしばったり、頬を顫わせたり、切なそうにあたりをきょろきょろと睨みまわしているすがたが、後悔よりも、むしろ運命の不幸をかこっているというかんじだった。その表情がたちまち群集の心をとらえた。

「気の毒だね、――あの男は」

と、誰れかが言った。

誰にしたって、こんなときには自分の心の底にひそんでいる慾情を呼びさますものらしい。まったくその男は少女の肩に手をふれただけだったのだ。もう少し時間が早かったら彼は十分自分をおさえることができたであろう。人の善さそうな、(そういうときの顔はみな善良に見えるものだが)――無智で、小胆な、苛々している表情に群集はだんだん好意をかんじてきた。

「可哀そうに――」

前の男が憎々しいだけに、その男のすがたが一層痛ましく見えるのだ。

しかし、ほんとうに可哀そうなのはハンカチで顔を掩《おお》いながら、モチ草の入った籠を持ってついてくる少女ではないか。それにもかかわらずしどけなく結んだ帯がだらりと下って、泥まみれになった着物を着なおす気力もなくおくれがちにあるいてくる少女のすがたをみると、群衆の中から、

「よう!」

という口ぎたない余韻を残して、唆《け》しかけるような叫び声が起った。そのあとから、冷やか

な笑いがどっと崩れてきた。

街道の方からは、白い砂埃りを立てて、女づれのインチキ重役を乗せた自動車が息苦しい音を立てて次々とやってくる。

桃　畑

つかまえられたのは自転車屋の小僧だった。桃畑の「オヤジ」は畑の裏にある小さい別荘に若いゲイシャをひきずりこんで、すっかりいい気もちに酔っていたときだったので、何か威勢のいいところが示したかったにちがいない。額の狭い、眼のつりあがった、下顎のだだっぴろい、いかにもむごいことを平気でやりそうなやつだった。日露戦争のときは日本刀で敵を十人斬ったという男だ。自転車屋の小僧は一つの桃をズボンのポケットへ入れ、それから一つをかじっているところをうしろからきゅっとおさえつけられた。

しかし、若し逃げようと思ったらどんなことをしてでも逃げられたにちがいないのだ。むろん小僧は逃げない方がいいと思ったらしい。それが大へんな考えちがいだったのである。

桃畑の「オヤジ」は小僧の横っ面を厭というほどなぐりつけた上に、丸裸体《まるはだか》にして桃畑の太い棒杭にしばりつけてしまった。

「朝までこうやっていろ！」

彼はそう言い残して別荘へかえっていった。

小僧は二三時間泣きつづけていた。桃畑は温泉宿のある村からあまり遠くはなかったが、しかし、泣き声の聞える筈はなかった。泣き声が聞えたところで、そんなものを一々気にするやつはなかった。どの宿でも一週間に一ぺんぐらいはきっと奥の座敷から若いおんなの悲鳴が聞えるものだ。だから、小僧がいくら泣いたところで仕方がないではないか。しかし、小僧は泣きつづけた。朝まで、——ああ朝までと言いたいが、ほんとうは朝までかからなかった。というのは、朝になって、桃畑の「オヤジ」が行ってみると、小僧は頭から足の先きまで全身真っ赤にふくれあがって、がっくりと首をおとしたまま死んでいたのだ。小僧のしばりつけられている棒杭のぐるりには思う存分血を吸いあげて、丸い球のようにふくれた蚊が豆をまいたように堆高《うずたか》くちらばっていた。蚊は小僧の眼から鼻の穴までところ嫌わず血を吸いあげたのだ。蚊が、——あの小さい蚊が小僧の体を喰いちらしたのである。（桃畑のオヤジはむろんこの惨酷な殺人罪をうまくゴマ化したにちがいないだろうと思う。だから、誰れでも桃を盗みに入ってつかまったら、文句なしに逃げだすことだ。「桃」だけにかぎったはなしではないが——）

小景

二三日のあいだ、ひとりで泊っていた下町風の娘が、人を待っているという様子だったが、ある夜、小さい風呂敷包を持ってかえっていった。帰りしなに、何べんとなくためらったあとで、

「もし、あとからわたしの名前をたずねてやってきた男があったら、すぐ警察へ届けて下さいね」

そう言って悲しそうに眼をしばたたいた。

娘はお末という名前だった。そのあくる日。鳥打帽を真深にかぶった請負師風の、黄色いズボンをはいた男が宿屋の前を往ったり来たりしていたが、こいつも長いあいだためらったあとで思いきって入ってきた。その男は一日ごろごろしてくらしていたが、次の日の朝になって、すっかり勘定をしたあとで言いにくそうに、

「あとから、もしお末というおんなが訪ねて来ましたらこの手紙をわたしてやって下さい」

と言った。警察から刑事が二人自転車でやって来たのはそれから五分とかからなかった。宿では、なるべく、往来で、――とたのんでおいたのだったが、しかし、その男は玄関で長靴を片っぽだけはいたところをつかまえられた。下町のある郵便局員で、横領した官金をまだ二千

何百円ふところの中に持っていた。あとになってわかったことだが女は郵便局長の娘だった。男の来るのが一日早かったらたぶんこんなことにならなかったであろう。男は娘をつれて逃げるために二人で決心して金を盗んだのだったという。

勘定書を調べに来た刑事がそのはなしをしたあとで、

「何だ、――まる一日いてたった二円八十銭か、惜しいことをしたね、現金で二千何百両持っているんだから、もっとジャンジャン費わせてやればよかったのに、ぬすっとのくせにケチなやつだな」

「ほんとにね、そういうことがわかっていたら――」

宿のおかみさんがほそい眼に皺をよせて気のない返事をした。

村長

頭の禿げた村長が、若い事務員風のおんなをつれてやってきた。夜、十二時をすぎていたが、すぐ大さわぎになった。村長はたぶん酔っていたせいであろう。まっぱだかになっておんなを追っかけまわしたが駄目だった。おんなは廊下の隅から隅まで逃げまわった。村長はますますいきりたった。おんなが庭へとびだすと村長もとびだした。おんなが垣根をとび越えると村長も垣根をとび越えた。月のいい晩だったし、村の中はしいんとしていたが、村長はどこまでもどこまでもと追いつめていった。堤防の上でとうとう追いつめられたおんなが身をひるがえして養魚場の池へとびこんだ。村長はまっぱだかだからこんなときには都合がよかった。水に身体がついたのは村長の方がむしろ早いくらいのものだった。

それから、一時間ほど経って、宿の者が提灯をつけてさがしに出ると、何処から見つけてきたのか村長はおんなを「リヤカア」に乗せ、まっぱだかのまま自分で運転をしながら、のどかな鼻唄をうたって、「バカやなぎ」の並木の海岸の方からかえってくるところだった。

Image

骨組だけになった「バカやなぎ」のかげが枯草の上にながれている。そのかげの中に、だれか人間がいるような気のするのは、土地の感情が風景にしみついているからであろうか。まったく此処ではバカげたことばかりおこる。それにしても、葉を一つもつけていないポプラが、こんなにいきいきとしげって見えるのは、月夜のせいばかりではあるまい。この海にそったM鉱泉地で、半年あまりくらしているうちに、僕の幻想の中にうごいているものは、情慾の影法師だけになってしまった。池の水に灯火がうつっている。おやおや、こんなところに池があったかなと思うくらいだ。僕のいる宿は同じ鉱泉地帯の中でも一ばん海にちかいので防波堤の下をとおってゆく舟の小刻みな櫓の音までがハッキリ聞える。海をめぐる遠い町町のあかりがぼうっと空をそめて、沖合に碇泊《ていはく》している汽船の灯が、月夜のせいでもあろうが——マストや煙突のかたちまで白くうきあがって、まるで長い航海の記憶に耽ってでもいるかのようにぐったりと落ちついている。船体が今夜ほど親しみぶかく見えることはない。デッキの上にはだれもいないのに人の影が入りみだれているような気がする。僕は人のいない道をあるきながら古風な二階の窓の障子にくっきりとうかびあがった人の影を見る。するとくすんだ石版刷のあさましい画を道ばたでひろいあげたときのようなわびしさがどっと湧きおこって、僕の耳は暗い廊下のまがり角で柱に背をもたせながらしくしくとすすり泣く女の声を聞く。肉を売る女たちのすがたがこの世の中でもっともうつくしいもののように思われてくるのも幻想のなせる仕業であろうか。頭の中にはポプラにかこまれたひとすじの道が白くつづいて無数の影像が澄明《ちょうめい》な空気の中から水のようにながれてきた。(ああ、まったくバカゲたことばかりがおこる!)

半狂人

その男に会ったのはその夜きりだった。風の寒い暗い夜で、彼は防波堤の方から、「さア海へ行こう、海へ行こう、——おれに会ったが最後だ。海の底までつれていってやるぞ！」

おそろしく太い濁《だ》み声でどなりちらしながらやってきた。せめてもう少し距離があったら逃げだすことができたであろうが、彼は僕を見つけるととびつくようにちかづいてきた。

「ねえ君！」

だしぬけに、彼はにやにや笑ってからしずかな声で言った。「タバコがほしいんだが」

「ああ、タバコ」

僕はやっとたすかったという気もちでバットの箱をわたした。すると彼は一本ぬきとってから残りを自分のポケットにしまいこみ、

「ああ、それからマッチだ」

と言った。

防波堤へつづく道は「バカやなぎ」のかげに掩われて白い砂の反射でやっと足元がわかるくらいだった。僕は最初この男は酔っているにちがいないと思った。それで、なるべく彼の機嫌を損じないためにマッチをすって火をつけてやった。

マッチの火が消えると、彼はたのしそうに煙草を吸いながら、

「おい、海へ行こうよ」

と言った。何の不安もない——何かにまかせきっているという声だ。こんな声のひびきを聞

いたら、だれだって彼を疑うわけにはゆくまい。僕は困ったことになったと思った。

「海って、――もうすぐそこが海だぜ」

「いや、もっと先きだよ」

彼があるきだしたので僕もあとからついていった。僕等は防波堤の前にある材木を組み合せた櫓《やぐら》（そこは夏海水浴のためにつくられた脱衣場であるが）に這いあがった。

空がしずかで、波の音も聞えるほど海はしいんとしていた。

「おもしろいな、君」

と彼が言った。「僕はおもしろくっておもしろくって仕方がないよ、どうだい、一つ太鼓でもたたくか？」

「太鼓がどこにあるんだい？」

「すぐ持ってくるよ、――」

彼はうしろをふりかえると、腹一ぱいの声で、

「おーい、太鼓を持って来い！」

と、くりかえしくりかえし叫んだ。そう言えば何処からか、太鼓の音が聞えてくるような気がする。僕はこの男は気狂いだな、と思ったが、彼の感情の動きに調子を合せているとだんだん不安がなくなって自分の心がすみとおってきた。彼は、とびとびに来る意識のままに、唄を

うたったり、そうかと思うと、ゲラゲラと笑ったり、突拍子もないことを言いだしたりしてさわいでいた。そのあいだ、僕は何時も同じ場所に碇泊している船の灯を見つめていたが、しかし、こうやって彼といっしょにいるということが、少しも不自然な気がしなかった。

「おい、——行こうよ」

と彼がうしろからどなった。

「何処へ?」

「海だよ、海の底だよ」

「海の底へ何しにゆくんだい?」

「競馬がはじまっているよ、——そら、見えるじゃないか、あんなにみんなさわいでいるぜ」

ああ、まったく、この男が海へゆきたいという理由がわかるようだ。彼の眼には時間と空間とが折りかさなってしまっているのである。これは夢でもなければ現実でもない。そこには唯、際涯《さいがい》もなくひろがってゆく感情があるだけだ。人間はだれでもそこへ行こうとしてあせっているのではないか。彼の世界には自分の意識をふさぎとめるものは何一つとしてないのだ。してみれば僕と彼との相違は、僕が幻想の中に現実を封じこめようとして、あせっていることだけではないか。遠い沖合に碇泊している船の上ではほんとうに人がさわいでいるような気がする。

「ねえ、君」

と、こんどは僕の方からはなしかけた。「あそこで大さわぎがはじまっているぜ」

「ああ、そうだ」

と、彼が答えた。「宴会だよ、今夜は大へんな宴会がはじまっているんだよ」

「そうだ、宴会だ」

と僕が答えた。まったくあんなに灯があかるいのに宴会がはじまっていないというわけはあるまい。眼をとじるといろいろなものが見える。水の上からうきあがって亡霊があそこで宴会をやっているのだ。みんなが「サノサ節」をやったり剣舞をやったりしている。一人の「ゲイシャ」が眼のぎょろりと据《すわ》った一人のたくましい男にうしろから抱きすくめられた。ああ、僕の知っているあの女だ。

僕のそばで狂人が立てつづけにしゃべっている。そのひびきの中から、僕のすがたがひょいひょいとうかびあがる。僕の言葉のとぎれるのがおそろしくてたまらなくなった。

「おい！　太鼓を鳴らそうじゃないか！」

「太鼓だ！」

と狂人がさけんだ。そうさけぶが早いか、彼は欄干からかるがるとすべりおりて、水際づたいにどんどんあるいていった。

「おーい」

僕は一ぺんだけ呼んでみたが、しかし、彼が振向かないので、このあいだに逃げ出そうと思って脱衣場の階段を下りて「バカやなぎ」にかこまれた白い道へ出た。すると、リヤカーに乗ってやってくる一人の男に会った。闇の中ですかしてみると街道すじにある酒屋の小僧だった。うしろにつけた箱車の中に一人の男が眠っている。僕はその男をさっき通りすがりに見たばかりだ。彼は夕方海からあがってきた漁師で、酒屋の前の縁台にぐったりと腰をおろし、いきげんに酔いながら小僧をつかまえて、海で幽霊に会ったというはなしをしていた。おくからは主人が顔をだすし、店のぐるりにはだんだん村の子供たちがあつまってくる。漁師の声はコップを一杯ひっかけるごとにだんだん大きくなってくる。この男は前の晩沖で網をうっていたのだ。すると黒い海面にぼうっと白い女の顔がうかびあがった。舟の中には彼のほかに若い男がふたり乗っていたのだが、彼が気のついたときはみんな舟底に顔を俯せてガタガタふるえていた。

「そいつがお前こういう風に」

漁師が興に乗じて手真似や身振りで蒼白い女の顔が波にゆられて高くのびあがったかと思うと、すうっと海の中からほそい手が出てまねぎよせる恰好をしてみせるごとに、子供たちは肩と肩とをすり合せて「わア！」と声をあげた。

「へえ」

帳場の前へかしこまった酒屋の「オヤジ」は、ぽかんと口をあけて瞬きもせずに聴き入っていた。

「それで、お前さん！」

と漁師はますますいい気になってきた。「眼をつぶって夜のあけるのを待っていたよ」

そこではなしをやめておいたらよかったのであろう。しかし、彼は到頭嘘をついてしまったのだ。彼は長いあいだ口をもぐもぐさせていたが、妙な手真似のあとで海の上にはやっと夜があけてきたのである。彼はおそるおそる顔をあげたのだ。

「畜生！」

と彼は頓狂な大声でさけんだ。半死半生の状態だった二人の男がびっくりとしてはねかえった。

「バカにしていやがるじゃねえか、お前さん」

漁師は十何杯目かのコップをかたむけた。女の顔だと思ったのはしゃりこうべだったのだ。しゃりこうべが波の上へうかび、その中に大きい章魚《たこ》のあたまがすっぽりとはまってぬけられないで苦しがっているのだ。漁師は白みがかった朝の空の色が黒い水面をいろどって、その上にシャッポのようにしゃりこうべをかぶった章魚入道が八本の足をバタバタさせているすがたを踊るような手つきで説明すると、もうしゃべる気力がなくなって何も彼も落ちついた風にごろりと横になり、そのまま高鼾《たかいびき》をかいて眠ってしまった。一杯喰わされたのは、居酒屋のオヤジだった。漁師が首にかけた蟇口《がまぐち》をあけてみると、銅貨が五六枚入っているきりだったので彼はますます怒りだしたのだ。彼はその男の首すじをつかんでゆり起そうとしたが、どうしても眼をさましそうにないので、小僧に、

「リヤカーに乗せてどこかへ捨てて来い！」

と言ってどなりつけたのだ。小僧はさっきから捨てる場所をさがしているのだが、あっちこっちうごきまわっているうちにどこへ捨てていいのか見当がつかなくなってしまったのだ。そのはなしをきいているあいだ、僕はさっきの男がかえってきて、こんどはほんとうに僕を海の中へつれてゆくのではないかと思うと気が気でなかった。小僧は泣きそうな顔をして片足をペタルにかけ、片足で砂地を蹴っていた。

「ねえ、どこかいい場所はありませんかね？」

「あるよ」

と、僕が答えた。「海へ捨てればいいいさ、海の中では今、宴会がはじまっているからね」

「海？」

「ああ、海だよ」

するると、小僧は闇の中をすかすように僕の顔を見ていたが急にぶるぶると顫えだして、風が

鳴るような声をだしたと思うと、リヤカーのハンドルをにぎったまま、横へぶっ倒れそうになったが、しかし、やっとこさで姿勢をとりもどすと、力一ぱいペタルを踏んで、元来た街道筋の方へ走り去った。

そのあとから、僕は狂人の言葉をまねて、

「おい、海へ行こう、海へ行こう、——おれに会ったが最後だ、海の底まで、つれていってやるぞ！」

そうわめきながらゲタゲタと笑いだした。

幇間

一人の幇間《ほうかん》が池のふちにしゃがんで鮒を釣っている。こんな風景は一向めずらしくもないが、何しろこの寒さで、それに前の晩からつづくひどい雨ではないか。それだというのにあの老いぼれの幇間とくると宿屋の庭下駄をつっかけ褞袍《どてら》一枚で傘もささないで釣糸をたれているという始末だ。彼はきっとヤケクソになっているにちがいない。(そんな筈はないが)

といったところで人間はどんな拍子でヤケクソにならぬともかぎらぬものではないか。東京からやってきた若い「遊び手」の旦那が彼のつれている小さい女に退屈させないためにこの男を呼びよせたのだが、しかし、ほんとうを言えば、幇間の方がすっかり退屈してしまっているのである。夕方までに十ぴき釣ったら百両出すぜ、と物わかりのいい旦那が言ったかどうだか知らないが、しかし、足元に置いてあるバケツの中には鮒はまだ一ぴきも入ってはいないのだ。しかし、こうやっているときだけが彼にとってはせめてもの人間の姿勢なのだ。してみればとうとう幇間が釣竿をなげて立ちあがったのは鮒を釣りそこなったからではあるまい。彼は忌いましそうに舌うちをする。それから、自分に言いきかせるように呟く。さア、これから元の幇間にかえるんだよ。

ところで、幇間は前の日のあけがた、大変なことをしてしまった。というのは、眼がさめてみると若い旦那の姿が庭の樹立のあいだを前かがみになって這うようにあるいてゆくのが見えたのである。この庭を突っ切って海へぬけようとする角に、昔、柳橋で鳴らしたことのあるという、郡長さんのお妾さんが住んでいる。そのおんながひとりで退屈しているのは分りきっているし、それに、朝が早く霧は樹立のあいだにうすく立ちまよってはいたけれども、しかし、幇間の眼は若い旦那がへっぴり腰になってお妾さんのうちの裏木戸をゆすぶってみたり、のぞいてみたりしているのを見たのである。そこで、――いや、だから、彼はすぐさまとなりの部屋へかけこんでいいきもちで眠っている小さい女をゆりおこした。ああ、彼がもし退屈していなかったらそんなことはしなかったであろう。（まったく退屈している人間は何をやりだすか

知れたものではない）

「ねえ、――起きてごらんなさいよ、大へんですぜ」

小さい女が眼をこすりながら起きあがった。

「あれさ」

「あれ？」

あれである。お妾さんはその男の来るのを待ってはいたけれども、しかし、だからといってこの寒いのに起きあがって裏木戸の掛金をはずすほどの古なじみの男を待っていたわけではない。だから彼は裏木戸をひとまたぎにして乗り越えようとしたのである。そのとき小さい女の眼にうつったのは浴衣の裾がまくれて、霧の中にぼうっとうかびあがった旦那の毛脛《けずね》だけだった。小さい女は可哀そうなことにたぶん身も世もない気もちになったことであろう。声をあげて泣きだした。そして子供がかんしゃくをおこして玩具をなげつけるように枕元にあったものを手あたり次第にぽんぽんと池の中へなげつけた。時計だろうと鏡だろうと、それから本だろうと枕紙の束だろうと。しかし、長いあいだこういう情景を何十ぺんとなく、いや何百ぺんとなく見なれている幇間の眼には、こういう仕草は珍らしくも何ともなかった。彼はこの物おしみする小さい女が何もなげすてるものがなくなってしまって最後に身体ぐるみ気前よく池の中へ飛び込むのを見届けてやろうと思ったにちがいない。だが、なげすてるものはなかなかたくさんあった。彼女は到頭、旦那の持っている大きい蟇口をとりあげたのである。ずっしりとくる重みを掌の上にかんじたとき彼女はほんの一瞬間捨てようか捨てまいかと躊躇しているように見えた。彼女は幇間の方をチラリと見てから（ああとめてくれればいいとどんなに思ったことであろう）パチンとふたがねをあけてみた。それからとじた。もう一度あけようとしたとき、小さい女はわめくように泣き出した。みるみるうちに手垢のついた黒い革の蟇口が虚空に低い弧線を描いた。どぶん！　と大きな音がしたと思うと、紙幣と銀貨が黒い水面にキラキラと光った。それが幇間の眼にはいきいきとはねかえる鮒のように見えた。「まアお待ちなさいよ、そうせきこまずと万事わたしに」と彼が言ったのは、小さい女がぐったりつかれて魂がぬけたように畳の上へへたばりついて泣きじゃくりはじめたときだった。幇間がお妾さんのうちへかけつけると若い旦那はえびのようにはね起きた。彼は幇間の言葉を半分もきかないで、そそとへとびだしたのである。おそろしい速さだった。彼は下駄もつっかけないで裸足のまま庭の垣根をとび越えた。それから何かほかの目的でもあるように海へつづく堤防の方へ走りだした。何のために走っているのか彼自身にさえもわからなかった、宿屋じゅうのものが大さわぎをはじめたのは幇間が途中から息を切らせながら引っかえしてきてからだった。そのとき旦那のすがたはもう「バカやなぎ」の枝が両方からからみあっているトンネルのような道を越えて遠い防波堤の上をよろよろとうごいていた。みんな彼を追っかけてゆくのが楽しそうに見えるではないか。彼等がわめいたりはしゃいだりしながらゆっくりあるいているうちに若い旦那はもう待ちきれなくなって、裏道づたいに宿屋へひっかえしてきた。たぶん彼は、床の間に置きわすれた蟇口のことを思いだしたのであろう。彼は前よりも早く走った。久しぶりで走ったせいか、何かはずみがついて急に生きかえったような気もちだった。それ故、自分のやっていることを、バカバカしいなぞとは夢にも思わなかった。彼は池の水で足を洗い、それからふうふう言いながら部屋の中へ入ってきた。泣いている小さい女を見ると彼は大声で笑いだした。みんながへとへとにつかれて防波堤からかえってくると、若い旦那はいつの間にか、小さい女の膝を枕にしていい気もちで眠っている。幇間はその前でピシャリと一つ額をたたいてみせたのである。

土方がやってきて池のかいぼりがはじまったのはその日のひるすぎだった。蟇口はすぐに見つかった。百円紙幣と十円紙幣とは口金のあいた蟇口の中でふくれあがっていたが、しかし銀貨だけは見つかる筈がなかった。だから、——というわけでもあるまいが、幇間は毎日釣糸をたれている。彼は夢の中で池の水が輝きわたるのも見たであろう。そして、ピチピチと水をはねかえして泳いでいる銀貨を——。この池を見ていると、そういう気がするのも無理はない。僕も、月のいい晩であったが、たった一ぺんだけ一ぴきの銀貨が黒い水面にはねかえるのをたしかに見たことがある。

寒鳥

防波堤と、宿屋がゴテゴテとならんでいる鉱泉地帯をくぎる広い養魚場がある。春から夏にかけて、紺碧《こんぺき》の空が燃えるような陽ざしをうけると、池の水が急にねっとりと澄んでくる。池の中には何十万びきという鯉が列をつくって泳いでいるし、それにときどき岸辺をあるいているとまるで見たこともない小鳥が、だしぬけに羽ばたきをしてとび出すことがある。その前の低い堤防は、この村の高台に軒をつらねている僕がかつて「不見転城《みずてん》」と命名した小さい城の姫君たちの散歩道になっているのだ。だから夕方、はでな浴衣に結いあげたばかりの島田がなまめかしく、素足を伊達の彼女たちがぞろぞろとあるきだすのを僕のいる部屋の窓から見るとまるで古い芝居の舞台面のようである。

しかし、今はもうこんな道をぶらついている女は、ひとりもいない。ときどき道をあるいていて、ひょっこり彼女たちに会うことがある。しかし、このひっそりとした空気の中では彼女たちのうしろ姿さえも何時の間にか自然の変化とぴったり調子を合わせている。耳をすますと枯蘆《かれあし》の沼にかえり道を失ったよしきりの淋しそうな声がきこえる。すると彼女たちの運命がだしぬけに僕の幻想をおびやかす。どの女にもどの女にも浮きたつような翳がしみついて、まったく何か深い思い出に耽っているように見えるではないか。僕のとなりの部屋で一ト月ほど流連をしていたそば屋の「オヤジ」は、新しい宿から宿へと転々としているうちに可哀そうに身《しん》代限《だいかぎり》をしてしまった。それも彼女たちのせいだ。何故かといって彼は恋愛をはじめたからである。その女は追分が得意だった。僕は夏の頃、あけはなした窓から、双肌《もろはだ》ぬぎになったふとった「オヤジ」が額にねじ鉢巻をして踊っているのを見たことがある。色の黒い、そっ歯のおかみさんが、赤ん坊を背負い洟《はな》をたらした子供の手を曳いて宿屋の裏口から「今晩は」と言って入ってきたのはうすら寒い初秋の晩だった。(ああ、その声が聞えるようだ)

おかみさんにとっては追分のうまい、痩せぎすの「ゲイシャ」は悪魔だった。恋愛をしない人間には誰だって彼女たちが悪魔に見えるであろう。しかし、結末がやってきた。ある雨あがりの晩、へべれけに酔っぱらった二人の男女が泥濘の道をからみあって倒れ、倒れてはからみあいながら、お互いに高い声で罵りあっていた。そば屋の「オヤジ」と追分のうまい「ゲイシャ」だった。そば屋の「オヤジ」は道ばたに坐るとさめざめと泣きだした。その肩をゆすぶるようにして女がわめきちらしていたのである。僕がこの男を見たのはこれが最後だったが、しかし、僕の心はほんとに美しいものを見たという思いで一ぱいだった。いまはどの家も彼の噂で持ちきりだ。(そば屋の「オヤジ」がいなくなるといっしょに女が借金をふみ倒して逃げてしまったのはそれから二三日経ってからだったが)

今日もよしきりが鳴いている。空が曇っているせいか、防波堤の下の松の並木にうすい靄がかかっている。そう言えばあの海に突き出た松の枝で首くくりがあったということをきいたのは一ト月前であったが、海のあかるい日には首くくりだって美しく見えるものだ。あの枝にぶらさがっているのがいかにも自然の姿勢で、それにその男はにやにや笑いながら死んでいたというのだから。

老人

老人だって油断をしてはいけない。その男は有名な青物問屋の主人で、だから、ほんの気まぐれだったにはきまっているが、蚊帳をつりにきた若いおかみさんに難題を吹っかけているところを若い女中に見つけられたのだ。もっとも、おかみさんがわめきだしたのは、女中に見つけられてからだったが。彼女はおそろしい権幕《けんまく》で老人をつきとばし、それから長い廊下を前屈みになって帳場までかけてくると、夢中になって算盤をはじいていた脳天の禿げあがった亭主の膝に掩いかぶさるようにして、しくしく泣きだした。こんなことが滅多にあるものではない。それで大さわぎになったのだ。小さい「ゲイシャ」をどなりつけてインチキ重役に押しつけたり、それから夫にかくれてこっそり妙な男に会いに来たりする女たちには非常に同情心の深い亭主だったが、しかし、自分のことになるとなかなかそうはゆかなかった。彼は先ず憤りを発するための予備行為としてぷうっと頬をふくらました。(感情をころす習慣の中ではほんとうに怒ることがどんなに困難であるかということは誰にでもわかるであろう)

しかし、彼がやっと決心がついて立ちあがったときだった。客室のベルが気魂《けたた》ましく鳴りだしたのである。——番!

ああ! 老人の部屋ではないか。亭主は部屋の中をぐるぐると二三度あるきまわってから、もう一度自分の昂奮が正しいかどうかということをたしかめねばならなかった。それからじりじりと燃えあがってくる感情を唆《け》しかけるためにすべるような恰好で廊下をあるいていった。襖をあけるときだけさすがに指の先がぶるぶるっと顫えたが、しかし、何と習慣というものはおそろしいものであろうか。彼が「しまった」と思ったのはわれ知らず両手をついてぴょこりとお辞儀をしてしまったからだった。

先手をうたれたのだ。というのは、老人はそのとき蚊帳のつり手をはずして蒲団の中からぬけだし、すでに床の間をうしろにして脇息《きょうそく》にもたれていたのである。彼は亭主の顔を見ると待っていたと言わんばかりに扇子を一つパチリとはじいてみせた。(此処の呼吸が難しいのだ)

「感心なもんじゃのう」

と老人が言った。亭主は忌まいましそうに舌なめずりをしたが、しかし、老人の声は落ちつ

いていた。彼は急に調子をあらためて、

「お前さんに来てもらいたいと思ったところじゃ、うん――まったく感心なもんじゃよ、ハ、ハ、ハ、ハ、ハ、云いそびれたが、わしにはひとをためす癖があってのう」

彼はぼつりぼつりとやりだしたのである。老人の説明によると彼はその妙な癖のために日本中を行脚してくらしているのであるという。彼は日本の女たちが貞操に対する確信をうしなってしまっていることをどんなに嘆いているか知れないのだ。彼の言葉によればまったくしっかりと臍をおさえている女をさがすには骨が折れる。彼はそういう女をさがしだして日に日におとろえてゆく道徳にひとすじの光をあたえんがための目的をもって行脚しているのだ。それ故、行く先々で人をためしているのだが、どこへ行っても嘆かわしいことばかりだ。ところが此処へ来て、はじめて道心堅固なひとりの女にぶっつかった。これでわたしも此処まで来たという甲斐がある。お前さんのおかみさんとくるとまったく感心なもんじゃよ。

老人はきっと途方もなくうまい調子でしゃべったにちがいない。（もっともしゃべり方もまかったにちがいないが、それよりも彼の顔がこういうはなしをするのにうってつけの長所を持っていたものと思われる）

だから、亭主はドギマギしてしまった。胸はまだかすかな鼓動を残してはいたが、しかし、妙に心が落ちついてしまって、何か非常な幸福にめぐりあったような気がしてきたのである。

「それで」

と、老人が扇子をパチリとはじいた。「これは寸志じゃが――どうかわたしの志を汲んでうけとって下され」

紙につつんだ「鳥目」だったが、「オヤジ」はありがたい思いで心がしいんとしずまる思いがした。それ故、彼は何べんとなく押しいただき、それからじりじりと後退りをして出ていった。こんなはなしは何処にでもザラにころがっているが、こんなにうまく成功した例はすくないように思う。やがてこの噂が村じゅうにひろがると、ちょうどいい潮どきを見はからって老人は村の年寄り連中のために敬老会というものを組織する計画を立てた。つまり何にかぎらず、老人の経験を尊重しなければならんという趣旨にもとづくものだそうである。しかし、惜しいことに若いおかみさんはそれから二タ月と経たないうちに彼女をためそうとした若い別の男とどこかへすがたをくらましてしまったが、むろんそんなことは敬老会と何の関係もないことだ。

ある晴れた日の朝、僕は何べん目かでこの村をおとずれた老人が、村の小さい観音堂の前で十人あまりのおじいさんやおばあさんたちにかこまれて、お経のような浪花節のような一種不可解な調子の祈りをささげているのを見たことがある。声には深いひびきがこもっていて僕でさえも聞いていているうちにだんだんありがたくなるくらいの気もちだった。

秋情抄

月夜の空気は僕の記憶のようにすきとおっている。風景の輪郭が一つ一つ回想の中によみがえって、窓によりかかっているとだんだん現実から遠ざかってゆくような思いだ。遠い山に灯火が瞬いている。その灯火のかげからながれてくるものはたよりなく煤けたおもいでである。晩秋の夜風がうすら寒い。三嶋をとおるころから僕は少しうとうととしかけたが、前の夜の疲れが出たのであろう、――そう思ったときにはもうぐっすり眠ってしまったらしい。汽車が速力を加えた。幻想のレールの上を走る玩具のような汽車よ。

「おい、おい」

同行のMが僕の肩をゆすぶっている。「おそろしくひどい鼾だね」

僕は少しきまりがわるくなってあたりを見廻わした。それにしても眠りから醒めたあとの舌ざわりの味気なさ。僕等は寝顔をうずめたベンチのあいだをとおってすぐ食堂車へ入ったが、ウィスキーさえもつめたくほろ苦い。窓のそとには白い浪がしらの列が遠く視野をかすめる。海があかるいだけに一層幻怪な感じがするのも妙である。浜名湖、――湖面は昼よりも冴えて、夜の波が眼にしみる。何の目的もない旅であるだけに、僕は何処まで行ってもいいし、何処で下りてもいいわけだ。

友よ、朝、眼をさますと窓の下をながれているドブ川の水底が露わに見えるほど流れが澄んでいた。秋のおとろえを水の流れに見る。旅愁すでにわが胸に来る。旅に出ようではないか。僕はMにあてでこういう手紙を書いた。旅の動機をかたる言葉はこれ以上詮索すべきではない。Mは長閑《のどか》な顔をしている。

彼が僕と同行を約したのは大阪に会うべき女があるからだ。女といっても色恋の沙汰ではなく学生の頃世話になった婆さんが未だに下宿屋を営んでいるという。真偽のほどは知らざれども、僕はその言葉だけを信ずればいいわけである。彼はある私立大学に講座を持っているので、帰りは大阪から飛行機をとばすつもりだと言っている。気の軽い旅だ。僕もうっかり、「じゃあ、おれも京都まで行こう、旧友をたずね（そんなものは一人だっていやしないのだが）それから大阪へひっかえして君と行を共にしてもいいからね」

気の軽い旅である。食堂車の中は二人きりだ。Mは鹿爪らしい顔をしてウィスキーのグラスに唇をあてているが、彼の頭の毛も大分うすくなってきたようである。きれぎれの心理と風景が僕の心に反射する。「もう一人だれか来ればよかったな」とMが言う。

薄明の空である。僕は窓外の風景をゆびさしながらMに向かって十年前のおもいでをひと息に語りつくした。あれが蒲原《かんばら》の海だ。ほら砂浜に灯火がならんでいるのが見えるだろう。あのあたりの砂浜に中学時代の記憶が埋まっているのだ。僕はハモニカの名手で、夏の頃は毎朝ハモニカを吹いて、あのへんをあるきまわったものだ。だから僕の記憶の中では、中学生は何時でもハモニカを吹いているよ。僕等はラブレターを書くかわりにハモニカを吹いていたのだ。その頃の女学生とくるとね、こいつはまたお婆さんがさすような大きなこうもり傘をさしてあるいていた。君は二十五年も前のモダン女学生を知っているかね。僕等はよく謳《うた》ったもんだぜ。君が水色のパラソルに秋の影おちて……。

「何のはなしだい？」

と、Mが言う。僕は一人の少女のすがたをおもいだしたのである。その少女は焼芋屋の娘だったが、——といって、僕が焼芋ばかり喰べていたわけではない。いや、こんなイメージが一体どこからあらわれたのか。これは一瞬の心の切なさに、僕の頭をかすめた窓外の風景にすぎないとしても、しかし、僕の心は一気に回想のレールの上をすべりはじめたのである。

岡崎がちかづいたとき、僕はまったく此処で下りてしまいたいと思ったほどである。一人だったらたぶんそうしたにちがいない。風の強い夜のプラットフォームを、合財袋とカバンを持って、僕は町へ売られてゆく小娘のように、ふるさとの村のつれなさを嘆きながら、母のあとについてブリッジをのぼっていった。涙にしめったおもいでよ。僕の耳は鉄道馬車の鈴の音を聞く。岡崎の町は遠い森かげにかくれて見えないが、しかし、白い街道をハモニカを吹く中学生があるいているではないか、工場がならび電車が走り、一刻ごとにうごいている町のすがたは、もはや僕のおもいでの片鱗すらも残してはいないのに、しかし、僕のロマンチシズムは必ず此処へ戻ってくるのだ。汽車が矢作川《やはぎ》の鉄橋をわたりはじめた。川の水に秋の雲が映っている。白い帆をあげた船が僕の幻想の中で風に吹かれている。晩秋の空の色。枯草のにおい。

Mが退屈そうに葉巻をくゆらせている。「どうだい、名古屋で下りてみないか、今からひと眠りするとちょうど朝になるぜ」

「いいね」

気の軽い秋の旅だ。それにしても汽車に乗っているときほど人間の心が放蕩的になることはあるまい。これはレールの上を汽車が走っているのではなくて、乗っている人の心が未知の世界に向ってすべっているからである。さて、僕等の横の食卓には何時の間にか断髪の日本ムスメをつれた若い外国人が席を占めていた。女が僕等の方へ流し眼をくれたが、Mを見た瞬間ぴょこんとお辞儀をした。Mはちょっとドギマギした風を示してから、和やかな微笑を顔にうかべた。「誰れだかわからんね、ことによると僕の教えた学生かも知れないぞ」

僕は黙ってウィスキーをぐっと呷った。空の色彩が変りはじめた。そして僕は遠い町の酒場をおもいだしたのである。その家の窓には海の色がうつっている。何年前になるか、そういうところで、ふとした心の機《はず》みにまかせて夜を徹して飲みつかれたあとの味気なさが、今しみじみとよみがえってきたのである。ああ、このまま下関まで行ってしまいたい。雨に煙る関門海峡がぼうっと僕の頭の中にひろがってきた。心が妙に活気づいてくる。断髪の日本ムスメ。食卓の上のアスパラガス。汽車は高原を走っているのであろう。もう真夜中である。僕等は車室へかえると、そのまま眠ってしまった。眼がさめると、そとはもうほのぼのとあかるい。名古屋は疾くにすぎてしまったらしい。大阪がちかづくにつれて僕もMといっしょにおりる気もちになってしまった。二人を乗せた自動車が街に向かってうごきだしたときMが低い声で言った。

「やっとわかった——、あれは君カフェー・Lの女給さ」

「何が?」

「いや昨夜の——」

「あの断髪の女かい?」

心斎橋の前で僕等は自動車からおりた。

東京の友へのたより。

A君。僕はMと二人で大阪の街をあるいている。大阪は二度目でこの前来たときには五月の終りだったが、雨の中を酔にまかせて道頓堀の酒場を廻ったことをおぼえている。何という家かわすれてしまったが、川ぞいの酒場の二階から橋の上を見ていると群るような雨傘の行列が、階下からつたわってくるジャズに調子を合わせていた。始めてきた大阪の印象は古めかしく長閑で、僕は地震前の吉原に近い感じを味わった。しかし、今夜は秋のせいか、騒音の中をあるいていても何か陰気でがらんとしている。遠くから見ていると大阪はメカニズムの都で、動力的で俗悪であるが、しかし、中に入ってくるとロマンチックな要素がいろいろなかたちで混入している。

今、僕等の入っているカフェーの舞台ではダンスがはじまったところだ。じっと見詰めているうちに、僕は古い昔の秋祭の夜をおもいだした。Mは何処からきいてきたのか、京都では尼さんのプロスティチュートが非常な勢いで流行っているというはなしをしている。宗教と売淫の関係なぞという問題にまでまきなおすべきことではない。心がうそさむくなるのも秋のせいであろうか。此処へ来るまで僕は嵯峨へゆくことを楽しみにしていたが、こうやって、末枯れた人生の風景を眼のあたりに見ていると無性に東京へかえりたい。Mは祇王《ぎおう》祇女《ぎじょ》の石像を拝みに行こうと言っているが、彼の本心は祇女の巣をさぐることにあるらしい。僕はもう酔っている。舞台の上ではモダン行進曲がはじまった。幽厳な竹林も、去来の墓も僕の感興からはすでにあまりに遠ざかりすぎている。僕は数日前、吉原に住んで三味線を生業とする女から、仲ノ町の菊が満開だから是非見に来てくれというたよりのあったことをおもいだした。よし、廓の露にはぬれなくとも、せめて忍びやかな爪弾きの音は、心の憂鬱を晴らしてくれるであろう。

草々

蜜柑の皮

わざわざおいで下さいましてお目にかかるのは始めてのように思いましたが、こうやってはなしをしているうちにだんだんおもいだしてまいりました。ふしぎなものですね。今夜はすっかりわすれていたあのときのありさまがわくようにおもいだされます。ぼうっとあのときの人びとの顔までも見えるようで――何と申しますか、わたくしも四年前に家内に先立たれ、こういうさびしいひとりぐらしをしておりますと雨のしみとおる壁までもすぎ去った日のかげのように、もうしっかり自分と結びついてしまうものでございます。それにつけても、あのときのことだけはどなたさまにもはなすまいとこころにちかい、あのようなおそろしいものを見たおのれの業苦のほろびてゆくのをいまだに祈りつづけている今日このごろでございますが、わたくしも教誨師《きょうかいし》をやめてからいつのまにか二十余年もすぎていることを考えますと今までまもりとおした秘密をおはなし申上げたところで格別身に禍のふりかかるおかたもあるまいとぞんじ何もかも申上げます。さてながいあいだ心の底にかくしてしまったはなしでありますす故、どこからさきにはなしてよいやら、いざとなると何もかも嘘のような感じもいたし、こんな生活が若いころの自分にあったのかということさえも疑わしくなるほどでございます。わたくしは唯、この眼で見ただけのことを申上げるだけで、ことばの裏に何の判断のある筈もございません。やっぱりそんなはなしをしながら最初におもいだすのは岸本柳亭のことでございます。わすれもいたしませせぬ。死刑執行の四日前、監房をおとずれたわたくしに向い、柳亭はだしぬけに「いよいよ駄目ですね？」と念を押すように申しました。覚悟はきめていながらもさすがにあきらめきれぬ気もちがあったものと思われます。一月二十日で、雨が降ったりやんだりする寒い日であったとおぼえています。そのとき、わたくしは何と答えたか自分のことばを今はっきりおもいだせませぬが、だまってあの男の顔を見ているうちにひとりでに涙ぐんでまいりました。あの男のさびしい声だけがふかく耳に残ってその晩はどうしても眠ることができなかったのです。柳亭はひくい声で、――そう言えばあの男の声はどんなときにもかすれるように静かで心のみだれというものを少しも残していなかったように思います。そのとき、あの男は、自分が刑の執行をうけるのは事件の性質上やむを得ないと思うが、唯、気の毒なのはわれわれと共に死んでゆく人たちの身の上だ。あのひとたちの中には親のあるものもあるし、妻子のある人たちもある、今更何というたところで仕方もあるまいが、ということを何べんもくりかえし

くりかえし申しましたが、わたくしが、

「お気の毒でございます」

と申しますと、あの男は窓のそとへちらりと眼をそらして、「ハ、ハ、ハ、ハ」とうつろな声で笑いだしてから、

「先ず同じ船に乗り合せてもらったと思うよりほかに仕方があるまいな——海の上で暴風にあっていっしょに海底の藻屑となったと思えば何とかあきらめのつく道もあるでしょう」

「何も彼も運命です」

と、わたくしが答えると苦しそうに顔をしかめて、

「先ずそのへんのところかな」

と申されました。四日経っていよいよ刑の執行ときまったときにも、さすがは一党の大将だけに柳亭は平常《ふだん》とほとんど変らぬ顔色で、その朝の七時、看守が呼び出しに行ったときにはもう眼をさましまして、独房の中に端坐していたそうです。典獄がおごそかな声で、今から刑の執行をするということを申しわたしますと、二三分眼をとじていたようですがすぐ落ちついた声で、——と言っても何時《いつ》もとくらべると非常にせきこんでいるようでしたが、

「どのくらい時間の余裕がありましょうか?」

そう言って少しもとりみだした様子はなく、典獄が、時間が非常に切迫していると答えます

ると、

「一時間でいいんだが、君のはからいで何とか――」

「五分間も余裕がありません」

「そうか、原稿の書きかけが監房の中にあるんだが、せめてそれを整理するあいだだけでも」

「駄目です」

これきりで二人の会話は終ってしまいました。（柳亭はその朝まで暗い部屋の中で一睡もしないで何か書きつづけていたそうです）それから柳亭は倒れるように椅子に腰をおろすと、テーブルの上の盆にもりあげてある蜜柑《みかん》をじっとみつめていました。（その日、蜜柑と羊羹《ようかん》がこの人たちに饗応されることになっていたのです）

するとと彼の眼がだんだん涙ぐんできて、

「そうか」

と、言いながら、蜜柑を一つとりあげました。典獄が何か言いのこすことはないかというと、それには答えないでわたしの方を向き、

「いろいろお世話になりましたね」

と、まるでそれは長い溜息のような声でございましたが、それから心をおちつけるためにしばらく眼をとじていました。しかし、眼をあけるとすぐ手に持った蜜柑の皮をむき、白いすじ

を一つ一つとってから、それをそっとテーブルの上に置き、あつい番茶を、茶碗のふたをなめるようにしてすすりあげると、

「じゃあ」

と、典獄の方を向いてうながすように立ちあがりました。わたくしが読経の用意をいたしますと、

「いやもう——」

と、両手でおさえるような恰好をして典獄とならんで別室へ立って行ったのです。そのつぎが大野博方というもう五十ちかいお医者さんでこのひとも何とかいう雅号を持っておられましたが、よく覚えて居りません。このひとが入ってきたときはもう夜がすっかりあけていました。

大野は、

「寒い、寒い」

と言いながら両手で自分の身体を抱えるようにしてふらふらと入ってきたのです。丈のひょろ長いせいもありますがしかし、その素振りがいかにも飄々として何も彼も自然にまかせきっているというかんじです。岸本柳亭が一味の首領であるという態度をくずすまいとして一生懸命に努力しているらしい様子のあるのにくらべると、この男は顔にかすかな苦悶のかげも残さず、ほんとうにあきらめぬいているという恰好に見えました。常日頃は喜怒哀楽をすぐに顔に

だすひとでありましたがいよいよとなると気もちがぐっと静かになって、愚痴ひとつこぼさず、テーブルの上の蜜柑をとりあげ、こまかい手つきで皮をむきながら、

「冗談から駒が出ましたな」

そう言ってにやにやと笑いました。それから典獄の方を向いて、唇の上へ手をあてて巻煙草をくわえるまねをしてから、大へん四角ばった口調で申しました。

「せめて一期の思い出に希《ねが》わくば一本ほしいね、それを喫ったらこの世に思いのこすこともあるまい」

そこで典獄が敷島をとり出してわたしますと、彼はいそいで一本ぬきだし吸口を指の先で四つにつぶしてから口にくわえ、マッチをすってスパスパとやったと思うと急にむせるような咳をしながら、

「どうもいかん、――これはいかん、眼が廻りそうだ、久しぶりでやったせいか頭までぐらぐらしてきたぞ、これでは気もちのいい往生もできますまい」

何度も咳をしたあとで彼は吸いさしの煙草を足元へなげすて、草履の裏でふみつけ大声にからからと笑いだしたのです。しかしわたくしの読経を最後まで落ちついてきいていたのはこの男だけでした。そのつぎが有名な内田愚山和尚です。禅門の僧侶だけにとぼけた風格のあるひとでしたが、この日は身体の工合がよくなかったらしく非常に面やつれがしてじっと立ってい

るのも苦しそうに見うけました。典獄の申しわたしがすんでもしばらくぼうっとして立ってい
るのでわたしがそばから、
「あなたは以前には僧籍に身を置いたひとですから、せめて最後の際だけでも念珠を手にかけ
られては、――」
とたずねますと、
「そうですね」
と言ってからしばらくのあいだ黙って考えこんでいる様子でしたが、わたくしが手にかけた
念珠をわたそうとしますと、慌てて手をふりながら、
「やっぱりよしましょう」
と言われるので、「それはどういうわけで？」
と、かさねてききかえしますと、
「念珠をかけてみたところで、どうせ浮ばれるわけじゃなし――」
とささやくような低い声で言ってから淋しそうな顔を見せて、どんなに典獄がすすめても、
テーブルの上の蜜柑や羊羹には手もふれず、番茶一杯啜ろうともしないでぼんやり立っていま
したが、さすがに禅門で鍛えた坊さんらしい静かなかんじでございました。そのつぎが、鍛冶
屋の木村良作で、それから新辺、北村、河島、秀岡ほかのひとの名前はわすれましたが、そう

いう順序であったと思います。木村はその日極度に昂奮していて、典獄の顔をみると挑みかかるような態度を示したので、看守が二三人でやっとおさえつけました。新辺はずっと以前には田舎の新聞記者をしていたことのある、文芸に趣味のある男で、そういうたしなみのあるせいでもございましょう、しきりに辞世の句を読もうとして努力していた様子でした。その二三日前にわたくしが独房にこの男をおとずれますと、もうすっかり覚悟しているらしく、彼はやっとつくったという辞世の句を満足そうにわたくしに見せました。「死ぬる身を弥陀にまかせて書見かな」――彼はこの句が後世に残ることを信じていたようでございます。それからいろいろと故郷に残した妻子のはなしなぞをいたし、子供のころのおもいでの楽しさをこまごまとはなしてから、すっかり心が軽くなったと言っておりましたが、しかしいよいよ当日になって典獄の部屋へよびだされると、どうしたものか一口も物を言わず、羊羹と蜜柑とを手あたり次第に腹一ぱいむしゃむしゃとたべてしまうと、急にわたくしの方を向いて、「先日の辞世の句は『死ぬる身』というのを『消ゆる身』とあらためたい」と申しました。そう言ったと思うとだしぬけに立ちあがって、

消ゆる身を弥陀にまかせて書見かな

と、自分の心をけしかけるようにふしをつけて口ずさみながら、別室の扉の前までくると、ぎくっと身体をふるわせて、いかにも恐怖におそわれたというかんじであやうくうしろへ倒れ

そうになるところをやっとうしろにいたわたくしの手で支えました。軽い脳貧血を起したものと思われます。この男を抱きとめた瞬間、わたくしはぞくぞくっとうそさむい妙な気もちが背すじにつたわるのをおぼえました。今になってもあの青年の怨めしげな顔が眼先にちらついてくるようでございます。それからあとはわたくしも気もちがみだれてだれがだれだかよくおぼえていません。気がついてみるともうすっかり日がくれかかって、何時昼飯を喰べたかという記憶さえもないのです。何しろ午前七時に岸本柳亭からはじまったのが、知らぬまに午後五時頃になっていたのですから、一月二十四日と言えば日のみじかい季節ではありますし、それに矢継早の刑の執行ですっかりつかれていたせいもありましょう——わたくしはこのときほどわが身をうらめしく思ったことはありません。それもはじめのうちは刑の執行をうける人たちの冥福を祈ってやりたいと思い、少しでも彼等を安心と落ちつきにみちびくことがこの世の一ばん尊い仕事であるとかんじていたわけなのですが、しかし時が経つにつれて、死んでゆく人間のうしろ姿を平気で見ていられる自分のこころがうすらさむくおそろしく、ときどき狂的な発作が全身の血管からこみあげてくるようなじっとしていられない感情がひやりと胸の底をかすめると、顔色一つ変えないで、いつも同じ調子でしゃべっている典獄が人間でなくて、石のように思われてまいりました。そこへ十人目の秀岡という男がもと石工をしていたという男が看守につれられて入ってきました。秀岡はわたくしを見るとぴょこんとお辞儀をして、それがいかに

も空々しく、何とも言いようのない侮辱をこめた眼でじろりとわたくしの顔を見あげて、

「坊さん！　まだ夕飯を頂戴しませんよ」

と言うのです。わたくしは思わずたじたじとなりながら、しかし、やっと心を落ちつけて、

「すまなかったね、今日はお前もうすうす知っているとおり大へんいそがしかったので」

と言いかけるのをあの男はみなまで聞かないでせせら笑いながら、

「うすうすどころかよく知っていますよ、どうもお手数ばかりかけてすみませんな」

そう言ってもう一度わたくしの顔を見あげ、その視線をすぐにテーブルの上の蜜柑の山にうつしたと思うと、わざとらしく顔をしかめ、

「みんな御丁寧に皮までむいていやがる、おれも一つ頂戴するかな――」と太々しい声で言いながら、蜜柑を皮のまま四つ五つ頬ばったと思うと、「しかし、蜜柑じゃあ腹もふくれねえや、まったく腹がへっちゃあ元気よくおわかれもできませんからね、それでは阿弥陀さまにそなえてあるお菓子でもいただきましょうか」

というので、わたくしはほとんど無意識のうちにみじかい読経をすましてから、羊羹をすすめますとこの男はいかにもうまそうに羊羹二本を平げ、「これで充分です、ではあとがつかえておりますから」と言って立ちあがったのでございます。これは無智と言っていいのか、大胆不敵と言ってよいのか、わたくしは、妙な腹立たしさをかんじてまいりました。しかし、この

男が別室へ立ってゆくとき、ちらりと彼の横顔が涙にぬれているのをみるとだしぬけに、自分もいっしょになって号泣したいような気もちにおそわれたのでございます。わたくしは典獄のいなくなった部屋の中でながいあいだ黙禱をつづけておりました。やっとあかりがついたばかりのときでしたがテーブルの上には蜜柑の皮が山のように乱雑につみあげられ、それが今、わたくしの眼の前をとおり去った人びとの顔を、はっきり思いおこさせるのでございます。このときほどわたくしは残忍な呪わしい記憶からのがれることのできなくなっている自分をハッキリとかんじたことはございません。もうあとひとりで今日の予定が終るのだと思うと、そのまま突っぱなされる自分がおそろしく、むしろこのまま刑の執行がいつまでもいつまでもつづくことのほうがましだと思ったほどでございます。わたくしはあの人たちがどうしてこんな運命に置かれたかということよりも何故人間にこんな運命があるのかということだけを考えました。むろんそのときの気もちをぶちまけて申しますれば、事理のよしあしを判断するひまなぞのあろう筈はございません。唯、今から考えますと、自分がよくあのとき脳貧血でもおこして倒れたり精神に変調を来してあらぬことを口走ったりしなかったものだとわれながら不思議に思われてならぬほどでございます。それどころか、わたくしは表面、教誨師としての態度においては、いささかもおのれを失うところはなかったように思います。もし典獄がわたくしを観察していたら彼もきっとわたくしを石だと思ったにちがいございません。だから、だれひとりとしてわたくしの冷静を疑うものがなかったのもあたり前のことでございましょう。外はもうすっかり日がおちておりましたが、じっとして蜜柑の皮をみつめていると無数の悲鳴が何処からともなく聞えてくるような気がいたしました。それはたぶんわたくし自身の悲鳴であったにちがいありません。ハッと気がついたときには典獄がわたくしの眼の前に立っていました。わたくしがぞくぞくっとする寒さに身ぶるいしたとき、いよいよ十一人目のあのひとが看守にみちびかれて入ってきたのでございます。最初わたくしの眼には、まるで血の気をうしなった蒼白い顔だけがぼうっとうかびあがりました。それが空間にゆれているように見えたのです。その眼と向いあったときわたくしは思わずぎょっとして立ちすくみました。こんなに異様な輝きにみちている人間の眼をわたくしは今まで一ぺんも見たことがございません。どのような大犯罪人にもいよいよという間際には救いとあきらめとがおびえている心をやすらかにする瞬間があるものでございます。希望をうしないつくした人間にはあたらしい絶望の落ちつきがあるものです。ところが、――ああわたくしは今でもそのときのあのひとの眼の色をありありと思い描くことができます。わたくしはあのひとと向い合ったとき、一つのことを理解しました。これは絶望に顫えている眼ではない。これは絶望しきれぬおそろしさに悩みぬいている眼だ。――そう思ったとき、典獄が、大へん気がせいていたせいでもございましょう、ちらっと時計をながめてから低い声で、

「金近さん！」

と、あのひとの名前を呼んでから（典獄がうっかりこういう呼び方をしたのはあのひとだけです）「おそくなってすみませんが、――それにお腹も空いていらっしゃるでしょうが何しろ時間に余裕がないので」と申しますと、あのひとは全身をがたがたと顫わせながら、ほとんどききとれぬほどの声でうめくように何ごとかをおっしゃいました。そのことばはわたくしにもよくわかりませんでしたが、「やっぱり駄目ですか？」というような意味であったと思います。そういう声のひびきさえもやっと咽喉をとおりぬけたというかんじでございました。しかし、あのひとはすぐに平静をとりもどされたように見うけました。

「致し方がありません」

と、典獄がすぐ冷やかな態度で申しますと、あのひとはわたくしの方を向いて、

「――今はじめてわかりました。あなたにはわかるでしょう、わたしがおそれていたのは死ぬことではなくて、助かることだったということを、――長いあいだわたしには助かるという自信があったので死ぬ工夫がつかなかったのです」という意味のことを、早口に申されました。

「わたしどもには何もわかりません、唯、おあきらめになることが何よりも肝要だと存じます」

と申上げますと、あのひとはじっと歯を喰いしばったまま首をうなだれておしまいになりました。何しろ自由党のころから錚々《そうそう》たる名士であり、生に処する態度も死に臨む覚悟も平素の

言動のなかにありありとあらわれてこのかたの往生際だけはどんなにかりっぱであろうなぞと心ひそかに想像しておりましただけに、こんなにとりみだしておいでになる姿をみると、何か自分が途方もない不幸にぶつかったような気がいたしました。そう言えば、わたくしがあのひとを刑執行の前の日に監房へたずねますと、あのひとはもうすっかり自分の運命を観念しておいでになる御様子で、

「どうも世の中のことはわからん、考えれば考えるほど不思議なことばかりです。第一、わたしが刑の執行をうけるなぞということは妙なはなしですな」

と、落ちついた声で申されましたが、そのとき格別何とも思わなかったそのときのことばがふとわたくしの頭に針でさすようにうかんでまいったのでございます。わたくしはそのときはじめてあのひとの心の底の秘密にふれたような気もちになったのでございます。

「何かおあがりになりませんか？」

と典獄が申しますと、あのひとは、テーブルの上のあたらしい蜜柑には手をふれようともせずに、だれかが喰べのこした蜜柑のふくろをとってしばらく啜っておられましたが、それを長いあいだ口の中で噛みしめておられたようでございます。

「それでは」

と、典獄が最後の決意をうながすようにせきたてますと、あのひとはよろよろと立ちあがり

ましたが、わたくしがそばから、

「おまちなさい、今、お経をよみますから」

と申しますと、

「いや、それには及びますまい」

と、ささやくように申されただけで、そのまま、もとの椅子にぐったりとよりかかって何か小声で呟いておられる様子でございました。それが、一瞬間でも長くそこにいたいというかんじで、わたくしは思わず顔を反《そむ》けたほどでございます。

それで、

「何か思い残しておいでになることはありませんか？」

と、かさねて申しますと、あのひとははじめて淋しそうな微笑をうかべて、何か言おうとされましたがそれもそれきりでじっと押しだまっておられました。というよりもありていに申しますと舌が硬《こわ》ばって声さえも咽喉をとおらないという様子に見られました。今になるとそのときのあのひとの気もちが手にとるようにわかるようでございます。それから二三分間、おなじ姿勢のままで茫然としておられたように思いますが、いきなり大声で笑いだされたのでわたくしは思わずびっくりいたしましたが、——まったくだしぬけなので気が狂ったのではないかと思ったほどでございます。しかし、あのひとはさすがにあきらめがついたというかんじで、

「一場の悪夢です」

と、低い声で申されました。それから、もう一度からからと笑って、

「まるでワナ（陥穽《かんせい》）に落ちた狸さ」

と申されました。「わたしは岸本の同志でもなければスパイでもありませんよ、唯、ワナです、だれをうらむということもない、とりみだしたわたしの姿を憐《あわれ》んで下さい、わたしは二十の年から何に対しても命だけは捨ててかかっているつもりです。そのわたしが死にきれないでいるという気もちを憐んで下さい」

わたくしは思わず合掌しました。一瞬間ではございますがわたくしの心は水をうったようにしずかになり、急にあのひとの眼がいきいきと冴えかえってくるように思われました。何か明るいかんじが胸の底までしみとおるようで急にあのひとと自分とが位置をとりちがえたような気がいたしたのでございます。それからさきはもうわけもなくかなしくわたくしは合掌したままで祈りつづけておりました。この気もちがおわかり下さいましょうか。世間では刑の執行がすむとすぐにわたくしが教誨師の職を辞してしまったことについていろいろな取沙汰をいたしておったということでございますが――さようでございますね、わたくしが痛憤のあまり職を去ったというようなことまでさかんに書きたてた新聞もあったようでございますが、唯ひと口に申せばこのときの会体《えたい》の知れない物がなしさがわたくしの心に決断をうながしたというだけ

のことでございます。もしあのひとが最後の数分間で生死の悟りをひらかれないでしまったとしたらだれよりも救われないのはわたくしにちがいございません。そう思うだけでも身の毛がよだつようでございます。大へん寒い夜でありましたが、わたくしは一睡もとらずにひと晩じゅう読経にあかしました。唯、監房で知り合ったというだけの間柄ではございますがはなす機会の多かったせいでもありましょうあのひとだけは別のひとだという気がいたしません。悩みのふかいひとであっただけにしぜんあのひとの気もちの中に深入したものと思われます。それにくらべますれば岸本柳亭はどんなに幸福であったかとも言えましょう。柳亭と愛情関係のあったと言われる柴しげ子だけが刑の執行をつぎの日にまわされることになったのでございます。何にいたせあのひとたちがいずれも一命をすてる覚悟であったことだけはたしかでございましょう。その気もちがながいあいだにたたみこまれて、ひとりでにいざというときの落ちつきができあがるもので人間というものは結局見透しさえつけば覚悟もできるものと思われます。金近陽介さんがあんなにみぐるしく狼狽なすったということも助かるぞ、助かるぞという希望があのひとの心をぐらつかせたにちがいないのです。世間ではあのひとのことはおかみの間者だということにされているそうでございますね。今にして思うとあのひとの悩みがそのことの予想のために、いっそうふかくなったと思われます。あのひとが最後に申された「ワナ」ということばもそのことのほかにはございますまい。わたくしの見たとおりのことをつつみかくさず申上げますればあのひとは、最初のうちは助かるという感情に落ちついていられたように思います。それにつけても人間の魂というものは何という統制のない見透しのつかないものでございましょう。ほかのひとたちが死ぬことにおびえながら煩悶懊悩に日をおくっておいでになるときにも、あのひとだけはかすかな不安のかげさえも心にのこしてはおられなかったように思いました。わたくしは何時も独房の中で大言壮語して力みかえっておられるあのひとを見るごとにさすがは若いときからかさねがさねの獄中生活でおのれを鍛えて来られたひとだけにこのようにりっぱな覚悟をおもちになっているのだと考えておりましたが、それも統制のとれぬ魂をもちあつかいかねてそういう素振りだけで自分をごまかしつづけていられたものと思います。そこにあのひとの迷いがあったのでございましょう。あのひとがほんとうに間者であったといたしましたら、死に際に臨んであんなに迷いのふかい気もちに陥ちこまれるわけはございません。つまり、あのひとが間者であったということも一つの憶測にすぎず、あのひとが間者でなかったということも一つの解釈にすぎず、そのどっちかがかたちの上ではっきりしていたらたぶんあんなとりみだしかたはなさるまいと存じます。間者であることの論拠はあのひとが岸本柳亭から大事をうちあけられたおなじ日に政府の大官と関りあいのふかい政治行者の森野半二郎をおたずねなされたというだけのことではございませぬか。柳亭の弁護をされました河上弁護士も当時のことをおかきになりました手記の中で「金近は陽に岸本に与《くみ》し陰に之を半二郎に売りしならん」と書いていられたように思いますが、詮ずるところはこれも一理、あれも一理と申すだけのことで、あのひとの性情から考えますと、これもわたくしだけの浅墓《あさはか》な解釈でございますが、あのひとが森野行者を通じてこの密謀を売りわたすなぞということは、夢にも考えられないことでございます。もしあのひとが最初から岸本の密謀に加わっておいでなされたとしたら、どうして森野行者なぞにうちあけたりなさる筈がございましょう。むしろ売ったのが森野行者で、売られたのがあのひとにちがいございません。あのひとはうっかり森野行者にうちあけられたことについて自責の念にかられながらも、こんどは逆におのれの犯した過失によっておのれを救おうとなさいましたことが心の迷いなのではございますまいか。考えれば考えるほどお気の毒でなりませぬ。何も彼も運命だと言いきれないものがあのひとの負うべき業苦のかたちであったと申すほかはありますまい。こうして生きるにも生きされず、死ぬにも死にきれず六十年にちかい御生涯を世の物笑いとなってふみにじっておしまいなすったことだけはかえすがえすも残念でございます。あのひとが岸本柳亭の同志としておのれを偽ることのできなかったところに一つの真実があるのではございませんか。結局あのひとが最後に申されたワナ（陥穽）という言葉よりほかにその真実をつたえるものはございますまい。何だかながいおしゃべりをいたしておりますうちに、妙に心がみだれてまいりました。久しぶりで昔の気もちにかえったせいでございましょう。まったく世の中は、不思議なことばかりでございますね。

人の世のことは何も彼もときのはずみでございます。ほんとうにながばなしをいたしました。いいえ、ただもうはなしをきいていただいただけで胸がひらけるような思いがいたします。そう言えばあのひとのおくさんは早くなくなって兄さんがひとりいらっしゃったように思いますが、さようでございますか、去年おなくなりになったとは夢にも存じませんでした。さぞ辛い御生涯をお送りなすったことと思います。このごろでは年のせいかわたくしも耳が遠くなってもうそろそろ終りがちかづいてまいったようでございますが、何だかあの典獄の部屋でテーブルの上につんであった蜜柑の皮がまざまざと見えるようでございます。こんなしずかな晩にあなたさまのようなおかたがおたずね下さいましたのも、あのひとの霊がひきよせて下すったかからでございましょう。われながら夢のような気がいたします。

落葉と蠟燭

I

泥溝《どぶ》のような川の水が日ましに澄んできて、朝、二階の雨戸をあけると落葉の沈んだ川床がはっきり見えるのであった。それもほんの朝のうちの数時間だけで午後になると、八方からながれおちる下水のためにすっかり濁ってしまうのであるが、それがひと晩でまたこんなに澄みとおってくるのも大気の爽かなせいであろう。夜中に小さい女房が眼をさまして、「だれかきたような気がする」とふるえ声でささやくことがある。じっと耳をすましていると、ささやかなせせらぎが人のあし音のように聞えるかと思うと、こんどは忍びやかなひそひそ声のようにちかづいてくるのである。晴れた日には榎の老木の梢からすけて見える空の、キメのこまかさが眼にしみとおるような蒼さにかがやいている。川向うの街すじをとおる荷車のひびきや自動車の警笛にまじって、からんからんと鳴る下駄の音が、まるで大気の底へ吸いこまれてゆくようだ。ホテル、アパート、下宿屋と次から次へ追われるように移動してあるいた流寓《りゅうぐう》の生活にともかくも一段落を告げて、今年三十三歳の椎名源六が愛慾につかれた身体をこの仮住居に落ちつかせたのは夏のはじめであったが、今は青葉に照りかえす陽のひかりさえ、だんだん影をうしなってゆくように見える。夕方になると遠い空には秋の雲が残光のようにうかび、夜は樹の間をもれる月の影が遠く冴えているのを見ると、ああもう半歳ちかく経ったのかとしみじみふりかえってみる気もちにもなるのである。「小さい川にそった古い家で、二階が六畳に三畳、階下が玄関と八畳一間、ほかに女中部屋がありますが、女中部屋はねだがくさっているので使えません。家全体が大分まがっていますが、地震に倒れなかったほどですから大丈夫でしょう。屋根には草が生えています。すぐとなりが大家ですが家ぬしは五十ちかい男で女房も子供もない、ひとりぐらしのように見うけられます。家賃は六十円だと言っていましたが、四十円ぐらいにならぬかと言ったらすぐまけました。はなしのしようによってはもっとまかるかも知れません。南向きの陽あたりのいいうちです。駅からは別封の地図のとおりで、あるいて、五六町のところと思われます。いちどやってきてごらんになりませんか」

椎名源六は借家さがしをたのんでおいた知人からの手紙を霊南坂の上のホテルの一室でうけとった。そのあくる日の午後、彼は雨の中を出かけていったのである。その郊外の駅を下りて通りを左の方へあるいてしばらくゆくと水のせせらぎが聞え、簡単な地図に示されている酒屋が右側にあった。コンクリートでかためた小さい橋のてすりは半ば朽ちかかっていたが、川の水面は上から下った樹木にかくれて見えなかった。しかし水音に急流のようなひびきがこもっているのは雨のせいであろう。橋をわたると空気ががらりと変ってつきあたりに大きい屋敷の門が見え、その前から右に榎の老木が太い幹をならべている。ちょっと山のおくへ入ったような静けさにみたされた一廓であるが、古い冠木門《かぶきもん》のうちが二三軒ならんでいて、手紙に書かれた借家はその一ばん隅の川ぶちの断崖の上にあった。家は手紙のとおりといってもいいほど右の方にまがっているが（戸がしめてあるのでその曲り方がはっきりわかった）どこかに老人の頑丈な骨組を思わせるような落ちつきがある。そのせいか家の古さに伴う妖怪味はみじんもなく、低い屋根に草が生えているのもなかなかいい。門をはいると裏のあき地から川に下る傾斜面には葉蘭《はらん》が生いしげって苔に掩われた土の肌がなまなましく見えた。こわれかかった垣根のあいだからのぞくと、十坪ほどの庭の隅に梅の老木が一本だけ根元が二つにさけて左右にひろがっている。ほかに何の風情もない庭であるが、梅の木の古さがおのずからにして一つの雰囲気をつくりあげているのであった。それが、今の椎名源六の心に何かぴったりとした感じをあたえた。彼はもう家の中なぞは見ないでもよいと思ったほどである。これは彼が途方もない呑気坊主の故でもあろう。彼はいつのまにかこのうちの二階にねころんで水の音をきいているような気やすさになっていたのである。まったく晴れた日に屋根の上に蒲団を敷いてその上にながながと寝そべりながら、のびのびとした気もちで蒼天を仰いでいたらどんなにいいであろう。そんなことを考えているうちに、彼の心はひと息にあたらしい情感の中にかたむいていった。雨はもうあがっていたが、彼が川ぞいの傾斜面をおりてゆくと、葉蘭のあいだから大きなガマが一ぴきのそのそと這い出てきた。すると、また一ぴき、また一ぴきという風に五六ぴきのガマが蘚苔《せんたい》の上をゆるゆるとうごきはじめた。葉蘭の中の道が川ぶちまでつづいていて、その上をあるいてゆくと足駄の下からバッタのようにとびだしたものがある。よく見ると五分にも足らぬ小さいガマだった。してみるとどこかにガマの巣があるのかも知れぬ。椎名源六がこんなにたくさんのガマを見たのは、生れてはじめてであるが、小さいやつは小さいながらにガマのかたちをそなえているのが不思議に思われた。彼はうっかりガマをふみつけてしまいそうになるのを、慌てて避けねばならぬような始末だったが、ガマの方は悠々としてまるで人間のあしおとなぞに気をとめてはいないようである。彼は川ぶちまでゆかないで門の方へひっかえした。となりの家も二階の窓がしまっているので、ひとり者だという家主は今日は留守なのかなと思いながら榎の並木の前に立ちどまって、もう一度まがった家の恰好を眺めていると、こんどはだしぬけに琵琶の撥音《ばちおと》がひびいてきた。歌詞はよくききとれないが、高く冴えた撥の音がまるで土にしみとおるようだ。琵琶をひいているのはとなりの家主のうちらしかった。すがれたような声も古さびた琵琶の撥音にふさわしく、じっと耳をすましていると心が遠くすみとおるようであった。冠木門の下の標札には小森鯤太郎《こんたろう》と書いてある。それが家主の名前であろうか。格子戸になった門の中は石畳のほそい道が玄関までつづいていて、道の両側には雑草が伸び放題になっている。風にもぎおとされた落葉のしめやかなにおいが、どこからともなくながれてきた。そこからみると玄関の格子戸がなかばあけはなしたままになっているので、椎名源六は琵琶のぬしが小森鯤太郎にちがいないと思いながら門をはいっていった。すると玄関の左手に柴折戸《しおりど》があって、そこから見えるうす暗い部屋の中でかすかに人のうごく気配がしたのである。椎名源六はしばらくためらったあとで格子戸をあけた。敷石の上には歯のゆがんだ足駄が一そくとその横にゴムの長靴がぬいである。「ごめんください」と声をかけると、「おう」という返事が聞えて襖のあいだから姿をあらわしたのは、五十恰好の古い紺サージの上衣《うわぎ》の下に鼠色のよれよれになったズボンをはいた、いかにも几帳面らしい一見して税務官吏という様子の男だった。彼が来意をつたえると、男はぴょこんとお辞儀をして中へはいっていったが、横から見るとその男の大きい後頭部が、やせて小さい身体におそろしく不調和な印象を残した。(琵琶はそのときまだ鳴りつづけて、深いひびきにみちた声が嚙みつくように聞えてきたのである)

その撥音が急におさまったと思うと、こんどは丈の高い骨格のすぐれた、――年は前の男よりは二つ三つ若いと思われる眼鏡をかけた男が、セルの着物の上に三尺帯をぐるぐるとまきつけ、その帯のはしを前の方へだらりと垂らしたままのどことなくぼけた姿で、椎名源六の前に突立った。そこで彼がとなりの借家を借用に及びたいが、家賃の方はもっと何とかならぬものであろうかというと、その男は、にやにやと笑いながら、「いくらでもいいですよ、とにかくおはいりになったらどうです。たぶん今日あたりお見えになると思って待っていました。わたしが小森です」と屈託のない声でそう言ってから、「さあ、どうぞ、どうぞ」とせきたてるようにしてむりやりに彼をおくの部屋へ招じ入れたのである。そこは中庭に面した八畳で、床の間の前には古い経机が置いてあり、今まで彼がそこに坐っていたと思われるうすい座蒲団の横の柱には鬼蔦《おにづた》の蒔絵《まきえ》の紋をうかばせた黒塗の大きい琵琶が撥をはさんだまま立てかけてある。そのほかには小さい瀬戸物の火鉢が一つだけ灰落しのかわりに置いてあるきりで、ほかには何もないがらんとした部屋だった。さっき出てきた洋服を着た頭の大きい男はあけはなした障子に背をもたせかけて敷居の上に胡坐《あぐら》をかいていたが、彼が入ってゆくと慌てて縁側の方へ腰をずらしてきちんと坐りなおした。主人の小森鯤太郎は今まで自分で敷いていた座蒲団を椎名源六の方へすすめながら、その男の方をちらっと見て（それは上役が下僚《かりよう》に話しかけるときの態度であった）客人を紹介するとその男は丁寧に両手をついて、「わたくしは××商事会社の会計主任をやっておりまます上島佐一というものでありまます」としずかな切口上で挨拶した。その言葉が客人に対してよりむしろ主人の小森鯤太郎に対する敬意を反映しているように思われた。

それは、椎名源六が小森に向って、「琵琶をおやりになりますか？」と言ったときに経机の前に端坐してもじもじしている小森よりもさきに、上島佐一が膝をのりだしたのでもわかるであろう。「玉仙先生は薩摩琵琶の宗家であります。先生のお父さんが小森流を編みだされてからはじめて、薩摩琵琶が……」と、彼はいかにも心外に堪えぬという態度でやりだした。それは彼がおしゃべりであるせいでなく、何か一つの正義にみちみちている感情を訴えなければいられないという風に見えたのである。玉仙というのが琵琶師としての小森鯤太郎の雅号であろう。そう言えば、暗い部屋の中に坐っている小森鯤太郎のすみとおった眼の光にも深い寂寥《せきりよう》が輝き、どこか飄々とした温容ではあったが、胸の底には人の世のそびえ立つ烈しい思いを、おさえかねているという感じをひそめていると思われた。雨にぬれた庭にはところきらわずはびこっている雑草のあいだに、いろいろな花が雨にうたれてしおれかかっている。小森鯤太郎はその方へ眼をおとしてから、太い声でからからと笑いだした。それが上島佐一の言葉を肯定するでもなく否定するでもなく、自嘲的な感情でしっかりとうけとめているように見えたのである。そして、じっと庭を見つめている椎名源六に、――

「死んだ女房がすきでしてね、よく丹精してつくりましたよ」

と、低い声で言った。庭に咲いている花はどれもこれも雑草のたぐいで、丹精を必要とするようなものではなかったが、しかし、小森玉仙はたぶん、そのときそんな風な言い方がしたかったものと思われる。あとになって上島佐一が説明するところによると、彼は今住んでいるこの家とそれから椎名源六の借りうけたとなりの家とを一日も早く売りはらって、郷里鹿児島へかえりたいという希望をもっていたにもかかわらず、（この二軒の家は彼の亡妻の実母が所有するもので、彼は今その管理をしているにすぎなかったのである）此処でくらした彼の妻との数年間の生活がわすれがたく、そのために未だにこの家を去りかねているのだという。これは「××商事会社」の会計主任としては少しうがちすぎた解釈であるが、しかし、椎名源六の眼にうつった小森玉仙の風貌には、そんな宿命観の中に落ちついているというかんじは少しもなかった。椎名源六もとなりの借家に住むようになってから、玉仙が経机の前に坐ってノート五六冊にうずまっている彼の亡妻の歌稿を「小森とき子詠草」と表紙に書いた厚い画帳に一つ一つたんねんにうつしかえているのを見たことがあるが、それさえも彼の亡妻を偲ぶというかんじよりも、むしろ烈しい怒りをふくんだ孤独をまぎらすための一つの手段であるという風に思われたほどである。

そこで、椎名が、大へん失礼であるが、もし琵琶を聴くことができるならばと所望すると、小森玉仙はもったいぶった調子も見せず、何をやろうかなぞということを問いかえしもしないで、「では――」と言いながらうしろの柱に立てかけてあった琵琶を軽く膝の上へ抱きあげたのである。それは非常に自然で、やすらかな自信にみちた姿であった。彼は膝の上で琵琶の姿勢をさだめると、しばらく弦の調子を合せていたが、やがて撥をにぎりしめたままで眼を瞑《と》じた。それが二三分間つづいたと思うと、撥をもった指さきがかすかにふるえて、全身の力が次第に撥にあつまってゆくように思われた。琵琶の音は低かったが、しかし、撥のさばきに空虚を残さぬ心構えのするどさが椎名源六の胸に迫るようであった。妙なうそ寒さが彼の胸をかすめたのである。古さびた声は枯れつくしていたが、全身の力が顔の筋肉にあつまって、それは唄っているというよりも、何かおさえきれぬ憤りをそのまたたきつけているというかんじであった。歌詞は聴いているうちに、それが平家物語の一節であるということがだんだんわかってきた。雨の日の午後の空は夕方のように暗かった。眼をとじてきいていると歌詞の中の、ほのぼのと漂ってくる夕闇を縫って行方も知れず落ちてゆく、敗軍の鎧武者の姿がはっきりと椎名源六の幻覚の上にうかびあがってくるのであった。馬のたてがみが風にもつれ、汀《みぎわ》づたいに枯蘆をふみならすひづめの音がどこからともなく聞えてくる。そのとき上島佐一は両手を膝の上で、きちんとくみあわせていかにも感に堪えぬという思いでじっと耳をすましている様子であったが、小森玉仙の底に高いひびきをふくんだ声がくずれるようにどっと落ちてくると、彼は両肩をぶるぶる顫わせ、「よいしょ！」と力一ぱいの声でだしぬけにさけんだ。椎名源六がびくっとして彼の方を見ると、上島佐一はもう前の姿勢にかえってつつましやかに坐っているのであった。しかし、歌詞が要所々々にくるごとに彼はきまって、「よう！」とか、「よいしょ！」

とか叫びつづけるのであったが、琵琶をきいているというよりも、そう言って叫びだす機会をつかむ事が、いかにもたのしそうに見えたのである。やっと一曲が終ると、小森鯤太郎は無雑作に琵琶を畳の上に置き、袂《たもと》からとりだしたハンカチで額の汗をぬぐったが、頬の肉はいきりたったあとの昂奮を残して顫えているのであった。一曲を奏し終ったというたのしさもなく、とげとげしく輝いている眼の光が何か無気味なものを感じさせる。しかし、その表情が示す悲劇的な印象はやがてじりじりと彼の顔から消え去って、まもなくさっき玄関で会ったときそっくりのどこかとぼけて捕捉することのできない家主の表情になった。結局家賃は三十五円ということになって、その次の日から、長い放浪生活の中でいつの間にか彼の女房になった二十一歳のトキ子と、それから、去年田舎の中学を卒業したという彼女の弟の小助を合せて三人の、——とにかくかたちだけは安定をもった椎名源六の風変りな生活がはじまったのである。（もっとも弟の小助は一週間ほど経って急に田舎からよびよせたのであるが）

2

電灯の下で本を読んでいると、落葉がしきりに畳の上へ吹きながされてくる。となりの家では小森鯤太郎の弾く琵琶の音が秋の夜空に沁みるようにひびく、——月の冴えた晩であった。

月かげをたよりに庭へ出ると、彼の足元から石のかけらほどの黒いものがうごきだした。一ぴきのガマであった。ガマは月あかりの中へ姿をあらわすとぱくりと口をあけた。小さい蚊のような虫がすうっとひと息にガマの口の中へ吸いこまれた。椎名源六がこわれかかった庭の木戸をあけてそとへ出ようとすると、榎のかげから黒い影がちかづいて、

「今晩は――」

上島佐一の顔がすうっとちかづいて親しそうに笑いかけたのである。彼はうしろの通りをへだてた露地の入口に住んでいるので、ときどき玉仙を訪問したついでに、つれだってたずねてくる習慣がついていたが、その謹厳なものごしには小さいながらも功成り名遂げた人間の落つきというべきものがあった。（彼は同じ会社で事務員からたたきあげて二十年ちかいあいだに今日の地位にたどりついた男なのである）

「今夜はちょっとおねがいがあってまいりました」

上島佐一は二階の書斎（といっても一閑張《いっかんばり》の机が一つおいてあるきりの部屋であるが）で向いあって坐ると急にいずまいを直したのである。「わたくしが前にお世話になったことのあります郷党の先輩でありまして、半田鉄五郎という方のことでありますが、わたしがこんど先生（彼が椎名源六に対して、そんな呼びかたをするのははじめてであった）とおちかづきになっているというはなしをいたしますと、それでは是非おねがいしてくれということでありまして」

上島佐一の言葉には調子にだけ鹿児島訛が残っていた。彼はそれを無理にうち消すためにわざとバカ丁寧な言葉をつかっているようにも思われたが、しかし、そのために素朴な人柄が一層つよく感ぜられた。彼は郷党の先輩である半田鉄五郎の父親が改進党時代の有名な代議士であることから説きたてて、彼が今、畢生《ひっせい》の事業として日本の思想界を今日の混乱から救うような大著述を計画していることをこまごまとはなしたあとで、

「それで」

と、ちょっと頭をかくまねをしてから（彼にはいよいよこれからはなしが本式になるというときにきまって頭をかく癖があった）「ひとつお知合いの製本屋へ御紹介願いたいと思いまして」

「製本屋？」

「そうです、つまりその版元であります」

と、上島佐一が答えた。彼は長い説明をおそろしく気ばってしたためであろう、額にびっしょり汗をかいていた。そこで、椎名源六が製本屋というのは出版屋のまちがいではあるまいか、製本屋はただ本をつくるだけのところだというと、彼は「そうです」「そうです」といかにも感心したようにうなずきながら、

「どうもそういう仕事には未熟でありまして」

と言って頭をかいた。「その適当の出版屋へ是非とも御紹介が願いたいのであります」
椎名源六がどぎまぎしながら、自分はやっと生活がほそぼそとできる程度の文筆業者で、とてもそんな大著述を出版しそうな本屋とは何の交渉もないということを説明すると、彼はいかにも困ったという顔をして（椎名の言葉を上島佐一は態のいい断りだという風に解釈したらしい）
「それはごもっともでありますが、もし先生が半田鉄五郎先生にお会い下すったら、きっとわたくしがいいかげんなことをいうものでないということがおわかり下さると考えます。どうか近いうちに半田先生がまいりましたら何とかよろしく……」
そう言って口をもぐつかせている様子をみると、だんだん椎名源六の方がとりつく島のないような気もちになってきたのである。二階から見ると、垣根をへだててとなりの家の中庭に電灯の光がゆれている。小森玉仙はこの十日あまり、平家物語の中の「大原《おはら》御幸《ごこう》」の節づけに心を砕いているのであった。落葉の音や風のひびきがやっと撥のさばきに一つの調和をつくりはじめたと彼がしみじみはなしたのは前の日の夕方であったが、しかしそのとき縁ばたに腰をおろして退屈そうに煙草をふかしている玉仙の耳の上に白さの目立つ髪の毛がたれ下っているのをみると、椎名源六は膚寒《はだざむ》さを覚えたのである。上島佐一の説明によると、玉仙の生活はほとんどゆきつまって、今彼の収入と言えば椎名源六の住んでいるこの家からあがる三十五円の家賃だけであった。言ってみれば小森玉仙はもはや琵琶を弾くことよりほかには、生きるべき道をうしなっている人間なのである。彼が世の琵琶師のむれをはなれてから、二十年ちかくも経っているのであった。撥の音は一日一日と冴えてきたが、落葉の音が彼の耳にしみとおる頃には、彼はすでにこの世から置きわすれられた人間になっていたのである。それも十年前にはまだ大勢の弟子が彼をとりまいていたのに、今はことごとくはなれ去って、残っているのは上島佐一一人きりであった。

　が、しかし、そうかといって彼は玉仙の琵琶に絶対的な評価を置いているわけではなく、彼の人物に心服しきっているという風にも見えなかった。彼の心に映る玉仙の姿は、おそらく一人の零落した琵琶師にすぎなかったであろう。彼は数ヶ月前にも玉仙が郷党の名士のあつまる会合で弾奏を依頼されたにもかかわらず（それは上島佐一の奔走にもとづくものであった）どうしても応じなかったということを、口惜しそうな表情ではなすのであった。彼にとってみれば、そんないい機会をみすみす逃してしまうということが、不服だったにちがいない。玉仙は青年時代にも弾奏にかけて郷党随一と言われていたが、悲しむべきことには彼の声帯に欠陥があって、それが琵琶師としての彼の運命を悲劇的な方向へみちびいたことは、弾奏がいつの間にか薩摩琵琶にとって第二義的なものになってしまっている今の世においてはどうすることもできないことであった。玉仙の孤独も寂寥も、おそらくそこに端を発しているように思われる。

唯、上島佐一にとっては世にそむくことによって、おのれの高さをまもろうとしている玉仙の姿ほど悲しいものはなかったにちがいないのである。それ故彼の感情をありていに言えば、上島佐一は玉仙に陶酔していたというよりも、むしろ落ちぶれた師匠につかえている彼自身の姿に陶酔していたということにもなるのである。日曜日の午後が上島佐一の稽古日にあたっていたが、二階の書斎から見とおしになっている榎の並木の下の道を、黒い袋にはいった琵琶を肩にかついで、痩せた丈の低い父っちゃん小僧のような上島佐一が昂然としてあるいてくる姿をみると、微笑がこみあげてくるのであった。玉仙にとっても今やこの男の存在は、彼の生活から切りはなすことのできないものになっているらしい。ときどき上島佐一が調子のはずれた大声で、同じ歌詞を幾度となくくりかえしてうたっているのが聞えてくることがある。すると椎名源六は思わず、原稿を書いている手をやすめて、すぐそのあとから叱りつけるようにひびいてくる玉仙の嗄れた声に耳をすますのであった。そのときほど玉仙の心を領している孤独が、彼の胸にちかぢかと迫ってくることはなかった。今、玉仙がひとりで弾いているのは、やっと節づけの終ったという「大原御幸」の新曲なのであろう、やがて撥をおさめる音が聞えて人の影がすうっと庭の雑草の上をかすめたと思うと、すぐ玄関の格子があいたらしく、石畳を踏む玉仙の下駄の音が門の方へ消えていったのである。

　上島佐一はちらと腕時計を眺め、慌ててかえり支度をしたが、やがて思いだしたようにもう一度きちんと坐りなおして、「それではくれぐれも半田先生のことをよろしくお願いいたします」というのであった。椎名源六が、自分にはとてもそんな能力はないからいずれ適当な人物を紹介しましょう、といったような逃口上をならべると、彼はうやうやしくお辞儀をして「では及ばずながら御尽力を、――」と、とんちんかんな挨拶をして、そんな言葉にさえ何の不安もなく階段を下りていったのである。その夜、小森玉仙はいつまで経ってもかえって来なかった。風が出たらしく、裏のトタン屋根に落ちてくる榎の枯枝が絶え間なしに高い響を立てるのであった。その音で眠っていたトキ子がぎくりと肩を顫わせた。

「ねえ」

と、おびえるような声が椎名源六の耳元で聞えたのである。「何でしょう、――ほら裏の戸をこじあけるような音が」

「風だよ」

しかし、そう答えたあとで、不吉な予感が彼の頭にチカチカとひらめくと、彼はこっそり起きあがって暗い廊下を台所の入口まで忍び足にあるいていってからじっと耳をすますのであった。台所の雨戸は木材がほとんど腐りつくしてどこもかしこもすき間だらけになっている。女中部屋（そこは使用してはいなかったが、しかし台所へゆくにはどうしても通らねばならなかった）は足をふみつけるごとに畳がふいふいと下へ沈んでいった。電灯をつけると流し場の横にある破れ戸が風のために敷居からはずれて、ばたんばたんと音を立てて鳴っているのであった。そのたびごとに落葉が砂埃といっしょに流れこんでくる。そとがあかるいのは月のせいであるにちがいない。流し台の下に黒いものがうずくまっている。よくみると胴の長さが三四寸はたしかにあると思われるガマだった。椎名源六は中から錠をはずして雨戸をあけた。すっかり腐って木質をうしなった雨戸は吹きつける風に舞いあがるように思われたが、それを中の壁にもたせかけておいてから棒ぎれでガマをそとへ追いだし、戸袋の前にぬぎすててあった鼻緒の切れた草履をつっかけてそとへ出ると、川の流れが夜になって急に水かさを加えたものか、堰を切ってあふれるように落ちてくる音が彼の足の下からどっとひびいてくる。彼は裏をひと廻りしてとなりの家との境になっている庭の木戸の前に立った。玉仙のいる部屋にあかりがついている。いつの間にかかえったものらしく玉仙はまだ起きている様子である。彼はすぐおもてへ廻って、となりの門の格子戸をあけた。部屋の中はしいんとしている。玄関の右手の柴折戸を押すとすうと前にあいて、電灯のほかげの中にひとむらの野菊の萎れかかったのがぼうっとうかびあがった。部屋の中は襖も障子もあけはなされているが、しかし玉仙の姿は見えなかった。経机の上には皿にながしこんだ墨汁と、たぶん手習でもしたのであろう黒くぬりつぶした半紙がかさねておいてある。そこからのぞきこむと黒塗の琵琶が床の間の壁にもたせかけてあった。琵琶の面にういている鬼蔦の紋の金箔のところどころはげ落ちているのが、今夜にかぎって何となく無気味でなまなましくしずまりかえった夜ふけの部屋の中で、撥をにぎらずとも琵琶は悲しき息づかいをしているように見える。それにしても玉仙はどこへいったのであろうか、——そのとき椎名源六の耳にはさっき荒々しく石畳をふんで出ていった彼の下駄の音が、あやしくうかんでくる幻影の中からしっとりとひびいてきたのである。

3

上島佐一が郷党の先輩であるという半田鉄五郎をつれてやってきたのは、あくる日の夕方だった。彼は会社からのかえりらしく洋服を着て鞄をもっていたが、半田鉄五郎は古い鉄無地の羽織に仙台平の袴を胸高にはいていた。ほそ面の、半白の髭がとがった鼻の下にちょこんと伸びて！　というよりも、たれ下っているのが小ぢんまりと整った顔の造作といかにも調和している。五十をすぎたこの老人が上島佐一とならんで坐っていると、落ちぶれた華族の三太夫というかんじだった。彼は上眼づかいに椎名源六の顔をじろりと見あげて、今日は上島からいろいろ話をききまして早速伺いましたような次第で、と言いながら横に置いてあった風呂敷包をとりあげたのである。中から出てきたのは同じほどの厚さで一綴がすくなく見つもっても、五六百枚はあろうと思われる原稿の束だった。

「これですが」

と、半田鉄五郎はその二つをかさねたまま大事そうに椎名源六の方へ押しやった。

「何とか一つ適当の本屋へ御紹介が願いたいのですが」

「これを？」

椎名源六はたじたじとなりながら、思わず頓狂な声をあげた。

「つまりこれを出版したいという御意嚮《ごいこう》なので？」

「ええ」

と、半田鉄五郎は鼻につまるような声で言った。「出来ることなら政治上の意見の方はどこか大新聞に連載したいと考えているんです。それからもう一つの方は数年前にひどい神経衰弱で、二年ばかり脳病院にいたことがあるんですが、——そのとき実に奇妙な空想になやまされましてな、そのときの空想を骨子にして書きあげた小説です。つまり一口に言えば一種のわたしの自叙伝というようなわけで」

椎名源六の顔には一瞬間、どうにも当惑しきったという表情がうかんだが、しかし、彼は上島佐一の方をちらっと見ただけで、二綴の原稿をとりあげそれを一閑張の机の上へ置いた。原稿の上には右肩のおそろしくはねあがった文字で、「日本をいかにして救うべき乎」という標題が書いてある。その下には十数章にわかれた目次が小さい字でぎっしりと書きならべてあるが、このこけおどかしの憂国慨世《ゆうこくがいせい》の文字は、筆者である半田鉄五郎とはおよそ不調和な印象をあたえるものであった。半田鉄五郎は、しょぼしょぼとうるんだ眼を絶えずパチパチやりながら、もし紹介してもらえるなら、自分はすぐさま出版屋の主人に会って説き伏せる自信をもっている、と言ったかと思うと急に言葉をあらためて、実は自分は長いあいだ新聞の経営に志をもっているのであるが、どこかに経営困難に陥ってつぶれかかっているような新聞社はあるまいか、そんな新聞社があったら、自分はたちどころに財政の立てなおしをしてみせるというようなことを、何の連絡もなくしゃべりつづけるのであった。しゃべるにつれて半田鉄五郎の言葉は、だんだん横柄になり、烈しい貧乏ゆすりをしながら、しきりに咳きこむ調子が一刻もこうしてはいられないという風に見えた。しかし、上島佐一がきちんと膝の上に両手をくんで、じっと聴き入っている姿は小森玉仙の琵琶をきいているときの恰好と同じであった。唯、ちがうのは彼が要所々々へきて「よいしょ！」とか、「よう！」とか声をかけるかわりに、黙として大きくうなずいてみせるだけのことで、つまり彼にとっては小森玉仙が薩摩琵琶の宗家であるということが、彼をひきつけるのと同じ理由で、半田鉄五郎が名門の生れであるということにおのずから尊信の情が湧いてくるのであろう。

そこで椎名源六がむかつくような感情をおさえながら、今の出版界はとても不景気でこれだけの大著述を進んでひきうける本屋もあるまいし、よしあったとしたところで自分の紹介なぞはかえって邪魔になるくらいなものであろう。それよりもむしろ貴下の政治的意見を天下につたえるためには、自費を投じて出版されたらどんなものであろう、というと、半田鉄五郎は不意に老人特有の人の善さそうな微笑をうかべて、

「それなんですよ、君、——僕もそれを考えないことはないんだが万事これの世の中でね」

と言いながら右手の親ゆびと人さしゆびで丸い輪をつくってみせるのであった。それから彼は「ちょっと失礼」と言って立ちあがると二階の縁側に出て「これはいい」「これはいい」と言ってそとを眺めていたが、まもなく席へ落ちつくと上島佐一の方を向いて、

「どうだろう、君、——この家を小森君から買いとってアパートに建てなおしたら。此処ならば場所はしずかだし、それに停車場からもちかいし」

半田鉄五郎の眼が異様な輝きを帯びてきたのである。

「なるほど」

と、上島佐一が大きくうなずいてみせた。

「そうすれば君——」

半田鉄五郎はしきりに眼をしばだたいた。「小森君だって生活の安定が得られるわけじゃないか、——場合によったら、あのひとにアパートの管理者になってもらってもいいわけだからな。小森君の芸術を擁護する意味から言っても、それに第一、これだけの敷地をほったらかし

ておくのはもったいないよ」

「そうです」

上島佐一はわが意を得たりというかんじで膝の上においた手をにぎりしめた。「それは何よりもよいことだと考えますが、ただ玉仙先生が承知されますかどうか？」

彼はちらっととなりの庭の方へ眼をうつして、(玉仙のいる部屋からは今夜にかぎって琵琶の音は聞えて来なかったが、障子があけはなしてあると見えて、電灯のほかげが庭一ぱいにひろがっていた)

「わたくしもひそかにそのことを考えておりました。このままにしておいてはどうなるかと思うことがあります」

彼は急に前かがみになり、声の調子をおとして、近ごろの玉仙の生活はまったくすさみきって深酒を呷《あお》っては一日一日をまぎらしているようなありさまなので、もしそんなことが彼の義母の耳へはいったら、立つ瀬はあるまいと言うのであった。

「そいつは困るね」

と、半田鉄五郎が言った。「あの人を救済する意味からいってもどうにかしなくっちゃあ！」

それから彼は浮きたつような調子で、

「どうだろう、――かえりにちょっと寄ってみては」

「それは」

上島佐一が慌てて頭をかきながら、ちらっと椎名源六の方を見て、

「半田先生からおはなし下されば」

と、言うと、半田鉄五郎は何べんとなく水洟をすすりあげた。「むろん僕がはなすよ、何にしたって小森君のためだからな」

「ついでに一つ、玉仙先生の琵琶を聴いていただければと思いますが」

「久しぶりだね、薩摩琵琶は、――それに僕も玉仙君のを聴くのは初めてだから、今夜は常陸《ひたち》丸《まる》か石童丸《いしどうまる》でも」

半田鉄五郎は鼻につまったような声でくつくつと笑った。何となくたのしそうで前のようにせかせかした調子はどこにも残っていないのであった。これは後になってわかったことであるが、半田鉄五郎はそのとき、彼の大著述の標題である「日本をいかにして救うべき乎」よりもむしろ彼自身をいかにして救うべきかということに迷いぬいていたのである。それ故、アパートの計画が彼の頭にひらめくと、たちまち一つのきずなを得たようなあたらしい希望に唆《け》しかけられたものと思われる。とにかく、半田鉄五郎は、もはや、出版屋のことも、つぶれかかった新聞社のこともけろりとわすれ去ったもののようであった。袴と帯のあいだにはさんである大きい旧式の銀側時計を膝の上へおいてパチンとはじくと彼は上島佐一の方を向いた。

「じゃあ、君」

と、うながすような声で言う半田鉄五郎の鼻の下の半白の髭には水洟の雫が光って見えたのである。それが不意にこの老人のさびれた生活のすがたを感じさせるのであった。上島佐一はかえり際になってきちんと坐りなおし、くどくど長い挨拶をしたあとで立ちあがった。二階から見ると家の前の空地に立ってしきりにあっちこっちと見廻している半田鉄五郎の、やっと羽織だけがかくれるほどの短い外套をひっかけて、前屈みになっている姿がとなりの門灯の光の中にうかびあがっているのであった。

4

しかし、小森玉仙がそんな計画に賛成する筈はなかった。数日経ってから、上島佐一がやってきてのはなしによると、その晩、玉仙は一升徳利を経机のそばに置き、冷酒を大きい湯呑でぐいぐい呷っていたそうである。半田鉄五郎は玉仙の芸術のためにというたて前で口説きにかかったのであるが、話すにつれて玉仙はだんだん不興気に顔をしかめて、たとえばそういう意志が自分にあるにしても自分は唯、家の管理人にすぎないのだし、それに現在、椎名源六の住んでいる家をそんな風にするわけにはゆかぬといってがんばりとおしたという。酒のせいでもあろうが、あのひとがあんなすてばちな気もちになっているのは、長くひとりでくらしているためではあるまいか、その晩も半田先生がくりかえしくりかえし所望されたにもかかわらず、玉仙先生は琵琶をかえりみようともしなかったほどである、と上島佐一は残念そうに言うのであった。そのはなしのあとで彼は、

「いよいよわたくしも」

と誇らしげな表情を示したのである。「一人立ちのできる人間になれそうであります」

「何かやるんですか？」

「そうであります」

上島佐一は深い決意をこめた声で言った。「いずれはっきり決定してからあらためて参上するつもりでありますが、そうなると当然、社をやめることになると思います、二十年間の雇人生活から足を洗うことを考えると感慨無量であります」

「何をおやりになるんです」

「これは——」

と、上島佐一は頭をかくまねをしてからぐっと唾液を呑みこんだ。「社の方へはまだ公けに発表していないのでありますが、雑誌の経営をひきうけることになったのであります。これからは原稿の方で先生にもきっといろいろ御無理を申上げることになると思っています」

「雑誌ですか、――雑誌というと」

椎名源六がぴくっと眉を顫わせた。「一体何の雑誌です?」

「それが、ちょっと風変りではありますが、神官の雑誌であります。会員組織で全国の神官に配布する雑誌でありまして、今まで充分基礎が出来あがっているのを、今度わたくしがあたらしく経営することになったのであります」

「神官の、――ああそうですか、じゃあ、つまりあなたが社長というわけですね?」

「いや、――」

上島佐一は社長という言葉に対して彼の今の境遇から来る羞恥と誇りとをだしぬけにかんじたらしい。急にぼうっと顔を赧《あか》らめて、

「――つまりわたくしが出資者として経営の責任を負うことになるのであります。幸いに半田先生が編輯《へんしゅう》の任にあたられることになりましたので」

「ああ、そうですか」

椎名源六は何かしら眼に見えない不安がじかに迫ってくるのを覚えた。何故か理由はわからなかったが、やがて、それは彼の頭の中で数日前の晩に苛立たしそうに眼をしばだたいていた半田鉄五郎の顔になったのである。それにしても、会社の方はやめない方がよいではないかと椎名源六が言うと、上島佐一はハッキリとした声で答えた。「やはり自分で出資する以上は他

人まかせにしていられません、私も、もう一人あるきをしていいときだと考えます」

しかし、これも後になってわかったことであるが、そのとき彼が自発的にやめないとしても、当然会社をやめねばならぬような時機がちかづいていたのである。そして上島佐一もいくぶんそういう不安をかんじていたにちがいないのである。半田鉄五郎がそのはなしをもちだしたのは、玉仙を訪問した夜のかえりみちであったが、上島佐一がそんなはなしに乗る気になったのは、この平凡な会計係の胸にあたらしい情熱がわき起ったからではなく、もう決して誰からも首を馘《き》られたり整理されたりしないでもいい生活の中に、ゆっくりと落ちつきたいと思ったからであろう。言うまでもなく、上島佐一は半田鉄五郎に一杯喰わされたかたちになったのである。神官の雑誌の経営者があたらしい出資者をもとめて、事業の拡張を図ろうとしていたことも、それから半田鉄五郎がその経営者に出資を申込んでいたこともたしかな事実であるが、しかし、上島佐一が五千円の貯金（それは彼が二十年間に一銭一厘をつみあげてつくったものである）の中からひき出して半田鉄五郎にわたしたという二千円の金は、鐚《びた》一文も経営者の手にわたってはいないのであった。それのみか上島佐一が経営の任にあたるなぞということは、まったくの大うそで、半田鉄五郎は最後のどたん場まで、上島佐一をあざむきつづけていたのである。しかし、そうは言っても半田鉄五郎にしたところで、そんなカラクリがかくし終《おお》せるものだと考えていたわけではあるまい。上島佐一が、後になって昂奮して椎名源六にはなすところによると、二百枚の十円紙幣の束をわたすとき、それを一枚一枚と数える半田鉄五郎の指先は、わなわなと顫えていたそうである。その二千円の金は上島佐一が女房に内密でこっそりひき出したものであった。それをあとから知った彼の女房が気ちがいのようになって、この町はずれに小さい八百屋をやっている彼女の兄貴に訴えたので、真っ蒼になった兄貴が着物を着かえるひまもなく、自転車で一里ちかくはなれている半田鉄五郎の家へ駈けつけたのであったが、そのときはもう上島佐一が二千円を手渡してかえったあとであった。僅か一ト月たらずのあいだに起った出来事であるが、上島佐一はそのために見ちがえるほどすっかり老けてしまった。彼は早速知合いの弁護士に依頼して半田鉄五郎と交渉をはじめたが、彼の方にも手落ちがあり、それに相手が捨身になっているだけに、今となってはどうにも手の下しようがなくなっているような始末であった。唯せめてもの幸いとすべきことは、彼が自発的に会社をやめなかったことくらいのものであろう。琵琶をかついでやってくる彼の楽しそうな姿が、椎名源六の視野の中から消え去ったのはそれからまもなくであった。ある夜、椎名源六は思いだしたように押入をあけ、知らぬ間にうすい埃のうかんで見える半田鉄五郎の原稿をとりだした。そして電灯の下で「日本をいかにして救うべき乎」と大きく書いてある右肩を怒らした文字を長いあいだ見つめていたのである。

5

風の強い日がつづく。榎の梢はすっかり骨組だけになってうす曇った空がムキ出しに見える庭の隅にはいつの間にか落葉の山ができた。掃いても掃いても朝になると庭一ぱいの落葉である。二階で机の前に坐っていると椎名源六の眼に廓落《かくらく》とした風景がとげとげしく映った。玉仙は琵琶を弾かない日が多くなった。そんなときにはとなりの家は人がいるのかいないのかわからぬほど朝から晩までしいんとしている。ときどき聞えてくる琵琶の音にもはややすらかな静けさはなく、聴いていても心が苛立つようであった。落葉を焚く煙がどこからともなく風に煽《あお》られて部屋の中へ吹きつけてくることがある。その年の秋が押しつまっているのであった。しかし、押しつまっているのは気候だけではない。何とも知れず重苦しいものが椎名源六の胸の底に深くたれ下っているのであった。

ある日の夕方、縁側に腰かけている彼の耳へ、

「椎名さん」「椎名さん」

と呼ぶ太い声が聞えた。となりの庭との境になった垣根のあいだから、玉仙の顔がにやにや笑いながら覗いているのである。「酒があるんですが、どうです、いらっしゃいませんか？」

落葉の煙が中庭の方からながれてくるのであった。あけはなした木戸から入ってゆくと燃えている落葉の上に三方から棒きれを組み合せそのまん中に一升徳利がぶら下げてあり、横には下の方がもう半ばくすぶっている棒きれのはしに大きくむしりとった鳥の肉が焦げついているのであった。玉仙は巧みな手つきで徳利をおろすと、口のところを手拭でおさえながら縁側に置いてある湯呑茶碗に酒をついだ。

「どうです？」

玉仙は鳥の肉を皿にうつしながら淋しそうな微笑をうかべたのである。酒がまわってくると玉仙の顔が落葉の火の照りかえしをうけていきいきと輝いて見えた。

「今夜からいよいよ」

そう言いかけて彼は大声に笑いだした。「電灯が点《つ》かなくなるんですよ」

「電灯が――？」

「ええ」

と、玉仙は落ちついた声で答えてから湯呑茶碗の中の酒をぐっと飲みほした。「だから蠟燭《ろうそく》の用意をしているんです」

なるほど縁側の隅には板っぺらの上に青竹の切ったのをうちつけ、竹のふしへ釘をうちこんだ俄仕立《にわかじたて》の燭台が置いてあった。椎名源六は慌てて何か言おうとしてしきりに口をもぐつかせていたが、しかし結局何を言う必要もないような気もちになっていた。その晩、二階からみると、たよりなくゆれている蠟燭の灯が椎名源六の心に、昨日までの電灯の光よりも一層すがすがしい感銘を残したのである。蠟燭の灯が風にはたかれるごとに枯草の上に伸びた翳がすうっとおとろえてゆく。その中に端坐している玉仙の姿が今はじめて自然のやすらかさに落ちついた人間をかんじさせるのであった。

小森玉仙が郷里へかえる決心をしたのは、それから一週間ほど経ってからであった。いよいよ明日発とうという前の晩、この荒れはてた僧坊のような部屋には、青竹に釘をうった燭台が両はしに立てられ、蠟燭の灯が煤けた障子の上にゆれていた。吹きつける夜風の中に落葉の鳴る音が聞えた。正面の床の間をうしろにして撥をにぎる玉仙の胸を張って坐っている姿が、古畳の上に黒い影をおとしているのであった。壁をうしろにしている椎名源六の横にはトキ子と弟の小助が坐り、その前には椎名の若い友人が二人胡坐《あぐら》をかいていた。(彼等はその夜ちょうど彼の家へ来合せたのを玉仙の弾奏をきくために無理矢理につれてきたのであった)

上島佐一だけは少しはなれて左側の燭台とすれすれに坐っていた。玉仙は琵琶を抱えたまま、しばらく心をしずめるために眼を瞑じていたが、やがて撥が軽くうごいたと思うと、一瞬間彼の顔には一種名状することのできない若々しさがひらめいた。曲は白楽天の「琵琶行」で、「潯《じん》陽江頭《ようこうとう》夜客を送る。秋風荻花《てきか》秋瑟々《しつしつ》」と、遠くすみとおった声が撥のひびきの中から聞えてきたのである。水のながれるような静けさであった。琵琶らしい節調《せっちょう》はどこにもなく、歌詞の文句が一語一語と哀傷を加えてくるにつれて、次第に高まってくる玉仙の声は烈しい怒りに顫えているようであった。それはもはや孤独の底ふかくかくされた秘密のささやきではない。悲しみもなければ憧れもなく、全身の力で孤独をつきぬけようとする情熱が、みるみるうちに撥のひびきの中に溶けてゆくように思われたのである。椎名源六は何かうす気味わるいものが気流のように伝ってくるのをかんじた。部屋のそとでは落葉の鳴る音が絶え間なしに聞えてきたが、しかし、それさえも撥音の中から沁みひろがってくるようであった。と、琵琶の音が急にみだれはじめた。すると玉仙の身体が前後に大きくうねって、彼はもう唄っているのでも弾いているのでもない、――彼の心は絶対の深淵を前にしてさて飛び込もうか飛び込むまいかとあせっているようである。椎名源六の胸の底をすみきったひとすじの蒼い色がかすめ去った。

玉仙の姿勢が旧に復して、彼はしずかに撥をおさめたのである。落葉の音が不意に高いひびきを伝えてきた。玉仙は一礼するとすぐ横の方へあとずさりして、ゆっくり胡坐をかいた。それからじっとうつむいている上島佐一の方を向いて、――

「どうです」と低い声で言った。「一つやりませんか?」

上島佐一は何時《いつ》ものとおり、「やっ!」とか「よいしょ!」とかいう機会をねらっていたにちがいないのであるが、しかし、結局しまいまでかすかに唇を動かしただけに過ぎなかったのである。

「どうです」

玉仙がうながすようにくりかえすと、彼は、

「はア」と言いながら前へ進み出てきた。「では、何をやりましょうか」

彼が玉仙の顔を見あげたのは琵琶を膝の上へ抱きあげてからであった。

「台湾入《たいわんいり》がいいでしょう」

と玉仙が言った。四十を越した上島佐一が琵琶をかかえて気取すましている恰好をみると、椎名源六の横にいた小助が急に畳の上にうつ伏せになった。と、思うとくつくつとこみあげてくる笑いをこらえるために必死になって唇を噛みしめるのであった。上島佐一は心持ち首を右にかたむけ、顔を上向きにしてうたいだす姿が、いかにもたのしくてたまらぬという風に見える。やがて精一ぱいの声でうたいだした。椎名源六は頭の上をかすってゆく様な彼の声を聴いているうちに、不思議に妙な悲しさが湧いてきた。玉仙との別離の感情が、今になって彼の心によみがえってきたのである。そして、再び玉仙に会う機会はあるまいという感じがひしひしと迫って来た。すると彼はもう座にいたたまれないような気もちで、そっと障子をあけて外に出た。月夜である。彼の住んでいる家のかたむきかかった屋根が明るい空にうきあがって見えた。すると椎名源六は此処でくらした半年あまりの生活をまるで狐に化かされたあとのような

味気ない気もちの中に思いうかべたのである。

小森玉仙が家の管理を上島佐一に託して郷里の鹿児島へ出発したのは、次の日の朝であった。椎名源六はそれから間もなく、そこからあまり遠くない郊外の新居へ移った。半月ちかく経って（もう十二月の末であったが）玉仙の送ってくれた雲仙嶽の絵葉書が彼の新居へ転送されてきたのである。それには、玉仙独特の角ばった文字で、「満目すべて雲、身は天上にあるがごとし。雲仙にて玉仙」と書いてあった。

侠客

前略。長いあいだ御無沙汰にうち過ぎました。御健勝の由蔭ながら恐悦を申上げます。天地の廻転は遅いようで早いものであります。お別れしてから丁度七年程経つと思います。東禅寺にいられた当時は屢々《しばしば》お逢いした印象が未だに私の記憶から去りません。遠い思い出が眼前に走りよってきまして一度お訪ねして見ようと考えながらこの手紙を書いたのです。品川でお別れしてから私は横浜へ帰りましたが間もなく私の身に一大災厄が降りかかってきました。そのために私は数年間獄舎沈淪《ごくしやちんりん》の憂目《うきめ》に遭逢《そうほう》することになったのです。時は昭和四年、万物も凋落して秋風の身に沁む頃、気を負うて立つやくざ者の根性捨てがたく男の意気地から積る遺恨を一刀にこめ単身先方へ乗込んで鮮血の下に事件を解決しました。それは十一月の中旬、横浜暁橋畔の月のない夜の出来事であります。場面は凄惨を極めましたが、また思い起しても肉躍る勇壮な光景を忘るることはできません。神奈川県警察の厳重な警戒網を蹴破って一時東京の某親分の家に潜伏して居りましたが、裁判の予定は殺人罪として十年位の刑と思って居りました。友だちはみんな支那か満洲へ亡命することを主張しましたが、直情径行《けいこうこ》是れ本領、鉄鎖《てつさ》豈《あに》恐るるに足らんの意気をもって衆議を斥《しりぞ》け、直ちに（事件から五日目）事件管轄の警察に自首して出ました。このあいだ私の周囲や事件の内容等に複雑な消息があるのですが此処では略して書きません。まもなく私たちにもっともゆかりのある長脇差の本場、上州の地に移されました。全く社会の風塵と断たれ大利根のせせらぎに孤独の寂寥を味う身となったのです。爾来《じらい》風雨六周、幸いに私の健康は克《よ》く山国の寒凜《かんりん》に耐え、私の元気は克く鉄鎖の厄を凌《しの》ぎ兎《と》も角《かく》も無事で去る六月十九日に釈放になり懐しい横浜へ帰って来ました。長い獄中の生活に得た精神的経験と赤《あか》城颪《ぎおろし》に強化された魂を土産に再び社会に活躍することになりました。どうか前に変らぬ御厚誼《こうぎ》をお願いいたします。六年の歳月は人の身にも街の道路や建物にも愕《おどろ》くばかりの変化をあたえましたが変らぬものは唯、私たち社会の情義ばかりであります。私の釈放に際しても盛大な歓迎を受け唯今は親分の膝下に走せて従前どおりの稼業に就いて私が一家の団結、協和の中心となって活躍して居ります。人の謳《うた》う横浜名物本牧《ほんもく》の街、外人の住む居留地、此処が私たちの生命線であります。一度是非お遊びにいらしていただきたいと思います。森下勝助君の死は私の事件よりは少し早かったんだそうですが私は獄中ではじめて知ることができました。自殺の原因は死んでいった勝ちゃん自身が一ばんよく知っていることでしょうがまったく惜しい友人を亡くしたと痛惜の思いに堪えざるものがあります。是非あなたにお目にかかりたいと思っているのですがその機会はありますまいか。下らぬことを長々と書きならべました。一別以来の状況を簡単に中上げ御近況をお伺いいたします。何《いず》れまたお目にかかった節、種々とおはなしをいたします。時下不順の折とて御自愛を祈上げます。

拝具

私は胸を衝かれる思いで彼の手紙を読み終ったところだ。金丸房吉はまだこの世に生きていたのである。白い角封筒の裏に男とは思われぬほどのやさしいペン字で「金丸房吉」と書いてあってさえ彼であるとはすぐに考えつかなかったほどに今の私の生活からはまったく切りはなされた彼の姿であった。その颯爽《さつそう》たる姿が、だしぬけに戸のすき間から吹きこんでくるうすら寒い風のような記憶の中にぼうっとうかんでいるのである。ちょうどその頃も今と同じ季節（十二月）であった。私は高輪《たかなわ》東禅寺の裏の墓地にかこまれた小路の奥の門構えの家に一人の女と二人きりで身をかくすような暮し方をしていたのである。どうしようもない生活であった。私は七年間起居《ききょ》を共にしてきた妻とわかれてこのかくれ家にやっと身をひそめたばかりのときであったが、しかし身をひそめたとは言え、どうしてそこに落ちつけよう。私の前の妻はそのとき伊豆の山峡にある温泉場に一人でくらしていたが彼女はもう一度二人でやりなおすためのあたらしい生活の夢想の中へ私をひき戻そうとしていたのである。しかし彼女も、やがてうすうす私の感情の動きをさぐりあてたらしい。ようやく世の中へ出たばかりの女流作家である彼女はそこでひと仕事を終えて帰る手筈になっていたのである。しかし仕事はまるで手につかず、そのような心の状態をまぎらすために毎日毎日を私におくる長い手紙を書いてくらしていたのである。私はまだ昔のままになっている元の家へ出かけていってはそこに留守番をしている彼女の妹から私宛の手紙をうけとり、一日一日と高まってくる彼女の感情に身を切られるような思いでひきよせられていった。古い愛情の記憶が私の心をうしろへ呼び戻そうとするのである。やっと一歩を踏みだしたばかりであるのに現在の時間は何時の間にか過去の回想によってぬりつぶされ、あたらしい愛情は自責と悔恨によって早くも私の胸を喰い破ろうとするのである。落葉の深くつもった断崖の上に累々とつづく古い墓にかこまれた家であった。墓をかこむ雑木林は伸び放題にのびて風の吹くごとにうすい陽ざしを古びた硝子戸の上にふるいおとすのであるが、しかし午後三時をすぎると部屋の中はもう夕方のように暗い。玄関の二畳と台所につづく三畳の女中部屋。それに八畳と六畳の部屋をもつこの家は墓場の印象と結びついて、がらんとした家の中に吹きさらしのかんじをひとしお深めるのであった。この家の中で私はあたらしい愛人と果しのない童話劇をくりかえしていたのである。夜あけがたに眼がさめると悪霊が透明な水のように流れ去ってゆくように思われた。こういう環境の中で私と金丸房吉とが知合うようになったのはまったく不思議である。もう四十をすぎた彼は五尺に足らぬ小男であったが、疲れを知らぬ身体は弾力の結晶のように見えた。彼を私に紹介したのは彼と同じ芝浦の沖仲仕《おきなかし》であった森下勝助で、彼は「十姉妹《じゅうしまつ》」という小説をあるプロレタリア文学雑誌に発表して仲間のあいだにはすでに出色の新人と目されていたが、昔、拳闘の選手で、それに硬派の不良であったという経歴が沖仲仕にちかづく機会をあたえ、彼はそこに一つのあたらしい組合を結成しようともくろんでいたのである。その結成はまもなく出来あがった。そして最初の執行委員長の栄位に就いたのが放浪の侠客《きょうかく》金丸房吉であった。理窟よりも感情のむずかしい沖仲仕のあいだにともかくも一つの組合を結成することができたのは森下が金丸をかつぎあげたということに原因していたと言えるかも知れぬ。それほどこの放浪の侠客の人望と睨みは芝浦海岸をうろついている荒くれ男たちを圧倒していたのである。住んでいる場所の近いせいでもあったが、金丸が私にちかづいてきたのは身の置きどころのない漂泊者の感情がどこかに共通点を見出していたためであるとも言いえよう。しかし、森下はまもなく金丸を持てあますような気もちになっていたのである。やくざ魂が骨髄にまでしみとおっている金丸には理論の煩雑さが先ず第一に禁物であった。彼には指導理論の必要はない。弱きを扶《たす》け強きを挫《くじ》くという単純な生活信条が決定する義理人情は理窟で割りきれるものではなかった。森下の説明によると彼はこの二三年間姿をくらましていなければならぬような境遇にいたのである。私は彼と向いあったとき、良心の苛責《かしやく》なしに生命のやりとりをしてきた人間に特有の殺気の迫るのをかんじた。それは感情にかすかな不安の翳も残さぬほど透明な眼の光りであった。いずれにしても彼との交遊は私にとってはまったく別の世界の空気を呼吸する思いを湧き立たせたのである。それが私をひきつけたというのも、私の生活常識の中ではどうにもぬきさしのならぬものになっている絶望的な感情の捌《は》け口を彼の映像の中に求めていたがためであろう。ある夜、私は彼に何とかしてピストルを手に入れる方法はあるまいかとたずねたことがあった。私は次第に高揚してくる気持の中で自分を唆《け》しかける一つの力に縋《すが》ろうとしていたのである。

「ピストル？」

彼の眼が異様な輝きを帯びてきた。「何になさるんで、ピストルを――？」

そこは品川の海にちかい居酒屋の一隅であったが、次々とあたらしい危険に半生をさらしてきた彼の長い身の上ばなしをきいたあとで私の心ははじけるような昂奮を覚えていた。何時でも死ぬことができるという気持になりたいんですと、私が答えると、彼はほそい眼をしばだたいた。

「そんなに死にたいんですか？」

「いや、――」と、彼の声の調子の真剣さにどぎまぎしながら私は口ごもった。どう説明しようもない気もちだった。私は一発の弾丸が銃口をはなれるときの陶酔感を空想していた。それが、私の感情に動きだす一つの方向を暗示するように思われたのである。そのはなしはそれきりになったが翌日の夕方私は彼の訪問を受けた。そのとき私の愛人は何かの用事で外出していたが、彼は私の机の前へ坐るとすぐ半纏《はんてん》の上からひっかけている黒い外套のポケットに手を突っこみ手垢のついた白木綿でくるんだ妙な恰好のものをとりだしそれを机の上へバサリと置いた。彼の手をはなれるときの重いかんじがすぐ私の神経に来たのである。ピストルだなと思った。

「持って来ましたよ」

そのとき彼は無雑作に木綿の包をあけ、青光りのする小型のコルト銃を手にしっかりと握りしめていたのである。それを机の上で分解してみせてからあたらしく弾丸を塡《こ》め、指をうごかす真似をしながら、

「七連発ですからね、——こうやって」

と、銃口を墓地のうしろの雑木林のてっぺんに向けた。声を立てる余裕もなかった。私は唯かすかに肩をうしろへひいただけである。おそろしい響が鼓膜を突き刺した瞬間、縁側の硝子戸から午後の陽ざしがチカチカと眼にしみるようにとび散った。弾丸は硝子板を二枚つきやぶって庭の隅にある杉の幹に命中していたのである。金丸房吉は眉毛一つ動かさず、私の方を向いて、

「此処に予備の弾丸が三十発ありますからね、当分いい道楽ができますよ」

ポケットの中から同じ木綿の袋に入っている弾丸をざらざらと机の上にふるい落してから大

声で笑いだした。「当分私には用がありませんから」

ピストルの銃口からは白い煙が靄のように立ちのぼっていた。その夜、私はピストルを木綿のきれにおさめた上にどこかの百貨店のマークのついている包装紙でくるみ、それをしっかりと胸に抱えて眠っていたのである。その日の夕方から飲みはじめると急にふらふらと外をあるきたい気もちになり、金丸房吉と私とは夜風に吹かれながら海ぞいの町の酒場を熱病にとりつかれたような囈言《うわごと》を言いながらあるいていた。みだれてくる意識の中でときどき手をやすめながら胸の上に置いたピストルの重さにふれると指さきに伝わる感触だけが私の心をしめつけるようであった。眼をさましたのは海岸の宿屋の二階である。旅愁に似たうらさびしさの中で私はそこに眠っている自分の姿を遠い幻影の中に追い求めているのであった。障子をゆるがす音が聞えた。

「失礼します」

障子があいて私の眼の前に一つの顔があらわれたとき、私ははじめて見知らぬ部屋の中に金丸房吉と枕をならべて眠っていることに気がついた。入ってきたのは肩幅の広い、赧ら顔の片眼の男であった。

「××署の者です」

と彼が言った。宿帳とひき合してすぐ取調べが開始されたが、もう逃れる道はなかった。私がよろけるように立上がると、待っていたと言わぬばかりにふところの中のピストルの包が畳の上へころげ落ちた。

「何かね、——これは？」

彼は小さい包をとりあげ廊下の方へ腰をずらした。一つの眼でじっと私を見詰めながら慌てて包をひろげたのである。私の頭は重苦しくまだうすら寒い夢の中を彷徨《さまよ》っているような味気なさで一ぱいだった。

「こんなものが出てきたぞ」

片眼の刑事は低い鼻の上にかすかな嘲笑をうかべた。「これじゃあ、もうおれ一人の手には負えん、応援をたのんで来なくっちゃあ」

彼は明かに勝ち誇ったようにからからと笑い、それからピストルをポケットへ入れたまま階段の上り口まで行って階下に向い早口に何か叫んでいたがすぐに引っ返してきて、まだぐっすり眠っている金丸房吉をゆり起した。中年の侠客は二三度眼をパチパチやってからやっと眠りから醒めたという風に大きい欠伸《あくび》をしたが、刑事が今からすぐ本署まで引致《いんち》するという意嚮《いこう》をつたえると黙って軽くうなずいた。彼はさっきからのいきさつを眠ったふりをしたままで聞いていたものらしい。私の方に背中を向けて寝巻の褞袍《どてら》をぬいだ。黒光りのする皮膚に雲の中から半身を乗り出している龍の刺青が無気味な色を湛えてうかびあがった。それが刑事に対する示威《じい》的なかんじでもあった。そこへ制服の警官が二三人階段を駈けのぼってきたのである。金丸房吉は足袋をはきゲートルを着け作業場へ行くときのようにゆっくりと支度をしてから立ちあがった。まだやっと一時をすぎたばかりで、宿屋の前から自動車に乗せられると私ははじめて何か兇悪な犯罪をうしろに残しているような不安を覚えた。うすくぼやけた街の灯がにじみ入るように瞳に映ったとき私は自分の眼に涙がうかんでいることを知ったのである。すると、墓場にかこまれた家の中でたぶん未だ眠らないで起きているであろう女の姿が、もはや再び見ることのできないまぼろしとなって私の視野をかすめた。まるで自分の全存在が現実から遊離してゆくような気もちである。自動車が警察の門の前でとまるまで金丸房吉は一口も物を言わなかった。警察署の中は急にざわめき立ち大捕物をしたあとの緊張にみちあふれていた。そして私と金丸とはすぐ壁一重に仕切られた留置場の中へ別々に追いこまれたのである。私の入れられた留置場の中にはもう四五人の男が足と手をからみ合せるようにしていぎたなく眠っていた。私はうしろの壁にもたれてしばらくうとうととしていたがうす濁った幻想が頭の中をのたうち廻り、生ぬるい人いきれが全身に沁みひろがるのをじっとこらえているうちにだんだん呼吸が苦しくなってきた。留置場にいる自分よりも宿命の陥穽《かんせい》の中へすべり落ちてゆく自分の姿がまざまざと見えてくるのである。顔をあげると窓越しに正面の廊下の柱にかかっている時計の針は動いているのかいないのかわからぬほどのろのろと動いていた。私の神経が表面の数字の上を十ぺんも廻転しているのに時計の針はやっと二三分の経過を示しているにすぎなかった。その針の動きの中に私はうす気味わるくのしかかってくる金丸房吉の運命をありありとかんじたのである。むろんピストルの出所が追求されるであろう。それが彼のこっそり埋めてきた過去の生活を掘りかえすきっかけをつくることはわかりきっている。あのピストルは最初から自分が持っていたと言い張ることにしよう。しかし、彼は彼で自分勝手なことを言いだすにちがいない。何とかして彼に私の気もちを伝える方法はあるまいか。私の頭の中では同じ考えが幾度となくときほぐされ、ときほぐされたと思うとすぐに同じかたちで組み立てられた。その考えは次の日の朝までつづいていたが、正午少し前になって私は署長室へ呼び出された。そして、眼鏡をかけた若い署長と顔を合した瞬間、私はほっと胸を撫でおろしたのである。

「困ったことをやったね」

と彼が言った。私はそこにテーブルを隔てて、厳然と椅子によりかかっている十数年前の大学時代の同窓生の顔を見出したのである。彼はきめつけるような声でそう言ったが、しかし眼鏡越しにながれよってくる視線をとおして、「やア、しばらく」と呼びかけている声が聞えた。署長室で緩慢な訊問をうけたあとで事件は司法部には廻されず保安部長の手で取調べられることになったが、彼はピストルの出所と、私と金丸の関係にはまるで重点を置かず、本筋に関係のないことだけをほじくりかえしただけで調書の作製を終えたのである。私のあとから金丸がよび出されたが彼は完全に巻添えを喰った人間として取扱われていた。それが彼の想像と予期に反したためでもあろう、私は今、「直情径行是れ本領」と書いた手紙の中の文句と照し合せて、あのとき保安部長に挑みかかるような態度で不満そうに肩をそびやかして立っていた彼の姿を思い出さずにはいられぬ。それほど彼は傲然として力みかえっていたが、しかし結局その日の夕方、ピストルを没収されただけで放免されると、暗い坂の途中で不意に立ちどまった。

「やっぱりこれも何かの因縁ですね、今まで忘れよう忘れようとしていたことがあの留置場にいるうちにもう忘れてはならぬことに変ってしまいましたよ。――生きてはお目にかかれぬかも知れません」

闇の中からのびた手が私の手をしっかりと握りしめた。決意と確信にみちた彼の言葉が私に反問させる余裕をあたえなかったのである。坂を下りると停車場の灯がすぐ間ぢかにあり、彼は鳥打帽子にちょっと手をかけただけで雑沓する群集の中へ消えていった。森下勝助が後になって私に説明するところによると、彼はそのとき刑務所につながれていた兄分にあたる男の復讐をするために思い悩んでいたという。おそらく、あのピストルはその目的のために彼が肌身はなさず持っていたものにちがいない。私にピストルをくれようとしたのはやっと彼がその決意を思いとどまったときなのであろう。その仇敵というのは彼が恩顧をうけた人間であり、絡み合う人情の中で彼は身動きがとれなくなってしまったのである。そう考えてくると彼が何の必要もないのに私の部屋で目標の定らぬ弾丸を放ったのもその場かぎりの気まぐれでなかったことが理解される。彼に復讐を託した男の放免される日がそのときもう眼の前にちかづいていたのである。その経緯を私に説明した森下は、「あの人は生きてはいまい」と口癖のように言っていたが、その森下が不可解な鉄道自殺を遂げたのはそれから二タ月ちかく経ってからであった。彼の同志が発表した意見にもとづくと彼は自分の関係していたある争議の破れたことに悲憤した結果であるということになっているが、しかし彼の性行から判断するとこの解決は甚だ疑わしい。結局のところは金丸房吉の手紙にあるとおり死んでいった森下のほかには知る者はないというほかはあるまい。

母

駅馬車のラッパの音ほどわびしいものはなかった。陽ざしのゆるい春の午後である。旅に出るという気もちはそれほど勇ましいものではない。母と二人きりだというかんじが汽車に乗ると急に深くなってきたのである。まるでだまされたようなものだった。叔父のうちの子になるということは家を出るときから言いきかされてもいたし、自分もそのつもりでいたにはいたがこんなに遠くへつれてゆかれるとは思っていなかった。七つになったばかりであった。夜汽車の中で母の膝にもたれてうつらうつらしているうちに私はもう「ヨコハマ」の叔父の家へ運ばれてしまっていたのである。叔父(母の兄)は四十ぐらいで髭が生えていた。それがどうにも親しめないほどいかめしく見える。叔母の方は若くてうつくしかったが、それだけに叔父よりももっと親しめなかった。話の様子では叔父と叔母はいよいよほんとうに私を自分の家の子供にしてしまうつもりらしい。そうだとわかってくると私はいっしょにかえるといって母親にせがみつづけた。それで、母のかえる日が十日ちかくもおくれてしまったのである。私は唯、馬車に乗ったり汽車に乗ったりすることだけがたのしかったのだ。それで、うかうかと叔父の家の子供になることを約束してしまったのである。母のところへは故郷の家から、「スグカエレ」という電報が立てつづけにくるし、叔父や叔母も私にはすっかり手古ずっている様子なので気の弱い母が私の寝ているあいだにこっそりかえってしまう決心をするまでには相当に時間がかかったらしい。私は母の愛情が急に冴えてくるのをかんじた。ある晩、彼女は私をつれておもてへ出た。二人きりでそとへ出ることはめずらしい。おもてへ出ることは何よりたのしみである。十日あまりいるうち私は「ヨコハマ」の町の道すじをあらかたおぼえてしまっていた。一ばんすきなのは野毛町の通りにある玩具屋だった。日露戦争がはじまったばかりで、そこの陳列棚は軍艦の模型や、戦争の絵草紙で一ぱいになっている。店の両側は幾段にもわかれた棚が壁を仕切り、まん中にある水族館のようなガラス張りの大きい戸棚の中にはその頃ようやくはやりだしたばかりのバネ仕掛の玩具がならんでいる。私の慾望がそこに封じこまれていたのである。店の中を隅から隅まで歩くには骨が折れた。動く馬、汽罐車、大砲、サーベル、背嚢を背負って立っている兵士――その一つ一つが私の空想を湧き立たせる。その中でもガラス戸棚の一ばん上の段においてある三本マストの軍艦はネジの廻し方一つでどっちへも方向を変えて走るようになっている。私はその前に立っていると何時まで経っても倦《あ》きなかった。何度母にせがんでみたか知れないのだがいくらせがんでも駄目なことはわかりきっていた。その晩――母は私をつれてこの玩具屋の店へ入っていったのである。こんな経験ははじめてだった。何時でも大抵玩具屋の店頭だけはよけるようにして通りすごしていた母が今夜は先きに立って入ってゆくのである。風のつよい夜で街の灯が舞いあがる埃の中にかすんで見えた。妙にうすら寒い肌ざわりをおぼえている。どの家も死んだようにしずまりかえって唯、あかるくうきあがって見えるのは玩具屋の店だけである。母の入り方がだしぬけだったので私はドギマギしてしまった。母はきょろきょろして立っている私の方を振向きもしないで奥の方へはいってゆく。もう番頭とはなしをしているのである。眼鏡をかけた番頭がにやにや笑いながらガラス戸棚をあけた。とりだされたのは軍艦だった。ああ軍艦――そいつが眼の前の小さい台の上に置かれるとまるで眼が眩《くら》むようではないか。どこもかしこも白光りにピカピカ光って、マストも大砲も煙突も、汽車の窓から見た軍艦よりはずっと立派である。しかし、母はちらと私の方を向いたきりで何とも言わなかった。若い番頭が私の顔を見てお世辞をふりまいている。彼は軍艦をボール箱へ入れるとすぐ包紙でくるみはじめた。私はどうなることかと思った。うれしさで一ぱいである。こんなに大胆に物を買ってくれる母を私は生れてからまだ一ぺんも見たことがないのである。その母が帯のあいだから小さい財布をとりだして顫える手つきで一枚の紙幣をとりだした。私はびくっとした。瞬きもせずに見つめていたのであるが、母は一ぺんとりだした紙幣をまた慌てしまいこんでしまうのではないかと思われた。それほど何べんとなく考えこむような恰好をしているのが軍艦と紙幣とを見くらべているように見える。やっと紙幣が番頭の手にわたったとき私は思わず心の中で凱歌をあげた。軍艦はいよいよ私のものになったのである。そとへ出ると母は私の頭を撫でながら、

「おっかさんは近いうちにお国へかえって来なけりゃならんでのう、こんど迎えに来るまでがまんをするか？」

と言った。

「する」

と、私が答えた。私は母の口から出るあとの言葉を予期していたからである。果してそのとおりだった。彼女は苦しそうに口をすぼめた。「ほんなら軍艦をあげるがの、そいでなきゃあ持ってかえって昇（兄の名）へやってしまうよ」

私はだまってうなずいた。何と言ったところでもうこっちのものである。その晩、私は軍艦を枕元において何時ものように母に抱かれて眠ったが、しかし、何か不安であった。水兵になって身軽くロープをよじのぼる自分の姿なぞを空想していたが母がいなくなることを考えるともうじっとしていられなかった。あくる朝、眼をさましてみると母の床は綺麗にたたんであった。さア大変だ。軍艦なんか少しも欲しくはなかったのである。私は朝から晩まで泣きつづけ

ているし、飯を喰べているときでさえ、茶碗の中は涙で一ぱいだ。一週間ちかくも泣きつづけていたような気がする。私は敵の中へたった一人残されてしまったのだ。叔父も叔母も私を可愛がってはくれたけれど、気の弱い母の何でもゆるしてくれる愛情の中にいるときとはくらべものにならなかった。夢に見るのは田舎の山にかこまれた風景ばかりである。雑貨屋の確さんがいる。下駄屋のカア公がいる。何時も鼻をたらしていてその鼻をふくので黒い前垂れがペンキのように光っている八百屋の三造がいる。そういう顔がどっと押寄せてくると私はまたしくしくと泣きだす。その頃叔父は野毛山の下で耳鼻咽喉科の病院をひらいていたが彼はほとんど病院の方へ入りびたりで棟つづきになっている自宅の方にいる時間は非常に尠《すく》なかった。病院には薬局生を合せて書生みたいな男が五六人と若い看護婦が二人いたが、私は何時の間にか彼等からも「坊ちゃん」と呼ばれるようになっていた。それが厭でならなかったのである。「坊ちゃん」と呼ばれるごとに田園の風景がみるみるうちに私から遠ざかってゆく。それだけならまだしもがまんができたがこんどは叔父さんのことをお父さんと呼び、叔母さんのことをお母さんと呼ばなければならなくなった。それでもお父さんの方だけはじきに言えるようになったがお母さんとなると舌が硬ばって、言ってしまったあとで恥かしさがこみあげてくる。こんな若くてうつくしいお母さんがあってたまるものか——私は叔母の視線を素直な気もちでうけとることができなかった。彼女も私に対しては不機嫌でちょっとした失敗だって見逃さなかった。

私の方だって叔母に対する憎念に燃えていたのである。私は書生部屋にいる石川という青年に叔母が特別の感情を持っていることを知っていた。ちょうどその年の暮に押迫ったとき書生たちにやる小遣の中で叔母がその男の分だけ余計にしているのを見てしまった私はすぐ書生部屋へ出かけていって陣内という一ばん年長の男の膝にまたがりながら、そのことをしゃべりちらした。書生部屋は大さわぎになった。そいつを叔母が襖のかげに立って聴いていたのである。叔母はもうがまんができなかったらしい。荒々しく襖があいた。書生部屋がしいんとなった。叔母が入ってきたのである。私は陣内の膝からとび下りたが逃げるわけにはゆかなかった。見る間に白い手が前にのびて私の首すじをつかんで二階へひきずりあげた。私は頬ぺたを思うさまひっぱたかれた上に一時間ちかくも柱の前に立たせられた。しかし私は少しも泣かなかった。悲しくも何ともなかったからである。つまり、私にはどうしても叔母がすきになれなかったし、だから叔母の方だって同じことにちがいないのである。田舎の「おっかさん」からは毎日のように手紙が来た。それがますます叔母をいきり立たせた。（お母さんとおっかさんとが、私の頭の中でハッキリ区別されてしまったのである）

その手紙の中にほしいものがあったら何でも言ってよこすようにと書いてあった。叔父が返事をかいたあとで空白の巻紙に何か書けというので私はすぐ、「カニガホシイスズメガホシイ」と書いた。

そのとき私は叔父の家からあまり遠くない石川小学校の一年生に編入されていたのである。高橋という書生が私を送り迎えする役だった。しかし、書生が門の前で待っているということは私にとって幅の利くことではない。私は何時も高橋を置きざりにしてこっそり門をぬけだした。こうなると、私と高橋との関係も勢い険悪とならざるを得ないのである。彼はだんだん書生ではなくて看視人のような態度に変ってきた。石川小学校は平家建のバラック建築でこれと比べると田舎の小学校の方がずっと立派である。中途から入った生徒だというので私は此処でもみんなにいじめられた。ある日、古い褞袍《どてら》を着てヘルメットのようなシャッポをかぶった五十年配の男がのっそり教室の中へ入ってきて私の横にいた生徒に何かしゃべりちらしていた。授業中だったので先生が注意すると睨みつけるようにしてかえっていった。私の横にいた少年はクラス中の餓鬼大将で、その奇妙な男はその子供の父親だったが、そとへ出るとみんながあのひとは何だろう何だろうと言って話しあった。

「あのひとはきっとバクチ打ちだよ」

と私がほかの少年に耳うちをした。田舎の村にいるそういう恰好の男をおもいだしたからである。次の放課時間が来ると私はすぐバクチ打ちの子供に胸元をおさえつけられた。

「やい、おれのお父っつぁんを知らんか！」

私は手もなくねじ伏せられたが、バクチ打ちの子供は得意そうな声でどなった。「おれのお父っつぁんは役者だぞ」

　私ははじめて役者というものを認識したのである。自分のお父さんも医者でなくて役者であったらどんなによかったろうと思った。しかし、私はまもなくこの少年と仲善しになったのである。それは田舎の「おっかさん」に買ってもらった絵葉書をこっそりこいつにやったのが機縁であった。それから彼は毎日のように私の家の門まで来て何かくれるのを待っていた。この少年もおそろしかったが何よりもおそろしいのは彼の背後にいる役者である。あの「お父っつぁん」の姿を思いだすと身が縮むようである。

　私は何でも彼のほしいものをやらずにはいられないような気もちになっていた。到頭それが叔母に見つかってしまったのである。叔母はそのとき俥に乗ってよそからかえってくるところだったが、私は街路樹のかげで、二三日前に叔母から買ってもらったナイフとこの少年の持ってきたテープの屑とを交換しようとするところだったのである。叔母は知らん顔をして通りすぎていったが、家の中へ入るとすぐ私は柱の前に立たせられた。涙が出たら彼女の気もちを和げたであろう。どうしても出なかったのである。叔父がかえってくると叔母は私が嘘つきで根性まがりで、悪い癖のあることをまくしたてた。ナイフを人にやるような子供は今に家の財産まで他人にやってしまうであろうと思ったにちがいない。あくる日の午後であった。叔母は私を置いて外出した。彼女の脱ぎすてていった平常《ふだん》の長襦袢が衣桁にかかっている。私はそっとそれをはずした。悲しさがこみあげてきたのである。私はその着物を頭からすっぽりとかぶった。妬《ねた》ましさが私の胸をかすめた。私は何が悲しいのかわからなかった。そこへ看護婦のキチがやってきて、泣いている私と顔を見合せたが、彼女は何とも言わないで、階段を下りてゆこうとした。何とか一口彼女が言ったら私はもっと気やすい感情になったかも知れぬ。私は犯罪者のような気もちになった。キチの眼は私の行為から少年の性慾を嗅ぎつけていた。キチがくるりとうしろ向きになって階段を下りようとしたとき私は、どっとあふれるような声で泣きだした。

「キチ！」

と私は叫んで彼女にとびかかり、うしろから彼女の首すじを両手でおぶさるようにしめあげた。私はそのときほどキチを好きになったことはない。しかし、キチの方ではびっくりしてしまった。彼女はわめきちらしたのである。あぶなくかさなりあって転ろげそうになるのをやっと支えてから私の手をふりほどき、そのまま階段を駈け下りていった。もう駄目だと私は思った。自分でさえ意識しなかったものを私はキチに見すかされてしまったのだ。人の顔も見られないほど恥かしい。私は屛風のかげにかくれ蛙のような恰好をして畳に額をすりつけているうちにぐっすり眠ってしまったらしい。叔母がかえってくると大さわぎになった。私はすぐに見つけられたが、彼女は格別怒っているという風でもなく、むしろはじめて母親らしい愛情を感じたのであろう、

「この子が、あなた」

という調子で叔父に話しかけた。叔父は食卓にもたれてビールをちびりちびり飲んでいた。眠っているあいだに何時の間にか夕方になってしまったのである。

「――あたしの着物を着て泣いていたんですって」

叔母は眼に涙をためていた。田舎のうちから大きな小包が私の名宛で届いたのはその日の夜だった。小包は白木の箱で、ところどころに息抜きのような穴があいている。何のためにこんな穴があいているのか誰れにもわかる筈はない。叔父と叔母とは不思議そうに声をひそめて何か話合っていたが、叔父が思いきって太い火箸でふたをこじあけると、ああ諸君！　何が出てきたと思うかね。蟹、蟹――蟹だよ。蟹が出てきたのです。それも一ぴきや二ひきではない。私の村の川ぞいの石垣の穴に巣喰っている甲羅の真っ赤な沢蟹が、やれやれ着いたぞと言わんばかりに箱の中につめこんでいる水草のあいだから逞しい鋏をもたげて、ちょうど敵陣に乗込む勇士のように一ぴきずつとびだしてきたのである。みるみるうちに座敷中が蟹だらけになってしまった。叔母が悲鳴をあげてとびあがると蟹は先ず小手調べにと言わんばかりに彼女の着物の裾を鋏でしっかりとおさえた。叔母はきゃっきゃっと言いながらとび廻っている。おもしろいのは私だけだ。階下から女中が箒を持ってあがってくる。書生が薬局からやってきて追い廻す。音にきく三州の沢蟹がそんなことでどうしてつかまるものか。一ぴきずつおさえられて、全部十何びきの蟹が庭へ捨てられるまでには二時間ちかくかかったであろうか。蟹の出現は私の心をひと息に郷村の自然に結びつけた。春のはじめである。田面《たのも》に張ったうす氷がとけると鮒の鱗が朝の陽ざしの中に輝きだす。村をかこむ山々はうす靄の中にぼうっとうきだして見える。紺碧に澄んだ空の色——橋の下の石垣の苔がつるつる光っている。野原という野原は蓮華の花でまっさかりだ。ある日、小学校で、修身の時間に、どこかの教室から歌の合唱がながれてきた。

春が来た
春が来た
何処に来た
山に来た、里に来た、——野にも来た。

私はリンコルンの立っている挿画の入った教科書を立てかけて、しくしく泣きだしたのである。一日ごとにそのかんじがつよくなってくる。到頭叔父が痺れを切らしてしまった。(最初に痺れを切らしたのは叔母よりもむしろ叔父の方だった)

それほど叔父は私を自分の子にしようとすることに関心を持っていたのであろう。彼はいよいよ決心したのである。叔父は私を憎んでいたわけではない。何時まで経っても都会の雰囲気に馴れしたしむことのできない子供に愛想をつかしたというよりも、やっぱり私を沢蟹のいる田舎へかえしてやろうと思ったにちがいない。郷里の父の許へは、私の心臓が弱いから当分田舎にかえる方がいいという手紙が届いた。私の健康に対して非常に綿密な審査を行った結果である。つまり、この泣いてばかりいる少年の心臓が彼を到底二十歳まで生かすことはあるまいという判断に到達したからである。私は母が迎えに来るのを待って郷村に送りかえされることになった。いよいよ本望を達したのである。ああ待ちに待ったその日よ——母が私をつれもどすためにやってきたのは四月の終りであったが、彼女の眼は養子先きからかえされる子供へのふびんな思いにあふれていた。さよなら「ヨコハマ」の町——私はもうとび立つような思いである。いよいよ沢蟹と雀と、野原と渓流のもとへかえってゆかれるのだ。半歳をそこでくらした小学校の教室なぞにはかすかな未練さえもない。田舎には私の仲間が一ぱいいるぞ。

野毛町の叔父の家から私と母を乗せた俥が走りだした。平沼の駅へ着くまで母は物を言わなかった。誰も送ってくれるものはなかったのである。待合室の隅にいると眼玉のくりくりした脊の低い男が駅前にならんでいる俥のかげからとびだしてきた。

「これは御新造さん——」

と言いながら母の前に頭を下げたのである。彼はなつかしそうに私を抱きあげた。二年前に私の村から女をつれてとびだしてきた男である。今、平沼駅で俥をひいている彼に母親は何か口小言を言っていた。この男は汽車が出るとき慌ててとびだしてきて窓からすしの折詰を投げこんでくれた。夜汽車の中は人が一ぱいで狭苦しかったが、私はすぐ母の膝にもたれて眠ってしまった。

あくる日の午後、私と母とは岡崎の町から西尾へ通うガタ馬車にゆられていたのである。馬車の中は田舎の人で一ぱいだった。凸凹の田圃道に埃を立てて馬車はゆったりと進んでゆく。ラッパの音が一つ一つ私の記憶を敲《たた》き起してくれる。母はその頃はじめて日本へ来たばかりのバナナを袋の中からとりだしてひとときおりみんなに見せたあとで二本だけもぎとり、それをこまかく割って一人一人にわけてやった。みんなめずらしそうに皮をむきおそるおそる甜《な》めては嘆賞している様子だった。私の眼に母親がこんなにたのもしく見えたことはない。頬かむりをした馬夫《ばふ》が毛むくじゃらの手を伸ばして、へらへらとお世辞笑いをうかべた。麦の穂が青く波をうって前へ前へとひらけてゆく。

父

夜中に眼がさめたのである。廊下を一つへだてている父の居間についているランプのあかりが襖のすき間からながれてきた。私はそのとき十二三になっていたと思う。父の部屋から聞えてくる声高い叫びが私の神経を突き刺したのである。夜中にときどき眼がさめると父の部屋から話し声の聞えることがあった。そんなときの、だれとも知らぬだしぬけの笑い声ほど私の幻想をたのしく湧き立たせてくれるものはなかった。父はこの村で一ばんえらいのだから彼を尊敬する人たちが何とかして好意を示そうとして努力しているのに不思議はあるまい。私は話し声をきいただけで部屋の中の雰囲気をすぐ理解した。冬の夜には父の笑い声が聞えると暖気が一段と加わったように思われた。しかしその夜の話し声はどうも少しちがうらしい。私の横にはさっきまでいっしょに寝ていた筈の母もいなかった。じっと耳をすましているうちに私の心はどうにもおさえきれぬ不安で一ぱいになった。私はそっと起きあがり、それから襖を音のしないようにあけて廊下へ出た。父の部屋の障子には五分ほどのすき間があいていたので、前かがみになって胡坐《あぐら》をかいている父の肩が火鉢のかげから見えたのである。畳の上には部厚い帳簿がひろげてあり、うす青い線の上に鉄筆でぎっしり書きこまれてある数字の輪廓が私の心を威嚇するようにうきあがって見えた。その帳簿が、郵便局長である父の机の上で長いあいだ見なれている出納簿であることを知っていただけにその場の空気がますます私の心に理解しがたいものになってきた。父の前に坐っているのは兄であろう。

「こんな、お前——こんな」

兄の声は調子を変えてしまうほど狂っていた。「こんな無茶なことをやってどうするつもりかい——罪は」

その声で私は縮みあがってしまった。そのひと言葉の裏に何がひそんでいるかということを私は知っていたからである。「罪は」と兄はくりかえして言った。「罪はお前ひとりにかかるんじゃないぞ」

兄が父に対してそんな高飛車で傲慢な言い方をするのを聞いたのは生れてはじめてだった。私は今にきっと父が怒りだすであろうと思った。しかし、父は黙って両手におさえた涙紙で鼻をかんでいたが、今から思うとそのとき父はあふれてくる涙をこらえていたものらしい。部屋の中からすすり泣く声が聞えた。それは父ではなくて兄だった。

「ひどい、ひどい」

兄の声がだんだん顫えてくる。私の幻想はたちまちかたちを変えてしまった。何が起ったのかわからなかったが、しかし、とにかく、何かが起ろうとしていることだけはわかる。そして、その起りかけていることが明日の朝になると消え去ってしまうという性質のものではなく、もうどうにもとりかえしのつかなくなっている一家の運命を暗示するものとなってちかづきつつあるような気がするのだ。たぶん母はそのとき同じ部屋にいたものらしい。私はそっと自分の部屋へかえり蒲団をかぶると悲しさがどっとこみあげてきてそのまま声をあげて泣きだしてしまったが、しかし、あくる朝になると私は前の晩のことをケロリと忘れてしまっていた。というよりも、私に何を考えさせる隙もあたえないほど家の中は平穏な空気に立ちかえり、父はいつものように局長の椅子によりかかって煙草をふかしていたし、兄は兄で鼻唄をうたいながら楽しそうに事務をとっていた。その兄が公金を費消して自殺したのは十九のときだった。兄は芸妓狂いをしているうちに金につまってそういう気もちになったものらしい。彼は相場をやってひと儲けし、その金で穴を埋めてゆくつもりでいたらしいが、しかしだんだん深みへ落ちて到頭公金に手を出すような結果になったのである。むろん兄がそんな悪い了簡を起さなかったら私たち一家は何とかして没落の悲運をまぬがれたであろう。それから二十年ちかく経ったある年の秋であったが、私は郊外の裏長屋で母と二人でくらしていた。母の病気はその頃からだんだんいけなくなって、もう長いこともあるまいと思われた。私は彼女の枕元に坐り、蜜柑の皮をむいて一つ一つ袋のすじをむしりながら母の横顔を眺めていると急に子供のころの記憶がきれぎれにうかんできた。母はときどき苦しそうに寝返りをうちながら未だにわすれかねている昔の生活のおもいでをはなすのである。

「あのとき」

と母が言う。「小助（兄の名前）があんなことをしてくれなかったら――」

母はやっと腹這いになって私のむいてやった蜜柑の袋をしゃぶりだした。そのとき、もやもやとこみあげてくる回想の中から一つの場面がだしぬけに私の頭をかすめたのである。それは子供の頃の父と兄とが向いあって坐っていたあの不安な夜の一瞬にして消去った情景であった。その夜の印象が今あざやかに私の心をとらえるのである。それがあたらしい不安をよびおこすのは、その情景の中に一家を没落にみちびいた秘密がたたみこまれているということではなくて、兄と父とが私の記憶の中でいつの間にか位置を変えてしまっているということである。私の認識の中では出納簿を前にして怒鳴っているのが兄で、前屈みになって鼻をかんでいたのが父であるという筈はない。しかしその記憶だけが何の脈絡もなくありありと見えるのである。今までその事に何の疑いをも持たなかったということが不思議に思われた。ことによると――私は思いがけなくうかびあがった現実にうちのめされながら、そのときのおもいでを母に向ってはなしかけた。

「そんなことがあったよ――何でもあのときは家を抵当に入れるといってさわいでおられたさい中でな」

母の顔には格別おどろいたという表情も浮ばなかった。そんな会話をつづけているうちに二十年前のわが家の乱脈を極めた経済生活が、私の想像どおりのかたちであらわれてきたのである。もし私が青年時代にこういうことを知っていたらどんなに衝撃をうけたであろうと思うと二十年間、この事実を思いだす機会もなくすぎて来られたということだけが不思議な気がしてならぬ。あの夜の兄の口から洩れた絶望的な言葉さえも今は読み捨てた通俗小説の会話のひとくさりにすぎぬ。それさえも私の心をすべってゆくあるかなきかの感動をよび起すだけのものになってしまっているのである。兄の不幸は彼が犯罪者として一生を葬ったという事実よりも、もはや動かすことのできない幻像となって私の心に刻みこまれていることである。例えば、兄の犯罪の動機の中から父の罪跡をくらまそうとする英雄的な意志を押しだすことはそれほど困難ではないにしても、しかしそれは一つの解釈であって事実ではない。悲劇は年と共にあたらしい形をもってあらわれてくるだけのことである。おそらく父の犯行の記憶から脱れようとする気もちが兄の心を一つの方向にみちびいたものであろう。自分のこれから行おうとする犯罪を残されたものに対する犠牲的行為だという風に考えなければ彼は自分を唆《け》しかける事ができなかったにちがいない。そういう感情の中で彼が安んじて死ぬことができたということが彼への愛情をひとしお深くするのである。いうまでもなく問題は兄が父の犯行をあまりに早く知りすぎたというだけのことだ。しかし彼がもしそのことを知らないでいたらおそらくわれわれはもっと救われようのない境遇に身をさらすことになったであろう。「生きる」ということは現実から巧みに心をそらしてゆく感情の中にだけある。われわれが認識し得るものはすぎてゆく時間であって事実ではない。私は二十年ぶりで故郷へかえったがさびれはてた村のどこをさがしても兄の犯罪の記憶は残っていなかった。兄のために墓を立ててやるということが長いあいだの私の念願であったが、それも二十年前父祖の骨を埋めた墓地には兄の戒名を書いた卒塔婆が一本たよりなく風にゆられているという記憶だけが私の哀傷をよび起したからである。しかし、二十年後の墓地に入ってみると父祖の墓さえもどこにあるのかわからなくなってしまっている。そこに埋めてある兄の骨も今は完全に土に化してしまっているであろう。それが私に血のつながる兄であったということをおぼえている人もほとんどいないらしい。四五年前、私をたずねてやってきた村の老人のはなしによると昔私の住んでいた屋敷を債権者から買いとったある金持がそこに移り住んでから、次々に不幸と凶運に祟られ、そんなときにすぐ考えつく地方的習慣でそれが非業の死をとげた兄の霊がうかばれないで立ちまよっているがためであるということになって、屋敷の一隅に小さい祠をつくりそこに石地蔵をまつって年ごとに供養をつづけているという。兄の一生が村芝居になって上演されるという説もある。そうなるとあるいは私も知らぬ間に一役をふりあてられて無能力な弟としての一役を演ずることになるかも知れぬ。やがて私の存在もこの世の中から消え去って残るものは村芝居の舞台の上の姿だけになるということも、これは考えられぬことではない。二十年のあいだに変りはてた蕭条《しょうじょう》たる現実が無気味な幻覚をとおしてほのぼのとうかんでくるのである。

春の夕暮

五つか六つぐらいのときは非常な乱暴者だったと言われている。言われているというのは自分にまるで覚えがないからである。死んだ母から後になって自分の小さい頃のことを話された。なるほどそんなことがあったのかと一応思ってはみても、しかしほんとうのような気はしないのである。たった一つ覚えているのは父の弟にあたる叔父さん（名前ももう忘れてしまっている）の息子で、日郎（ヒロウ）という名前の従兄がいた。叔父さんは私の物心ついた頃にはもう発狂して一室にとじこもったきり外に出なかった。小学校に入った頃には生きていなかったように思う。この叔父は少年時代、江戸に出て山岡鉄舟の門に入っていたことがある。鉄舟と彼とはどんな関係になっていたか知らぬが、私の家には鉄舟の書いた軸がたくさんあった。叔父は松声と号して俳句の方では横井也有の系統をひく俳人だったそうである。もしこの叔父が発狂しないで長く生きていたら、私はきっと彼についていろいろなおもいでを書きしるすことができたであろう。叔父の発狂には叔母を中心とする家庭的な理由があったらしい。それもあとから聴いたはなしであるが、そのことにはなるべく触れないでおきたいと思う。とにかく父と叔父との関係は非常に入り組んでいて、同じ村に住んでいながら親しく往復するということがほとんどなかった。その叔父のひとり息子である従兄の日郎が、ある晩私の家へ風呂をもらいにきて何か話をしているうちに調子に乗って私をひやかしたり苛めたりしたものらしい。風呂場の横に大きな部屋があって、風呂をもらいにきた近所の人たちは、大きな火鉢をかこんで夜が更けるまで無駄ばなしをしていた。——そのうちに私が突然怒りだしたのである。二三日前に買ってもらった空気銃のあることをおもいだし、私はすぐ自分の部屋へとってかえすとそのまま空気銃を持ってとびだしていった。日郎はその頃たしか十五六だったように思うが、こっちの権幕《けんまく》が烈しいので下駄をはくひまもなく、裸足のままで土間へとびおり何処かへかくれてしまったのである。死んだ母の話によると、私はその頃毛虫や蛙を平気でつかんで人の眼の前へ突きつけたりしたそうであるがそんな記憶は少しもない。今年七十幾つになって、私の家の没落したあとの父祖の墓をまもっている性学《しょうがく》さんという老尼僧がいつか私の子供の頃の話をしてくれたがどうしても自分のことのような気がしなかった。性学さんの話によると、私はちゃらっぽこをいってはひとをだますことがうまく、近所の人たちは今に大へんなひょうきんものになるぞといっていたそうであるが、私の判断ではこの記憶だけを一図《いちず》に信用しかねるような点もある。おそらくいろいろなことがごっちゃになってしまっているのであろう。幼年期の出来事はほとんど忘れているといった方が早い。唯、覚えているのは影のような物のかたちや、きれぎれに残っている人の声だけである。一つの風物として何時までも私の脳底に沁みついているのは「ウンカ（虫の名）送り」の夜の光景であった。夜中に眼をさますと私は母の背中にかじりついている。母の立っているのが家の中であったか外であったかよく覚えてはいないが、田圃の畦という畦には炬火《たいまつ》が高く燃え輝いてそれが私の眼には深い闇を斬りひらいて前へ前へと動いてゆくように見えた。私が生れてはじめて味った悲壮なかんじがその灯かげの中にどっしりと根をおろしている。秋のはじめで、夜気の澄みとおった空の色が無限なものを暗示しているかのように私をおどろかし悲しませた。というのは、その頃私はよく母につれられて、どこかのお寺で地獄極楽の絵を幾度となく見せられていたからである。信心のふかい母は私に善悪の観念をあたえるつもりでつれていったものだろうと思うが、窓から来る午後のうす陽に照らしだされた寺の壁画は毒々しい色彩に塗りつぶされて、血の池に喘いでいる亡者《もうじゃ》の姿や針の山に行き悩んでいる餓鬼の姿が無気味で空恐しいよりも以上に極楽で蓮の花の上に安坐している坊主の顔や、雲に乗って遠くからやってくる人間の姿がたちまちのうちに私の心をやりきれない不安と焦躁の中に陥しいれてしまったのである。私の厭世観はこの壁画を見たときから影のようにちらつきはじめた。夜が不安になり、暗いところにさまざまな幻影をかんずるようになったのもその頃からであろう。その気持に多少の分析を加えてみると、死後の世界に対する漠然たる認識が私の心から勇気と希望とを奪い去ったのである。こんな因果と運命が絶対的なものとして私の行手を塞いでいるとすれば、私はもう毛虫はおろか蟻一ぴきといえども踏みつけることができなくなってしまうのである。狂信者の心理について私は今でもときどき考えてみることがあるが、彼等は現世に生きることに不安をかんずる前に死後の幸福に対しておびえているのである。しかし、それはそれとして、あの「ウンカ送り」の夜の炬火の列が闇を斬りひらいて進んでゆく光景に私が胸をときめかしたのは妖怪変化の住む闇が焔の刃によって征服されてゆくすがたを、眼のあたり見たからであろう。しかし母が私の心にあたらしい良識を植えつけようとして試みた意図はまったく失敗したといっていい。その後、芝居を見ると私はすぐ地獄極楽の絵を思いだした。刀を持った男が矢庭に対手《あいて》に斬りつけようとしたとき、私は息を飲み声をひそませて眼をとじたまま母の背中の上で顫えていた。何の芝居であったか知るよしもないが、私は自分の眼の前で行われようとしている惨虐を見るに忍びなかったのである。私に一人の弟があって、生れるとすぐに死んでしまったが、母はあるとき私をつれて、村のお寺にお詣りにゆき、どうぞ孝平（弟の名）が極楽へゆきますように、といって拝んでいた。私は小さい人形のような孝平の顔だけを覚えている。母が私にもそういって拝めというので私は多少悪たれた気持でもあったが、どうぞ孝平が地獄へゆきますように、――と大声でいって叱られたことがある。私は毎晩、母に抱かれて眠っていたので、母が子守唄のように読んでくれる百人一首を一ト月足らずのうちにすっかり覚えてしまった。それまで悪たれ小僧でとおっていた私が家の中で少しずつ人気を博するようになったのはそれから以後である。歌の意味なぞはもちろんわかる道理もなかったが、大江千里というひとの顔が好きで——月見れば千々に物こそかなしけれわが身一つの秋にはあらねど——という歌だけには特別の敬意を表していた。母はいつも眠る前に、胸に手をあてて眠るときっと怖い夢を見るからといって私をいましめていたが、私は持前の癖で、ある晩何かのはずみで母の仕草が気に入らなかったとき、わざと胸の上に両手を置いて眠ってしまった。すると果して恐しい夢を見たのである。五百坪ほどの建坪のある田舎屋敷はあとからあとからつぎ足していったので妙に底のふかい建築になっていたが、私は一羽の雀が、家の中へとびこむのを見たのである。すぐ追っかけて土間へはいると雀は仏間の方へ逃げてゆく。私もそのあとから仏間へ入った。もうひと足でとらえられそうになったとき雀はまたひらりと身を躱《かわ》して奥の方へ逃げていった。私がその奥の八畳の間に片足を踏入れたときである。向い側の襖の方から、まるで一ぺんも見たことのない一人の老婆の姿があらわれた。手拭で頬被りをしているので顔はよくわからなかったがあまりいいかんじではなかった。私がちょっと立ちすくんだ気もちで逃げてゆく雀の方へ眼をやったとき、眼の前の畳が少しずつ下の方へ沈んでゆく。その沈む畳の、ちょうど谷底のようになったところでさっきの老婆とぴったり顔を見合せた。老婆はゲタゲタと笑いながら私の顔を舐めだしたのである。私は声をあげて泣きだした。母に揺り起されてやっと眼がさめたのである。が、私は今でもこの夢だけはハッキリ覚えている。地獄極楽の無気味な幻想が形をあらわしたものと見るべきであろう。小学校へ入るまでの記憶はすべてこの奇妙な夢につながりを持っている。私は自分の将来が幸福ではないという想念に漠然と囚われるようになっていた。外形的には私の家が没落の過程にあり、影のようにひたりよってくる運命的な予感が私の幻想と何処かで結びついていたためでもあろうか。その頃の私は父の存在を自覚していなかった。――私が父を意識したのは（父がいるかいないかという意味ではなく）小学校へ入るようになってからのことである。これほどこの時分の記憶はバラバラの色彩だけで構成されている。家庭的に言えば母の愛情だけで私は十分満足していたのである。それも父が家にいなかったためではなく、唯、父の愛情を当時の心のクライマックスにおいて感ずるような状態がなかったからである。兄弟は男女合せて八人ちかくあったらしいが、無事に成長したのは三人だけであった。

父に対しては唯、畏怖のかんじだけが残っているところから察すると父もまた当時私の存在には大した関心を持っていなかったらしい模様である。夜中に時ならぬ気配をかんじて、――たぶん横に寝ていた兄が私を起したらしい、夏の頃であったが、蚊帳をとびだしていってみると父は母を前にひき据えて、嶮《けわ》しい声で何か呶《ど》鳴《な》っていたが、矢庭に太い煙管で母の頭をしたたかになぐりつけた。大きな音がして煙管がまん中からポキリと折れた。母はだまっていたがそれから二三日寝ついたらしい。父の怒り方は無鉄砲で一切合財が捨身であった。若い頃から建築の好きだった彼は大工の棟梁が柱の木材の使い方をごま化したといって半ば以上出来かかっている家の大黒柱を切り倒してもう一度やり直さなければならないようにしてしまったことがある。しかし、これは兄から聞いたはなしで私には記憶がない。覚えているのは自分が拳骨で殴られたり、柱に縛りつけられたりしたことで、長兄なぞは一と月の間ねだってやっと買ってもらった幻灯の機械を、その日の夕方庭石に敲《たた》きつけられて二度と使えないものにされてしまった。拳骨で殴るといっても父のは本気で力一ぱいに殴るのだから並大抵の痛さではなかった。私は後頭部に瘤が出来それが長いあいだ残っていた。

小学校は往来をへだてて私の家と向いあっている。平家建の棟が三つにわかれ、一ばん右側の、往来に面した部屋が職員室だったから、父はときどき家の窓から首をつきだして「岡本さん」といって校長を呼びかけ世間ばなしをしていた。いよいよ入学のときになると子供たちはみんな父兄につれられて学校へ行ったが私だけは一人でゆくことを命ぜられた。みんな顔見知りの先生たちだったが、いよいよ入学となるとやっぱりへんなもので、ほかの生徒たちが保護者といっしょにいるのに自分だけがひとりでいるのが辛くなって到頭泣きだしてしまった。同級生に私と同じ姓の女の子がいて、席順がイロハ順できめられたものらしく、私とその女の子とが同じ机にならんでいるのがいやで仕方がなかった。自分もいやだったが、みんなからひやかされるので一層いやだった。それから六年間、男女共学であったが、一年ごとに私はその女の子がきらいでなくなってきた。

校長の岡本先生は毎晩のように私の家にあそびにきたが、しかし、学校で会うとまるで見ちがえるようなおそろしい人になっていた。家がすぐ前にあるので私は放課ごとに家にかえっていったがそいつが校長先生に見つかって叱りつけられた。どんなことでも先生に聞かないで勝手なことをしてはいかんと言われたので、私は便所へもだまって行ってはいけないのかと思い、おそるおそる教員室へ入っていった。

「先生、――ウンコをしてもいいですか」

「何だ?」

でっぷりとふとった校長先生は眼鏡越しに私の顔をじろりと見た。「もう一ぺん言ってみろ」

「ウンコですがな、――ウンコがしたいですがな」

「いいにきまっとるじゃないか、そんなことをいちいちききにくるやつがあるか」

それはそのとおりだったが、私はほっとした思いで教員室から出てきた。学校の運動場は往来を突っ切って、私の家の塀にそっているほそい道の行きどまりにあった。片隅に機械体操の鉄棒と棚があり、棚の上にのぼると鎮守の森が見え、田圃や桑畑をつきぬけている白い道路が見えた。前にうかんでいる饅頭のような恰好をした山が丸山で、そのうしろの尖り立っているのが三ヶ峰山《さんがねさん》である。春はうす霞につつまれた山の色がみずみずしかった。午後の放課の時間に、私たちはこの棚の上にならんで腰をおろし、みんなで唄を合唱していた。

おらがおやじは芋がすき
芋にあたって死んだげな
ちょうどことしで三年目
屁をひるたんびに思いだす

それはその頃流行りだしたラッパぶしで、私たちは何度も何度も腹一ぱいの声で唄った。そこへ校長先生がだしぬけにやってきたのである。私たちは上級生たちのように棚から急にとびおりるわけにはゆかなかった。それで校長先生の顔を見るとみんな一ぺんに泣きだしてしまったのである。家へかえってくると母は私に悪い子と遊んではいけないといって悲しそうな顔をしてみせた。夜、寝るとき母はもう百人一首ではなくて部厚い本を少しずつ読んできかせてくれていた。半分以上何が書いてあるのかよくわからなかったが聴いているうちにだんだん胸が締めつけられるような思いがした。ちょうどその晩のところが、落第した主人公が母につれられて父の墓の前へゆき短刀をつきつけられていっしょに死んでくれと言われるところだった。

私は掻巻《かいまき》に顔をかくしたまま泣きだしてしまった。その子供よりも母親の方がもっと可哀想な気がしたのである。ある日のこと、一人の若い女が私の家へやってきた。彼女は私を見るとなつかしそうに瞳を輝やかしながら手を握ったり肩をさすったりした。それだけでは我慢ができなくなって袖で自分の顔をおさえながらかすかにすすりあげている。何故こういうことが起ったのか私には見当もつかなかった。母はケロリとしている私を見て、これがお前を育ててくれた「ままあ」（乳母という意味）だよ、——といった。しかし、私はこの女を覚えていなかったのである。美しいという顔立ちではなかったが彼女の肉体は若さに張りみちていた。彼女は二三日泊っていてかえっていったが夕方風呂からあがってくる彼女の健康さはまことに眼がさめるばかりであった。名前はどうしても思い出せないが、歳もまだ三十にはなっていなかったであろう。彼女は私の母親に何か切迫した相談事があってやってきた様子だったが不首尾に終ったらしい。風呂をもらいにくる村の人たちの噂によると彼女は私の乳母をしているあいだに行状がわるく男女関係の不仕末のために暇をもらってかえるようになったのだという。私が彼女を見たのは、これが最後であった。父は私のことで何か気に入らないことがあると、こいつだけはあの「ままあ」の乳で育てたからのう、——と乳の出ない母へのあてつけのような声で言うのであった。それが一層私に対する母の愛情を複雑なものにしたらしい。ある夜、母は縁側に立っている私を衝動的に抱きしめたと思うと、そのまま足袋はだしのままで庭の飛石の上におり、樹立のかげに立って空を見あげるような恰好をしていた。私は夢中で母にとびついていった。すると母はそっと私を離すようにして縁側に駈けのぼり奥の居間へ入ったまま出て来なかった。妙な気もちだったが私は母の愛情を今までとはまったくちがったかたちで理解するようになってきた。私の家にはジョンという名前の小犬がいたが、そいつが急にいなくなって半年ちかく経ったと思うと大きな犬になって戻ってきた。——夜のあけがた中庭からしきりに犬の吠える声が聞えるので雨戸をあけてみるとそれがジョンだったのである。こういう朝の楽しさは滅多に忘れられるものではない。ジョンは家じゅうの歓待を受け、あたらしい首輪をつけてもらったが、それから二ヶ月ほど経つとまたいなくなってしまった。冬の朝だったが、私が友だちといっしょに堤防の上を歩いているとすぐ下の桑畑の中で二人の男が筵《むしろ》を敷き、死んだ犬の皮を剝いでいる。私の見たときはちょうど皮だけを剝ぎ終ったところらしく、こんどは肉の料理をはじめた。私はみるみるうちに瞼が熱くなり、胸がきゅうんとしてじっとしていられなくなった。たしかにジョンだと思ったのである。この二人の男は正月にやってくる三河万歳で、——私の家の裏門の前にあった「吉良清」という料理屋で女にうつつをぬかし、金を費い果して身うごきがとれなくなってしまったのである。吉良清の家には眼のわるい女がいて、それが男をあやすことがうまいという評判だった。今から考えると村の風儀はおそろしくみだれていたらしい。それからまもなく私は横浜の叔父の家へ養子にやられることに話がきまってしまった。私は横浜というところがそんなに遠いとは思っていなかった。何も私が養子にゆくことを承知したわけではない。横浜の叔父というのは母の兄で、その頃、横浜で耳鼻咽喉科の開業医は叔父のほかにはなかった。若い叔母が西尾の叔父の家（母の実家）へ遊びに来て私をもらえないかという話が急速に進んだものらしい。私の方は無我夢中だったが、いよいよ出立ということになると離れがたない気持で胸が塞がるようだった。その二三日前から学校を休んでしょんぼり窓にもたれていると、同級生がみんな威勢よく私の窓の下を駈けてゆく。一ばん仲のよかった平井確三君、渡辺玄一君、――君たちはもう私を別の人間扱いにしてしまっている。一ばん図体の大きい山田亀太郎が、わァ、――といってはやしたてた。悲しく切ない気持をぐっとおさえて私はうしろに立っていた性学さんにしがみついたがすぐ泣きだしてしまった。

そのときの気持を「ピイピイ三吉」という題の童話に書いたことがある。今はもはや巷塵《こうじん》に埋れ去って影もかたちもなくなっているものと思われるが、「ピイピイ三吉」の中に生れながらにして運命づけられた私の浪漫的精神が影を宿しているのである。「ピイピイ三吉」はむろん泣虫で、学校へ行ってもひとりぼっちの仲間はずれにされていた。彼はたったひとりで菜種畑や蓮華の花畑を歩いて遊び暮していたのである。蓮華畑と言えば春になると村境の山ふところは蓮華の花によって埋ってしまう。眼もはるかにつづいている蓮華畑の中に立っていると楽しいような、やるせないような一種名状することのできないような妙な気持が湧いてくる。さてピイピイ三吉の幻想はこの蓮華畑の中で自分を愛しんだり嘆いたりするところに形を整えてくるのである。その形がやがて一羽の雀になってあらわれた。――彼は三吉の味方であって彼だけが三吉を心から愛している。しかし、横浜へ養子にやられるようになった三吉は、やがてこの雀とも別れねばならぬ。ある朝、三吉と母とを乗せた俥が西尾の町に向って走りだしたとき、雀は矢作《やはぎ》古川の橋の上まで送ってきて、来年になったらきっとたずねて行きますからね、といって三吉を慰める。その雀が一年経つとほんとうに横浜へやってきたのである。そのとき三吉は叔父の家の二階で朝も夜も泣き暮していた。ところが、ある朝、蒲団の中で眼をさますと窓の外で三吉さん、三吉さんと誰かの呼んでいる声が聞えるのである。この「ピイピイ三吉」がとりも直さず私であった。

　生まれてはじめて旅に立つ気持は、朝眼をさましてほのぼのとあけてくる空をじっと無心に眺めているときのような、切なくすがすがしい思いに似ている。故郷をはなれてゆく悲しさもあったが、しかし、それより私の心はあたらしい誇にみちみちていた。靄のふかい朝だったと覚えている。母と二人きりだったということが何時の間にか、母を独占している喜びに変りかけているのである。岡崎行の馬車屋は西尾の町の四つ角にあって、そこの待合所になっている駄菓子屋のうす暗い土間には、莫座を敷いた縁台が二つ向いあってならんでいた。馬車が動きだすと髭の生えた丈の高い馬夫はときどき片手で鞭を高くあげては得意そうに馬の尻を烈しく打った。その日の夕方汽車に乗る筈であったが、五里あまりの道を走りつづけているうちに私はすっかり疲れてしまい母の膝にもたれて眠ってしまったのである。汽車の中は乗客が一ぱいで、私の向い側のベンチに角帽をかぶった大学生の乗っていたことだけを覚えている。痩せぎすの、眼鏡をかけた男で、彼は大きな葡萄の房を片手に持ち、ほとんど休むひまもないくらいの速さで一つ一つもぎとっては口に入れ、そのたびごとに種を吐きだしていた。だまってその機械的な動作を見ているうちに私は自分がいっしょになって葡萄を喰べているような錯覚に陥ってしまったのである。彼が私に何か話しかけてくれるであろうと心待ちにしていたが大学生は私の存在には見向きもしなかった。叔父の家に着いたのはあくる日の朝で、その頃横浜のすぐ手前に平沼という駅があり、そこから車で野毛山の下までゆくには相当の時間がかかった。叔父の家は街の右側にあり、小さい鉄の門があって、門を入るとすぐ玄関でおそろしく身体の大きな男が私たちの前に突っ立って母に応対していた。それが高橋正一君で、それから数日の後、彼が小学校へ通う私の送り迎えをする役になったのである。「養子」ということもずっと後になってわかったことであるが私はこんな結果になろうとは考えていなかった。叔父は丈が低く、骨組だけで出来ているようなかんじの男で、鼻の下には八字髭を生やし、見るからに厳粛そうなかんじだったが、叔母は叔父と比べるとずっと若く、身体から発散するものがひとりでに自分の雰囲気をつくりあげてしまうような力づよさを持っていた。それはこの二人の人間関係が非常に不調和であるということにもなるが、私に対して愛想のいいのはむしろ叔母の方で彼女は絶えず莞々《にこにこ》としながら話しかけてくれたが、それがために私はかえって何か落ちつきのない不安に襲われた。叔父は念を押すような態度で私の名前を聞き、机の上の半紙に書いてからその上に田島という姓を書き加えた。母は一週間ちかく泊っていたらしい。——ある晩、私がぐっすり眠っているあいだにかえってしまったのである。そういう予感は二三日前から私の頭に沁みついていた。母と二人でいられるということだけで私は安心していたのである。私は片時も母の傍をはなれなかったし、母もまた別れ去るに忍びないものがあったのであろう。一日一日と日がのびるにつれて彼女の動作の中には何か不自然なぎごちないものが現われてきた。その晩、眼をさますと母がいないので私は大声で泣きだした。「ピイピイ三吉」の生活は其処からはじまるのである。「ピイピイ三吉」は故郷をはなれてきたということが悲しかったよりも以上に母親から置きざりにされたことの方がもっと悲しかった。叔父の家は階下が診察室と薬局になっていて台所は長い廊下をへだててずっと裏の方にあった。薬局には高橋君のほかに書生が三人と、ほかに若い看護婦がいて、何時も勝手な無駄ばなしをして騒いでいたが、彼等は最初私のことを唯、親戚の子供が東京見物にでもやってきたという風に考えていたらしかった。私がいよいよ田島家の養子になったということがわかると彼等の態度はがらりと変って、私のことを「坊っちゃん」と呼ぶようになった。叔母がそういう命令を発したからである。その前から私は叔父さんと叔母さんに対して、お父さん、お母さん、と呼ぶことを命ぜられていたが、口に出していうと妙なうしろめたさに胸が締めつけられるようだった。書生たちから名前を呼ばれていたときには私もまた彼等の同類であるという気がしてすぐ雰囲気に親しんでしまい、自由気儘に振舞っていたのが、「坊っちゃん」に変ると急に彼等が意地のわるい人間に変ってしまったのである。薬局のすぐ横が階段になっていて、二階は四畳半の茶の間と、六畳の居間に八畳の客間、ほかに隅の方に箪笥のおいてある三畳の部屋があって私の机は其処にあった。八畳の部屋の前が廊下でその横の屋根の上に物干台がある。明治三十七年で、日露戦争がはじまったばかりであったが、そのためか街の空気は非常にひきしまって、どの家にも出征の兵士が二三人ずつ泊っていた。叔父の家にも若い兵隊が二人、八畳の部屋に泊っていたが、私はすぐ彼等と親しくなった。ある日、彼等が叔母の噂をしているところへ行き合わせた私に一人の兵士が何か話しだしたものらしい。綺麗なお母さんですね、といったので私は急に腹が立ってきた。お母さんじゃなくて叔母さんだがな、と私は田舎訛りの言葉で答えたのである。それを襖のかげで聞いていた叔母は次の日、兵隊が出ていってから私の頬っぺたを平手でぴしぴしとなぐった。あんなことを言って私がどんなに恥かしい思いをしたかというようなことをとげとげしい言葉で言い聞かせながら叔母の眼はもう涙で一ぱいになっていた。彼女はどうにかして私を自分になつかせるようにしようと努力しているように見えたが、しかし、私の心の中にはこちんとしたものがあって、その中に愛情が小さく縮まってしまっている。――それを解きほぐしてくれるものはほんとうの母親のほかにはなかった。それがますます叔母を苛立たせる結果になったらしい。彼女の神経は私の行動の隅々にまでまといついてきた。私は知らず識らずのうちに叔母の眼をおそれ、叔母の着替え部屋の片隅にある小さい机の前にしょんぼり坐ってすごす時間が多くなってきた。こっそり田舎の母親にあてて手紙を出そうと思い、「カニガホシイ、スズメガホシイ」と書いた。その短い言葉の中にひとりぽっちになった自分の姿がたたみこまれている。どういう方法でその手紙をだしたかということの記憶はない。とにかくその手紙が田舎にいる母の手許に届いたのは一つの奇蹟であった。春から夏にかけて夕靄のふかい頃になると私は幻想の中にいろいろな物のかたちを見るようになってきた。とりとめのない空想の中で私の描きだしたのは一羽の雀であった。空をとんでくる雀のすがただけが無限のつながりの中にある故郷を私の心に運び入れてくれるような気がしたのである。

家の中ではみんな叔母をおそれていたので万事が彼女の思いどおりになっていたのである。私の転校した石川小学校は家からあまり遠くないところにあったが、高橋君は毎日時間どおりに私を迎えにきてくれた。あるとき彼が麦藁帽子のリボンに花を挿してくれたのをそのままかぶってゆくとほかの生徒たちがどっと囃したてた。――途中から入った私はむろんみんなから仲間はずれにされていたが、たったひとり私と仲よしになった少年がいた。名前は忘れてしまったが、彼は子供ながらも堂々として何が起ってもびくともしないような面構えをしていた。私は今でもときどき彼の顔をおもいだす。私を庇ってくれるのは彼だけで、餓鬼大将はほかにいたが、彼だけは独自の存在を保って何か心に守るところがあるように見えた。あるとき、教室で私と席をならべていたほかの少年が、彼に私が彼の悪口をいったといって唆《け》しかけたので、私は彼に襟首をおさえつけられたことがある。私があやまったので彼はすぐにゆるしてくれた。この少年の家は同じ野毛町にあって、母と弟との三人ぐらしであった。うすぎたない家で、格子戸をあけると古い壁のにおいが鼻先に漂ってくる。畳はまっ黒に煤けていて歩くと足がふかふかと埋もれてしまいそうだった。彼の父親は陸軍中尉で日露戦争に出征していた。それが彼に自信を持たせた理由の一つでもあったらしい。玩具屋にならんでいるものはみんな戦争に関係のあるものばかりで号外売りは引っきりなしに町を走り廻っている。今から考えると当時の石川小学校は多く下層階級の子弟を収容していたらしい。門を入るとすぐ平家建の校舎が両側に分れ、二棟の教室があるきりで校庭と言えばその校舎にはさまれたほそ長い廊下のような空地があるきりだった。私は叔父の家のすぐうしろにある野毛山小学校に通う筈であったが、手続がうまくゆかないので一時的にそこへ転校することになったのである。田舎にいた頃と比べると都会地の少年はみんな神経が尖っていて、私の眼には同級生が誰も彼も大人のように見えた。教室で授業中に色のどす黒い五十前後の人相のわるい男がよれよれになった縕袍《どてら》を着物の上から羽織ったままで、教壇に立っている先生には挨拶もしないでぬっと入ってきた。酒に酔っているらしく彼は教室の中を睨み廻してから私の横の席にいた、数日前に私の友人を唆しかけた少年の前へ行って何か早口にしゃべり、また教室を睨み廻して出ていった。私は郷里の家のすぐ向い側に料理屋をやっていた「吉良清」というバクチ（賭博）打ちのことをおもいだし（田舎ではそういう恰好をしているのはバクチ打ちのほかにはなかった）、放課の時間になってから、あれは君バクチ打ちだよ、——と仲間の生徒に話しかけると、それがすぐその少年の耳に入ったらしく、彼は血相を変えて私の前に立ちはだかった。

「やい、うちのちゃんはバクチ打ちじゃねえぞ、——やくしゃ（俳優）だい」

ざまあみやがれ、という風に彼は肩をそびやかしたのである。どの少年も、毎日書生に送り迎えされている「坊っちゃん」には好意を持っていなかった。間もなく高橋君は私の附添いをやめるようになってしまったが、ある日の午後、ひとりで学校からかえってくると道の四つ角から出てきた十五六の、沁みついた垢と埃ですりきれそうな股引《ももひき》とシャツ一枚の少年が、「おい、おい」といって私のうしろから呼びかけた。馴れなれしい調子で私にちかづいてくる彼を見たとき私はこれが「臀肉とり」にちがいないと思った。その頃、野口男三郎の臀肉とり事件が、ある意味において日露戦争の真最中に戦争が直接あたえる昂奮に伴って国民の感情を不安にしていたのである。私の認識では悪魔は風のようにあらわれて風のように消えてゆく。それは形のない地獄の亡者が気まぐれに地上にうかびあがったようなものだった。子供ながらにも、叔母や叔父の話していることや書生たちの談論の中に亡者のとおりすぎてゆく姿が見えない形となって私の心に残されていたのである。高橋君の話によると、亡者は若い女がすきで、つい二三日前にも横浜のある大金持の奥さんが何処かの山の中を歩いているときに亡者に殺され、無惨にも臀肉をとられていたというのである。あとから、——といってもむろんずっとあとであるが、考えてみるとこの話はどうも少しおかしいところがある。しかし、当時の私は、そんな大金持の奥さんが何故ひとりで山の中を歩いていたかというようなことに少しも疑いを持とうとしなかった。おそろしいのは亡者であって、彼は人間がどんな力で防ごうとしても防ぎきれないものを身につけている。つまり、その若い奥さんは自分が街の中を歩いているつもりでも何時の間にか山の中へ入っていってしまうのである。そんな話を聴いていると不思議に若い奥さんの姿だけがぼうっとうかんでくる。まるで生れてから一ぺんも見たことのない奥さんである。丈のほっそりした、それでいて肉づきのいい、歩いてゆくうしろ姿がふわりふわりと虚空に流れてゆくようなかんじだった。そういう幻想は知らず識らずのうちに子供の頭を一ぱいにうずめてしまうものである。もちろん、まっぴる間の、陽ざかりの道であったが、それだけに横合いからとびだしてきた小僧の姿は人間という印象からはおよそ遠いものであった。私はびくっとしてうしろを振向くが早いか、ちらっと小僧の顔をかすめるように見ただけでほとんど無我夢中に逃げだした。家の門を入ったときは胸がドキドキしている。二階の茶の間には餉台が据えられ、叔父と叔母は食事が終ったばかりで私の前には近所の洋食屋からとったビフテキの皿が置いてあった。話が脇みちへ外れるが、私は今まであんなうまいビフテキを喰べたことがない。さっき出会ったばかりの小僧のはなしをすると、叔父はすぐ高橋を見せにやれといった。高橋君は化物退治にでも出かけるつもりであろう。——太いステッキを持ち尻まくりをして威勢よく出ていった。

一年ちかい年月がバタバタとすぎてしまった。記憶はどれもこれもちぎれちぎれになっていてどういう風につなぎ合したらいいか見当もつかないような始末である。私の勉強部屋の前には小さい窓があいていて、山や森はすべて青葉に彩られ、じっと見詰めていると故郷の風物がぼうっとうかんでくる。私は知らぬ間に叔母のことを「お母さん」と呼ぶようになっていた。田舎にいるのは「おっかさん」でお母さんではない。私はまもなく自分が田舎へかえれることを信じきっていたし、「おっかさん」は私がじっと辛棒していさえすればきっと迎えにきてくれる約束になっている。夜、床の中へ入ると私は「おっかさん」のことばかり考えつづけていた。

おっかさんがうす暗い部屋で着物を縫っている。私のいることなどは知らないらしい。いくら呼んでも見向きもしてくれないのだ。こんなに近いところで顔も姿もハッキリしているのにおっかさんはまるでほかのことを考えているように夢中になって針をうごかしている。そのおっかさんの姿がたちまち私の視野の中から消えてしまったのだ。私ははちきれるような声で泣きだした。自分の泣き声で眼が醒めたのである。夢ではあるが、しかし、寒々とした侘《わび》しさの中にたとい一瞬間ではあっても母に会えたという喜びだけはかすかな影を残している。眼がさめると、私ははじめて自分が遠いところにいるということに気がついた。うすぼやけた電灯の灯かげの中に叔母の寝顔がうかんでいる。泣きながら私は何べんとなく眼を瞑じてみた。母の顔がまた何処からともなくあらわれてくるような気がしたからである。次の日、学校からかえってくると私は自分の机の前に坐ったまま動こうとしなかった。私の坐っている部屋の両側には簞笥がおいてあって、その前にある衣桁には叔母の着物や長襦袢が乱雑にかけてある。その色彩がチカチカと眼に沁みるようで私はほのぼのと漂ってくる移り香の中に心の戦《おのの》くような味気なさをかんじた。私はそのまましくしくと泣きだしたが、一種の反撥から叔母の羽織の裏に洟や涙をなすりつけた。そこへ若い看護婦の「キチ」がこっそり階段をあがってきたのである。

「まア、坊っちゃん」

と、彼女がたしなめるような声でいうと、とたんに私の胸は恥しさで一ぱいになり、そのままうしろ向きになった「キチ」の首すじにかじりついた。「キチ」は私の手をふりほどいて階段をおりてゆこうとするのであるが、私はうしろから咽喉をしめつけるようにして手を放そうとしなかった。「キチ」は片足を階段にかけたまま泣きだしてしまったのである。私は眼が眩むような気もちでやっと「キチ」の肩からはなれると八畳の客間へゆき、屏風のかげになったところに顔をかくすようにしてしゃがんでいた。私には自分の発作的な行為がどうしても子供のやりそうなことのように思えなかったからである。「キチ」は叔母にそのことを話すにちがいない。そう考えただけで胸がふさがるような思いだった。ちょうど夕飯の少し前で、叔父と叔母は私がいなくなったと思ったらしく家じゅうを探しまわった模様である。そのとき私は屏風のかげでぐっすり眠っていた。やっと私がそこにいることのわかったのはそれから一時間ほど経ってからであったが、不思議に叔父も叔母も機嫌がよく、ちょこんとうずくまっている私を見ると大声で笑いだしてしまった。

「この子はわたしの羽織で顔をかくして泣いていたんですって、――」

叔母はキチから伝えられた話を叔父に話しながら声を立てて笑っている。叔父は晩酌をちびりちびりやりながら、莞々《にこにこ》して聞いていた。叔母の実家は南太田にあって、そこには叔母の両親が住んでいる。おじいさんはもう腰が曲って歩くのも大儀そうであったが、おばあさんは色が黒く見るからに健康そうであった。おじいさんの顔はどうしても思い出せないが、ある晩私はその前に坐らせられて長いあいだ説教されたことをおぼえている。もうその頃は叔父も叔母も私のことを相当に持てあましていたらしい。田舎へかえそうかどうしようかという相談が幾度となくくりかえされていた様子であった。それ故、おじいさんは、自分からそういう役目を買って出たのであろう。——お前はもう田島の子供になったんだから田舎のことなんど考えちゃいけない。田舎なんぞへかえったら学校へも入れないし、つまらぬ人間になってしまうぞ。おじいさんはそんなことをくりかえしくりかえし言って聞かせた。しかし、結局返すということに相談がきまったらしい。そういう運命がちかづいているということが私にもハッキリわかるようになってきた。秋のはじめであったが、縁日のある町を私は高橋正一君と二人で歩いていたことがある。田舎へかえる前の晩であった。叔父が何でもほしいものを買ってやれといって高橋君に幾干《いくら》かの金を渡した。縁日には植木屋が店をならべ夜風がもう膚に沁みるようであった。その翌日の朝、母が田舎からやってきたのである。彼女はいかにも困ったという顔をしていた。長いあいだ叔母と二人で話しあっていたが、そのときもう私の荷物は柳行李に詰め込まれていたのを母は行李のふたをあけて一つ一つ着物をとりだし、田舎から持ってきたものだけを残して、ほかの着物を畳の上につみあげた。そんな素振りまでが居ても立ってもいられないように見えた。叔母が何かいうと母はまた顫えるような手つきで一ぺんとりだした着物をまた元の行李におさめ呟くような声で何べんとなくお辞儀をした。あとになって考えると、叔父も叔母もまだ私を田舎に返すということにしっかり腹がきまっていなかったのである。父親が事業の失敗から叔父に莫大な金を借りたということを耳にしたのはそれから数年経ってからであるが、叔父としては返すといってもじゃあ返していただきましょうというような筋合いのものではないと思っていたにちがいないのである。父親がどうしてもつれ戻して来いといって頑強に意地を張った結果がこうなったのである。母と私を乗せた車がその日の夕方平沼駅に向って走りだした。叔父の家からは誰も送ってくれるものはなく、私は母と二人で群衆のごったかえす待合室のベンチに腰をおろしていた。そこへ、何処からあらわれたのか、小柄な、口の大きい眼玉のぎょろりと光った人力車夫が母親の前へきてぴょこんと頭を下げた。

「これは御新造さん、おなつかしゅうございます、――一体どちらへいらっしゃったんで」

母がどぎまぎしながら何か答えると、その男は一語一語を噛みしめるようにして丁寧にお辞儀をした。

「大へんなお世話になりまして、面目も御座いません――どうかお旦那さまによろしく仰言《おつしや》って下さいまし」

彼は自分の家が駅のすぐそばで、今はどうやら女房子供を抱えて無事に暮せるようになっていますからちょっとでもいいからお寄り下さいませんか、としきりにすすめているようであったが母は素気ない言葉で断っていた。じゃあ、いずれあとから、――といってその男は人混み

の中へまぎれこんでしまったが、母はその男から話しかけられたことがあまり愉快ではないらしく、

「あいつはお前、吉良清の子分で、うちのおとっつぁんにえらい迷惑をかけたやつだよ」

といって私に説明して聞かせた。私はもうその男がとび出して来なければよいがと心に祈るような気もちで母といっしょに改札口を入り、三等車のベンチに腰をおろしていると、発車間際になって前と同じ恰好をしたその男が子供をおぶった女房をつれ、プラットフォームをうろうろしている姿が見えた。やっと彼は母のいる場所を見つけたらしく、

「御新造さん」

となつかしそうに呼びかけながらちかづいてきた。汽笛が鳴ってもう話をするひまがなかったが彼は紙にくるんだ箱のようなものを母にわたして、何かべちゃくちゃと早口にしゃべった。――汽車が動きだしてからその紙包をあけてみると折詰の中にすしがぎっしり詰っていた。夜汽車の中で、私は赤い色をしているおぼろずしを一つ一つつまんでは喰べた。うちのおとっつぁんにそんな迷惑をかけた男がどうしてこんなすしをくれたのであろうと思うと私は不思議でならなかった。横浜で暮した悲しい一日一日が私の頭の中に影を曳いている。大気はすでにうすらつめたく、指先からつたわってくるすしの触感は身に沁みとおるようであった。

まるで嘘のような気がする。汽車が動きだすと私の頭の中は故郷のことで一ぱいになってしまう。陽に輝やいた青葉の道、小川には水があふれてくずれかけた石垣のあいだから蟹が赤い螯《はさみ》をだして覗いている。水すましが影をうつしている水底には鮒も鰌《どじょう》も泳いでいるのだ。駅馬車のラッパの音が唆しかけるように聞えてくる。平井確三君、渡辺玄一君、——私は到頭君たちのところへかえってきたのだ。もう二度とふたたび横浜へなんぞゆくものか。

砂埃を立てて馬車が走りだす。馬車は定員六人であるが、母は馭者台にちかいところに腰をおろし大きな信玄袋をあけて、横浜で買ってきたバナナをとりだした。黄色い妙な恰好をしたバナナを一本もぎとって皮をむくと、乗客はみんな感嘆したように瞳を据えたまま息をひそませている。

「ちょいとさわらせておくんなされ」

と、頬かむりをした老人の百姓が節くれだった手を伸した。「へえ、これは大へんなものでござんすな、何というもんでござんすかな?」

「バナナと申しますがな」

私は母の顔がこんなにいきいきと輝いているのを見たことがない。

「へえ、バナナですかな」

「わたしにもさわらしておくんなされ」

と、商家のおかみさんらしい女が言った。母はひととおり車中の人たちにバナナを見せたあとで、むきかけていた皮をむき、そいつを小さく切ってみんなにひときれずつわけてやった。

「ほら、――」

そういってうしろ向きになっている馭者の肩を敲いた。「あんたにもやるよ」

ああ、こんな楽しい旅というものがあるであろうか。伸びた麦の穂が風にゆれている。恐縮しきった馭者が、「まるでこれは口の中でとろけるようじゃ」といいながら勢いよく馬の尻に鞭をあてた。日露戦争はまだまっさかりで、馬車のとおりすぎる村々には出征兵士をおくる紙の旗が道を埋めている。小学生の列がうねうねとつづいているのである。西尾の町へ着くと私は母といっしょに車に乗って、見覚えのある畑や堤防をきょろきょろと眺めまわしていた。騒音につつまれた横浜の街とくらべて何という閑けさであろうか。矢作古川の橋をわたるとならんでいる家の一軒一軒に私の記憶が灼きついている。その頃私の家は通りに面した母屋の一部が改築されて郵便局になっていた。私たちはその前で車をおり、事務員たちの出入りするほそ長い土間から中へ入っていった。父親はそのとき、がらんとした事務室の正面にある時計の下にある椅子に腰かけていたが、私はほとんど無意識に、

「おとっつぁん！」

と、大きく呼びかけながら父の膝にとびついた。――私が父親をハッキリ認識したのはこの

ときがはじめてであった。やっと父は五十になったばかりであったが、短く刈った頭はほとんど白髪に掩われ、見るからに老人のようであった。長兄は父親の代理で名古屋へいっていて留守だったが、小学校の高等科に通っている次兄は縁側に突っ立ったままきょとんとした顔をして私の方を見ている。それが自分の兄だと思うと私は急に気恥かしさで胸が顫えるようだった。

林檎

僕はシャーウッド・アンダスンというアメリカの作家がわりあいにすきであるが、彼のかいた「ワインズバーグ・オハヨオ」という連作短篇集の中にペーパー・ピル（紙つぶて）という一章があって、その中に無恰好な林檎のうまさを男女の関係にたとえた章句がある。もぎおくれた、いびつな林檎は、その林檎の横の小さい丸い部分に林檎全体の甘味があつまっていてこいつをかじるととてもうまい、とアンダスンは平気でかいている。

そこで、これも、もぎおくれた林檎のはなしであるが、実を言えば、その林檎は少し腐りかかってはいたけれども——（ああ誰か腐りかけた林檎の味をかみしめてやる人はないか）それは二十余年前の雪の夜で、僕はそのころ行きあたりばったりの生活をしていたので、ときには電車もなくなった雪の夜みちでさえ、誰が待っているわけでもない郊外のわが家へあるいてかえらねばならぬことが多かったのだ。（その頃まだ円タクはなかった）

その晩、僕は酔ってもいたけれども、しかし、雪の寒さですっかりまいってしまっていた。それで、東京のはずれにある海に近い街道筋の遊廓の前まできたときには、言うまでもなくその頃僕はすばらしく謹厳な青年ではあったが、一晩をあかす場所があればどんなに幸いであろうと思ったのである。何しろ二十年前の話だから、——それ故、まだ張店《はりみせ》というものがあって、妓夫太郎《ぎゆうたろう》がいねむりをしているがらんとした店の格子の中に彼女がたった一人坐っていた。人よ、僕を咎《とが》むるなかれ、もし君がそういう状態におかれていたら、この雪の夜のうそさむいせんちめんたりずむによって君の人生を仮説したにちがいないから。そして、彼女はその夜お茶をひいていたのであったが、しかし、何と、僕が人生にお茶をひかねばならなくなっているあわれな女全体を感じたことか。

それにしても彼女の顔を何と形容したらよいであろう、それは「こわれたたらい」のようにゆがんで、もうどのように「たが」をひきしめるというわけにもゆかなくなっていた。もし、これが遊廓でなくて古寺であったら僕は腰をぬかしてしまったであろう。その女と、僕はちゃぶ台を前にして一杯やりだした。僕がだまっているので女はいろいろなことをしゃべりだした。長い身の上ばなしや（もっともそのはなしをほとんど僕はきいてはいなかったが）——それから、こんな晩にきてくれるひとは、どんなに実があるだろうかと、そんなひとならばほんとうにひと苦労してみたいとか、それで、彼女はもう酒はいいかげんにきりあげてこんやはゆたんぽでもいれてあたたかくして寝ようと言いだしたけれども、僕が容易に立ちあがりそうにないので、こんどはまるで僕が長年彼女にかよいつづけた情夫か何かでもあるように眼に涙さえうかべて、（ああ、長い間彼女はそういう空想にあこがれていたにちがいない）すっかり僕を薄情ないろおとこにつくりあげて、何処かで見てきた芝居のそぶりそのままで背中あわせにしみじみとふかい思い入れをやりだした。

早く朝になってくれればよいと僕は窓のそとに心をくばりながら、しかし、つめたく苦い酒をのんでいたが、ふと、おもいだして、

「君の名前は何というのかい？」

というと、彼女は即座に「妙な名前だけどね、忘れないでおくれよ、雲右衛門というのさ」と言った。

僕はなま返事をしながら、ちびりちびり飲みはじめた。それで彼女はさきに眠ってしまったので、よし林檎の横の小さい丸い部分に林檎全体の甘味があつまっているにせよ、いないにせよ、僕はアンダスンの所謂《いわゆる》、林檎の味を知らずにとおりすぎてしまったが、しかし僕はどのように親しかった「おんな」よりも、あの雲右衛門の切ない思い入れをひょっこりおもいだすことがある。

春風堤

春風や堤長うして家遠し――という蕪村の句ほどわが家の眺望にぴったりしたものはない。岡橋の袂から音無川に沿って、樹立のふかい五、六軒の家並をとおりすぎると、左は底の透けて見える川筋であり、右は田圃が点々と人家をうかべて、はるかに街道の手前までひろがっている。

　それが私の家の窓から眺めると、視野を遮るものがないので、ゆるやかな弧を描く堤防がくっきりとうかびあがり、歩いてくる人の姿がみるみるうちに夢のような翳を刻んで美しく自然の中に溶け込んでしまう。人も馬も犬も車も、ひとたびこの人生の花道にさしかかるとたちまち現実性を失って一幅の画面の中に形を没してしまうのである。わけても早春の朝、そよ風を背負って歩いてくる人の姿が古風な色彩を湛えてしっとりと眼にうつるのは、靄が低く大地の上に仄々《ほのぼの》と流れているからであろう。秋になると春風堤は秋風堤に一変する。春の爽かさにくらべて秋の寂寥はわびしく悲しく、前にはどのような人の姿を見ても愉しく晴れ晴れと心を唆《そそ》るように思われたのが、誰も彼も深い悩みを懐《いだ》いて遣瀬《やるせ》なく物思いに沈んでいるように見える。人や物のかたちだけではない。灯かげが一つ動いてくるのをじっと見ている心にさえ人の世の哀れさが泌《し》みついて、喰い入るような味気なさにわが身もあの闇の底に吸い込まれてゆく灯かげとともに滅びてゆくような絶望感に胸を締めつけられる。楊柳長堤《ようりゅうちょうてい》ようやく暮れたり、という心ゆたかなかんじは晩春初夏のひとときに限られ、何処からともなく風に舞い落ちる落花のおもむきは、春にして草木ふかき音無川畔の黄昏に生くる日の嘆きを封じ込めているのである。

馬込村

馬込村の時代を回想しているうちに「低迷期の人々」（大正十年改造社出版）のころのことを思いだした。時代的にいえば、馬込村では、ほっとひと息ついたというかんじである。とにかく一応生活は安定していた。

その二年前、郷里の吉良町にある実家が没落し、実兄がピストル自殺をしてから、学資をうる道を失った私は、石橋湛山氏の好意で東洋経済新報社に入社し、それからまもなく堺枯川先生の「売文社」に移った。売文社の中核体ともいうべき社員は、堺先生のほかに、山川均、荒畑寒村、高畠素之の三人だったが、山川、荒畑両氏の入獄中、高畠を中心とする国家社会主義運動が台頭し、売文社はたちまち国家社会党の策源地に一変した。私は学生時代から、社会主義というよりも、むしろ大杉栄の「近代思想」の影響をうけていたが、このころの思想系統は、はげしい弾圧下にあってほとんど乱脈をきわめ、人間関係の推移もあしたにゆうべをはかることのできないような複雑きわまる様相を呈していた。「低迷期の人々」はその当時の内部混乱と人間関係の崩壊してゆく経路に取材した小説であるが、まもなく、私はひとり東京をはなれて放浪の旅にのぼった。毎月百円ずつ山本実彦氏（改造社々長）が支出してくれる契約が成立したからである。私は最初土浦の宿屋に落ちついていたが、隣の部屋から毎晩のように中年すぎた男女の嬌声が聞こえてきて終夜眠ることもできず、とうとう一月あまりで潮来へうつった。潮来で二月ちかく過ごしているうちに、最初から計画していた「低迷期の人々」を完成するために茨城県の湯ノ網鉱泉に立てこもることになった。湯ノ網はそのころ、岡倉天心の家のあった大津海岸から一里ほどはなれた山の中にある。

　ここは自炊の湯治客が多く、漂泊の芸人やドサまわりの役者なぞもいて一風変わったふんい気の中にまぎれこんだ私は、うかうかとひと夏を過ごしてしまった。

　私は風変わりな仲間といっしょに起居を共にしていたが、東京の山本氏との契約期間である半年は早くも過ぎようとしているし、東京からは矢のような催促の電報が来る。とうとう、そこに居たたまれなくなった私はついに意を決して湯ノ網で知り合いになった鈴木という青年から福島県に閼《あ》伽《か》井《い》岳《だけ》という、海から竜灯がのぼるという故事のつたわっている山のあることを聞き、そこへ立てこもる決心をした。この鈴木氏が、それから二十余年後に上京して私をたずねてきてくれたが、彼はそのとき早くも県内の有力者であり、赤井村の堂々たる村長であった。

私はこのとき、すでに一文なしになっていたが、いよいよ登山を決意したとき、当時「改造」の編集長だった私の友人秋田忠義（現在小原光学社長）から懇切な手紙が届き、その中に山本氏から依頼された百円が同封されていた。手紙はこれが最後の金だということを山本氏から私につたえるようにということが書かれてあった。私は鈴木君の好意で閼伽井岳の頂上のある寺まで険阻な道をウマに乗ってのぼり、寺の籠堂《こもりどう》の一室を借りて二月を過ごし、朝から晩までぶっとおして机に向かっていた。悲壮な気持ちだったが原稿は完成しなかった。そこで最初の大計画を一時放擲《ほうてき》して、海岸の小名浜へおり、そこの宿屋の一室で徹夜してやっと書きあげたのが「獄室の暗影」である。

四十八枚の原稿であるが、これを改造社に送ると、まもなく山本氏から速達便が届いた。感激にあふれた手紙である。私はほっとした思いで東京へ引き返した。

この作品は翌年の三月号に、谷崎潤一郎氏の「青い花」と、志賀直哉氏の「暗夜行路」の第一回の間にはさまれて掲載されることになったときいたときは心の浮き立つような思いだったが、そのころ、警保局に検閲課があって、私の作品は二十枚以上削除されたり、伏せ字になったりして、結局、満足に発表された部分は二十枚足らずのものとなり、まったく支離滅裂の作品になってしまった。結果としては悪評ふんぷんたる中に葬られたというべきであろう。

私が上海へ渡り、帰国してからすぐ御宿海岸へ落ちのびるような始末になったのはそれから後の話である。

その私を馬込村へ住むように誘引したのは上泉秀信君であるが、上泉君の紹介で私は百姓家の納屋を百四十円で買い、それを洋風の建築につくり直した。この家で、飯事《ままごと》のような私の最初の結婚生活がはじまった。小説家としても卓越した才能にめぐまれた上に、おしゃれで、気がきいた誠実な女房とともに私は五年あまりを過ごした。私は人を避けて、ほとんど外出せず、ストリンドベルヒの全集を読みふけって日の過ぐるのを忘れていた。まったく時間は夢のように過ぎていった。

「没落時代」

馬込時代は、これを明らかに二つの時期に区分して考えるのが至当のようである。

そのころから、純文学と大衆文学、私小説と本格小説といったような問題について論議はたえず繰り返されていたが、しかし、結局、生活の根本に横たわる重大な事実は、時とともに勃興しつつあるプロレタリア文芸と、みずから没落の運命に甘んじようとするインテリ作家との対立であった。

これは、決して簡単な、時代の表層にうかびあがっただけのものではなく、もっとも純粋な意味で、生きるという事実に決定的な対立をしようとするものである。

それにしても、当時の馬込村の住民ほど、時代に対して敏感なものはなかったといってもいい。みずから没落することを誇りとし、没落の中に生きがいを見いだそうとする感情が次第に私たちの生活に浸潤してきた。

広津、室生の両氏は年代的なへだたりがあったので、こういうふんい気の中にまき込まれることはなかったが、萩原朔太郎などは、むしろ私たちの先登《せんとう》に立つ老騎手であり、私はほとんど連日連夜、彼と談論するのを日課のようにしていた。

「没落時代」という雑誌の創刊が計画されたのは、それから半歳ほどたってからである。同人は、川端康成、鈴木彦次郎、榊山潤、藤浦洸、それに私の五人だった。ほかにも吉田甲子太郎君や間宮茂輔君がいたが、吉田君は没落派ではなかったし、間宮君はそのころから徐々に思想的立場が明確になり、プロレタリア文学に近づこうとする傾向を明らかにしていたので同じふんい気の中にはいても、私たちの仲間にはならなかった。

「没落時代」は、それから三号を出し、四号目に「新文学準備倶楽部」と改名した。清新なかんじにみちあふれた威勢のいい雑誌だったが、これもあと二号を出しただけでつぶれてしまった。雑誌のつぶれる前に、肝心なわれわれの生活が根こそぎ崩壊してしまったのである。その先鞭をつけた——というよりも自然発生的に家庭生活が混乱に陥ったのは萩原朔太郎である。彼は孤剣飄然と馬込を去っていった。

こういう影響の及ぶところは、もはやどうにも防ぎようはなく、まもなく私の生活の上にも重大な変化が起こった。

私は以前に川端康成といっしょに伊豆の湯ヶ島で半歳あまり暮したことがあったが、その翌年（昭和二年）広津和郎を誘ってひと夏を湯ヶ島の宿屋で過ごした。これが偶然の機縁となって、広津氏を中心に梶井基次郎、三好達治、淀野隆三らの若い作家や詩人があつまってきた。萩原朔太郎も単身私をたずねて乗り込んでくるし、場所を変えただけでここに馬込村のふんい気につながる人間関係が大きくもりあがってきた。

青春というものは、自分をどんなにみじめなところに突き落としても、決して不幸にはならないものである。そのころの私の生活は乱脈をきわめているどころではなく、まったく支離滅裂だった。それにもかかわらず私は常に余裕しゃくしゃくとしていた。しかし、一見、なごやかで健康にめぐまれていた私の家庭生活もとうとう破滅にひんするときが来た。私はそのころ、久しぶりで「河鹿」「鵜飼の巣」という二つの短編を書きあげたが、この作品のために巨大な生活の犠牲の払われたことを否定するわけにはゆくまい。

私の家庭生活が最終的な段階に達したころには、始終私の身辺のことについて心配していた榊山潤が糟糠《そうこう》の妻とわかれて、だれに相談することもなく彼もまた馬込村の旧居を去り、あたらしい恋人といっしょにどこかへ姿をくらましてしまった。

私は私で、馬込村の家にひとりでしばらく暮らしていたが、そのころ、広津さんは老母のためにつくった豪徳寺の家の新築工事が終わるとすぐにそっちへ引っ越し、川端康成も上野桜木町に移っていたので、もう馬込村に残っている私たちのふんい気につながる友人は保高徳蔵さんと秋田忠義氏（元改造編集長）くらいのものだった。その秋田君が、ある晩、自分の買った土地も、自分で建てた家も、そのままにほうりっぱなしてどこかへいなくなってしまったのである。先日、広津氏と会い、その話が出て今更のように感慨にうたれたが、借家でもない自分の家をすてて逃亡した男はまず秋田のほかにはあるまい。

その年（昭和二年）の秋、東京市内を転々とうろついていた私は十二月にはいってから、雨のそぼ降る晩、一人の女と芝口の四つかどに傘をさして、しょんぼり立っているところを偶然、うしろから歩いてきた川端康成に肩をたたかれた。無口な彼はあまり余計な口はきかず、すぐタクシーをとめて私たちを、そのころ霊南坂上にあった山形ホテルへつれていった。

没落主義に関して

(一)「没落主義」は決定的命題ではない。従って「没落主義」はニヒリズムの変名ではない。政治上の革命理論と、貴族主義文学論とに挟撃《きょうげき》せられて方向を失いつつある在来のニヒリズム（自然主義の時代から幾つかの流派の階梯を辿って今日迄《まで》発達してきた文学的理論の主要なる要素としての）は、われわれ没落主義者にとっては全く無用の長物である。それにもかかわらず、「没落主義」はニヒリズムから出発してきた一つの思想である。「没落主義」はニヒリズムの中へ陥没する思想ではなくて、ニヒリズムを跳躍しようとする思想である。

(二)「没落主義」は「革命理論」に随伴する思想ではなくて、「革命理論」を克服する思想である。インテリゲンチュアの没落については、その時代的必然と方向とについて、既に幾度かの機会において論じてきた。「インテリゲンチュアの没落」は今日においては政治的、あるいは経済的な意味において重要なる時代的課題であるとともに、インテリゲンチュアの中に発生した文学にとっては、最も致命的な問題を提供する。

(三) そこで、「没落主義」はインテリゲンチュアの宿命観、――神秘的なるもの、浪漫的なるもの、すべて前時代の情熱に属する文学的要素を一蹴することによって将来のインテリゲンチュアに対して新しい生活理論を暗示することに、一つの情熱を感ずる。インテリゲンチュアの生活に付随するペチブル的情緒を剝脱し、破壊し、更改することにおいて、文芸の、否、文芸のみが果し得る歴史的使命を果そうとするのである。だから、「没落主義」がインテリゲンチュアの崩落を静観し描写することにのみ存在する過渡期の情熱であるという考え方は、「没落主義」の真髄に徹する能わざる一知半解の囈言《うわごと》であろう。「没落主義」は傾きつつある階級層を支えようとする反動的心理の上に立つものではない。傾斜面の思想ではなくて尖端の思想である。

(四) だから、マルキシズム文学が政治的理論の中に展開し政治的理論を具体化しようとするところに文学的情熱を喚び起しつつある意味において、「没落主義」は政治の拘束から離れた文学的衝動に終始する。然《しか》し、政治的でないということは断じて反民衆的であるということではない。「没落主義」はすべての社会現象、――社会的（あるいは政治的）事実を革命理論に迄《まで》みちびくために文学的な解釈を加えようとするのである。政治と文学との本質的な相違は両者の離反ではない。

（五）この過渡期においての時代的課題に解答を与えようという要求は、今日においては猶未《なお》だ一つの要求として残されている。「没落主義」が決定的命題ではなくて、動きつつある情熱であることは今日においては仕方がない。その意味においては「没落主義」という名称も一つの便宜として存在するだけである。没落主義とニヒリズムとの問題、没落主義が決定するインテリゲンチュアの将来性、その他、等々の問題について、没落主義は基礎的論理を確立しなければならぬ。この雑誌の創刊が、従って、没落主義の宣伝と同時に、否ある意味においては、よりも以上に、文学理論の統一のための討論に重点を置くことは充分理由があるであろう。本号に掲載した浅見、雅川、伊藤、久野、諸氏の、わたしの「没落論」に対する意見はそれぞれの立場において代表的なものであり、「没落主義」の仮説的命題に対して、理論的展開の上にいろいろな暗示を与えられたことを感謝する。（その一々に亘《わた》っては思索を新にした上で反駁《はんばく》と釈明とを試みることを許していただきたい）

（六）「没落時代」は今日未だ同人雑誌ではない。ある時機において一つの結合の形式をとることがあるかも知れないとしても、しかし当分は混沌たる星雲状態のまま氾濫し、進行することが最も合理的であると信ずる。

解　説

七北数人

尾﨑士郎に「没落時代」というタイトルの小説はない。士郎が血気さかんな青年期に創刊した同人誌の誌名が『没落時代』だったのだが、本書に収めた作品群にはこの言葉が実にしっくりと合う。というより、尾﨑士郎という作家は終生、この言葉に取り憑かれ、没落する感覚を創作の源泉にしていたようなところがある。

本書冒頭の「滝について」はまさに、没落主義宣言ともいうべき短文で、決意の激しさ、潔さが文章の全部に満ちあふれている。決意が〝詩〟へと昇華された稀有の美文に、思わずためいきが出る。

「私の心は幾度びとなく滝とともに没落した」

しかもその没落は、英雄の旅立ちさながら「最早回顧的な感情の片影をすらも止めていない」。傷つきやすく繊細、かつ勇猛な野心と夢に満ちた、青春の得がたい瞬間がみごとに定着されている。たった一文だけでも、士郎の文学的出自が窺われる。「滝について」が書かれたのは、一九二七年春から夏にかけて、川端康成のすすめに応じて伊豆湯ヶ島に滞在中のこと。毎日、浄蓮の滝を眺め、川端や萩原朔太郎、梶井基次郎らと交遊していた。

それから数年後、士郎が川端らと新興芸術派を興したことは、文学史年表では必須の記載項目だが、一般にはあまり知られていないようだ。むしろ意外に思う人が多いのではないだろうか。

尾崎士郎といえば「人生劇場」であり、それ以外の作品が読まれる機会さえ失してしまった感がある。それも多くは映画から作られたイメージで、戦前なら山本礼三郎、戦後なら鶴田浩二と高倉健が主演したシリーズが人気をよび、任侠小説を書く人と思われている。

「人生劇場」の原作は、自伝的エピソードをちりばめたビルドゥングスロマン（教養小説）であり、主人公が場面ごとに変わっていく群像劇なので、どういう作品かと一言ではくくれない。確かにヤクザがらみの話も少なくないし、飛車角がたった一人で何十人もの敵を打ち負かすシーンは圧巻の迫力だが、飛車角の登場は第三部「残侠篇」以降である。第一部では実家の没落と早稲田での学園闘争、第二部では爛《ただ》れた女性関係がメインに描かれ、作品全体からみれば任侠場面は一要素でしかない。

しかし「人生劇場」一作のために、士郎は生前から今日に至るまで、さまざまな誤解と偏見の目で見られ続けてきたように思う。

戦後、文学者の戦争責任が問われた時、真っ先に士郎の名前が挙がったのは、従軍作家として何度も戦地に駆り出されたせいもあるが、一つには任侠の徒、右翼に仰がれる作家というイメージもあずかっていただろう。

戦前から士郎と親交の深かった坂口安吾は、終戦直後、戦犯追及の噂を聞いてすぐに駆けつけ、あの手この手で士郎を応援した。あの手の一つが、安吾の編集による尾崎士郎短篇集『秋風と母』の刊行だった。刊行までの経緯を語ろうとすれば、ゆうに一冊の本になるぐらいの材料がある。奇観ともいうべき交友の形がみえてくる。それらはまた別の機会にゆずるとして、その跋文に曰く——

「この短篇集の小品はこれは又北原白秋の初期の詩の如く絢爛可憐また健康ではないか。彼の文章上の豊艶多彩な才能の一端はこゝに花さき溢れてゐる」

「鬼面人を驚かす病的なものは微塵もなく、素直で、豊かで、香気と悲しみにみち、年少多感の詩嚢《しのう》からちょつとこぼれた数滴のすぐれた魂の香りを遺憾なく花さかしめてゐる」

収録作品は「春の夕暮」「海村十一夜話」「三等郵便局」「河鹿」「鶺鴒の巣」「鳴沢先生」「蜜柑の皮」「落葉と蠟燭」「秋風と母」の九篇。

「春の夕暮」のみ戦争末期の執筆で、他はすべて一九三四年までの初期作品である。「健康」が強調されているあたり、やはり「人生劇場」のイメージ払拭の意図もあったのだろう。実際には、没落の運命が背後からひたひたと忍び寄ってくるような不穏な気配が随所にあって、「健康」とばかりは言えない、そこが大きな魅力にもなっている作品群だ。

本書ではまず、『秋風と母』は全部収録することとした。これに加えてもう一冊、戦前刊行の作品集『鶺鴒の巣』からも多くを採った。「滝について」を序文に収めた、これも名品の宝庫である。

おおよそ年代順に並べてあるが、しぜん『没落時代』創刊の一九二九年を中に置いた前後数年の作品が多くなった。優品と感じたものがこの時期に集中していたからである。また、本書の後半は「人生劇場」の青春篇・愛慾篇・残俠篇（一九三三〜三六年）が書かれた時期とも重なっている。いわば、いちばん脂ののりきっていた時期といえる。

しかし意外なことに、相当多くの秀作が講談社版『尾崎士郎全集』には収録されなかった。没後刊行された全十二巻の全集だが、戦前の『尾崎士郎選集』（これも全十二巻）に選り抜かれた短篇もかなり省かれており、「人生劇場」でさえ半分も収められていない。ごく初期の長篇や短篇はおろか戦後の代表的長篇「雷電」も入っていない。取捨基準が全く見えない不思議な「全集」であった。この全集の不備も、尾崎士郎の正当な評価を妨げる一因になっていたと思う。

本書に収めた作品をみても、巻末の「初出一覧・底本情報」をご覧いただければわかるとおり、全集未収録のものが十一篇ある。

処女作「獄中より」は、大逆事件の幸徳秋水をモデルにしたものだが、プロレタリア文学の要素はほとんどない。興味の中心は、人間の性格がまねき寄せる運命の奇異と、迫りくる死を見つめる心境を描くこと。革命なんて「享楽」だと嗤い、「地球の滅びることを信ずる」死刑囚に同化して、まるで自分の日記のように書き綴る士郎は、処女作にしてすでに没落主義者であった。

一九二一年、これが時事新報の懸賞短篇小説にて二位入選する。二十二歳での文壇デビューだ。この時、一位だったのが藤村千代（のちの宇野千代）で、藤村一五五点、尾崎一五四点と一点差であったという。

この縁により、二人は共通の友人を介して翌年末頃に出逢い、またたく間に親密になった。当時まだ、千代は夫の藤村と別れていなかったため、国民新聞などでスキャンダルとして騒がれることになる。

これに対する弁明、というより開き直った宣言が「予は野良犬の如くかの女を盗めり」である。タイトルもあっぱれな悪童ぶりだが、いかにも自由人らしい無頼な魂がよく表れていて小気味よい。「われわれは広い人生の大道を細い制度の縄を踏んで歩まねばならない」が、「踏み外ずすことによってわれわれは新らしい道徳を発見することもある」という主張など、安吾の「堕落論」のはるかな先蹤《せんしょう》といえた。

この抗弁は盗っと猛々しい、と更なる非難を浴びそうなところだが、発表の二日後に関東大震災が起こって、スキャンダルどころでなくなったのが不幸中の幸いであった。

「人生劇場」青春篇では、震災直後、瓢吉の友人が感慨を述べるシーンがある。

「いや、いや、もっとおそろしいことが起るぞ。――何も彼もひっくりかえって、おれたちは文学のことなんかもう考えていられなくなるようなときが来るんじゃないかな」

　士郎の没落志向に、震災の影響もかぶさってくる。遅かれ早かれみんな滅びてしまうものを、という虚無的な思い。それは時に、本来無一物の、自由な精神を呼び込む構えにもつながるのだが――。「賭博場へ」は、一九二二年に三ヵ月ほど上海放浪した折の体験がもとになっている。各国が領土を奪い合った歓楽と退廃の魔都上海。中華民国とソ連が革命政府をたちあげ、上海租界もキナ臭くなってきた頃だ。時代がそれこそ、没落感覚を共有していた。

　いったいどこへ行くべきか。どこへ流されていくのか――。

　ジッドの実験小説「法王庁の抜け穴」に似て、無意味な「賭け」に自分の運命を託す行為がひどく痛ましく映る。「予は野良犬の――」の中で、樽の中に住み、人の目をいっさい気にしなかった古代ギリシャの哲人ディオゲネスに対して逆説的な憧れを吐露していたが、ここではそれが手脚のない乞食への共感につながっている。最初は激しい違和だったのが親和に変わる瞬間が見ものだ。

「影に問う」は、新興芸術派の旗手として打って出る下地が十二分に表れた、詩的で不気味な作品。月明かりの道に映る自分の影が自分から断ち切れてうごきだし、エロティックで神経症的な幻想をうみだしていく。梶井基次郎の「Kの昇天」や「ある崖上の感情」をほうふつとさせるが、「影に問う」のほうが少し早い。士郎自身も手応えを感じた作品で、発表後、文芸家協会が一九二六年の傑作短篇をセレクトした『日本小説集』に収録された。それで「本」になったと数えられたせいか、士郎の作品集への収録はなく、今日まで埋もれてしまったものである。

「三等郵便局」「秋風と母」は、父と母を描いた自伝的作品。士郎は幼少期の父母や家のことを何度も小説に書いている。一家の没落にからんでいるからだ。三人兄弟の末っ子だったため、愛知県三河の吉《き》良港《らみなと》から横浜へ養子にやられた記憶は、いつまでも心に傷を残した。叔父の狂死、長兄のピストル自殺、隠された父の官費使い込み事件、一家の没落、母の自殺未遂……。すべてが悪いほうへ悪いほうへ向かっていった。思い返せば不吉な記憶はいくつもあった。暗示。運命。異変の前兆。士郎は一家の没落を自分自身の運命と結びつけ、切っても切れない因縁として心に反芻しつづけた。

文体はやはり芸術派らしくスタイリッシュなところがあって、全体に冷気が漂う感じだが、後年の「父」「母」「春の夕暮」などになると、同じ題材を書きながらも印象はかなり違う。「「生きる」ということは現実から巧みに心をそらしてゆく感情の中にだけある。われわれが認識し得るものはすぎてゆく時間であって事実ではない」

「父」でこんなふうに語られるとおり、いくらか記憶は変容し、時とともに記憶の解釈も変わった。自らの複雑な心の奥底を、士郎は不思議なものでも見るように静かに見つめている。「母」では叔母との対照により母恋いのテーマがより前面に出ているし、「春の夕暮」では、叔母の印象もさらに生き生きと立っていて、幼少期のあらゆる事どもが懐かしく回想される。テーマや角度はそれぞれ違っても、どれも哀傷深く、はらわたにしみる。

「河鹿」「鶺鴒の巣」は、「滝について」と同じ、一九二七年の伊豆湯ヶ島滞在中の名篇。川岸に不意に現れる黒いものたち、自らのうちに潜むサディスティックな衝動、月光に気味悪く光る友の目。なんでもないはずの事物が、得体の知れぬエロスを纏った何ものかへと変質してゆく。グロテスクな幻想が妙になまなましく、しかも美しい。

「山峡小記」は同じ頃の掌篇で、湯ヶ島での楽しい交友がしのばれる。本書に収めた回想「「没落時代」」

にも当時のようすが描かれているが、川端に誘われて士郎が湯ヶ島を訪れると、あとを追うように千代や広津和郎、朔太郎、梶井、三好達治らがやって来た。

一九二七年は、士郎にとってさまざまな意味で転機となった。ニーチェの「ツァラトゥストラ」に心惹かれ、朔太郎らと『没落時代』の準備を始めていた時期である。

宇野千代との夫婦生活はその前からすでに危機にさしかかっていたが、折しも梶井が千代に恋心をいだき、頻繁に千代を誘い出すようになる。千代のほうは梶井の作品に魅了され、よき友人と思っていただけだが、その後の梶井の態度が気に入らない士郎は、果たし状を突きつけたに等しい挑発を行う。これがもとで士郎は千代と別れ、梶井とも絶交状態になるが、梶井は死の直前に長い手紙をくれた。「私は彼のさしのべてくれた手を再びしっかりと握りしめることができた」と晩年の回想に記している。

この一件は士郎自身の心にも強く残り、「微妙なる野心」ほか何度も小説に書いた。

千代と別れて後は、居を転々としながら、新文学運動を開始する。

一九二九年四月に創刊された『没落時代』には、朔太郎も川端も寄稿してくれたが、半ば士郎の個人雑誌のようなものだった。巻頭にマニフェスト「没落主義に関して」（本書初収録）を置くが、内容は幾重にも韜晦《とうかい》していて非常にわかりにくい。説得する意図があまりなかったようにも感じられる。そもそもこれは論理を欠いた宣言で、思想とか主義とかいったものとは縁遠い、詩的な（私的な）感覚表現だったのかもしれない。

同じ年、やはり川端らと新感覚派のあとをうけた新興芸術派の旗揚げに加わり、同人たちの叢書刊行へとつながっていく。集まったメンバーは士郎、川端のほか、井伏鱒二、堀辰雄、小林秀雄、嘉村礒多、龍胆寺雄、舟橋聖一、中村武羅夫、永井龍男、吉行エイスケほか四十名余りに上った。

『没落時代』準備期間の一九二八年夏から半年ほどは、大森海岸南の森ヶ崎鉱泉に滞在した。当時は海水浴場であり、都内有数の花街でもあった所で、小品集「海村十一夜話」はここを舞台にして書かれている。

先に、はじめの五話を「バカやなぎ」の表題で『新潮』に、残りの五話を「ポプラにかこまれた小さき海村にて」の表題で『経済往来』に発表した。合わせて十話、真っ昼間の話も多いのに「十一夜話」と呼んだのは、千一夜物語にひっかけたのかもしれない。

都内の話とはまるで思えない南国ムードが漂っている。中身は、花街らしい痴話・情話が多く、強姦・殺人までいろいろと起こるのだが、猟奇的な色合いはうすい。あわあわと夢のポプラ並木を踏み迷う気分で読めてしまう。

鉱泉を去って後は墓地の中の家に下宿したり、鵠沼海岸や都内のホテルに滞在したり、流寓の末、一九三〇年夏からは大森山王の薩摩琵琶師の借家に転居した。

「秋日抄」は、家主の琵琶師玉仙老の実像を畏敬の念をこめて描いたもので、「落葉と蠟燭」はこれに物語を加えて脚色したもの。落魄《らくはく》への共感がこもり、尾﨑士郎文学の本流ここにあり、と感じられる。

「平家物語の一節であるということがだんだんわかってきた。雨の日の午後の空は夕方のように暗かった。眼をとじてきいていると歌詞の中の、ほのぼのと漂ってくる夕闇を縫って行方も知れず落ちてゆく、敗軍の鎧武者の姿がはっきりと椎名源六の幻覚の上にうかびあがってくるのであった。馬のたてがみが風にもつれ、汀づたいに枯蘆をふみならすひづめの音がどこからともなく聞えてくる」

「上島佐一は玉仙に陶酔していたというよりも、むしろ落ちぶれた師匠につかえている彼自身の姿に陶酔していた」

これだけの引用でも、尾崎士郎とは何者であったか、よくわかると思う。

短文の「酔抄記」「秋情抄」「林檎」などにも、あてもなく流浪に身をまかせる自分の、少しうらぶれた心境がよく描かれている。出逢う人たちへの哀惜《あいせき》の思いがにじみ、夜道にともる灯影のあたたかさが感じられる。

一九三〇年末に発表された「鳴沢先生」はファルス仕立てだが、ここにも奇態な自由人たちの姿が活写されている。ここでの無銭（無線＝ラジオ）飲食のエピソードは、のちに「人生劇場」青春篇で黒馬先生と吉良常の出逢いのシーンに使われた。

「獄中より」以来、大逆事件のことは折にふれ、さまざまな角度から小説化したが、その一つの到達点が「蜜柑の皮」である。人物名はみな変名だが、被告たちの死刑執行当日のようすを描いたもの。ひらがなを多用した、教誨師の古体な語りで進んでいく構成は、谷崎潤一郎がこの数年前に書いた「盲目物語」や「蘆刈」の影響だろう。そして同性の「あのひと」への熱い敬慕の念があふれでる様は、後年の太宰治「駈込み訴え」の先取りでもあった。文章、内容とも間然するところのない傑作。

なお初出誌では、作中の日付が幸徳秋水の死刑執行日と数日ずれていたが、戦後の『獄室の暗影』以降の単行本では、士郎自身で日付を訂正している。創作だから秋水の事跡と合わせなくてもよいわけだが、作品内の前後の日付に齟齬があったので、本書でも訂正版に従って日付を直した。

「俠客」は、「人生劇場」残俠篇の連載が始まる四ヵ月前の作品。エッセイ「『人生劇場』談義」で「飛車角は、私の友人である石黒という「やくざ」の話をきいて、数日間、想を練っているうちに、作者の頭にひとりでにうかびあがってきた人物である」と書いているが、この「俠客」の主人公房吉こそが石黒だったかと思われる。やくざなのに惚れ惚れする、いい男だ。こんな男と出逢ってしまったら、小説に書かざるをえない。飛車角の造形も見事だが、原形となる房吉も負けていない。

『人生劇場』青春篇・愛慾篇・残侠篇上下の四巻は、盟友川端の『雪国』とともに一九三六年度の第三回文芸懇話会賞を受賞した。

一九三七年以降は、従軍記者となって戦地を転々とすることになる。同年十一月に刊行された『悲風千里』序文で、「秋風に鳴るプロペラの音は私の心の中で蕭条《しょうじょう》と鳴る風の哀れさに一変する」と書き、「敗残の谷底から聞えてくる若き魂のあまりにも人間的な呻き声」に耳をすましていたと記している。

どこにいても、どんな時世にあっても、士郎の没落に寄せる哀情は変わりなかった。

一九四四年十月、伊東へ疎開。長い放浪はここで終わるが、「春風堤」に描かれた心境はやはり同じようである。否、戦争を経ているぶん、喪失感は増している。

「わが身もあの闇の底に吸い込まれてゆく灯かげとともに滅びてゆくような絶望感に胸を締めつけられる」とは、惻々《そくそく》として心の翳もいっそう濃い。

晩年の回想文「馬込村」と「「没落時代」」は、本書収録の作品群が書かれた背景を知るのに好適なもの。大学では早稲田闘争のリーダーとして活躍しながら売文社に勤務、社会主義の概説書も二冊著していたし、デビュー当時は、『資本論』翻訳中の高畠素之の家に居候していた。まるでバリバリの闘士然とした経歴だが、その実、早くから運動になじめぬ思いを感じていたようだ。運動家ほど野心や権力志向が強く、内部には憎悪が渦巻いていてやりきれなかったと士郎は別のエッセイで回想している。

懸賞入選後すぐに、書き下ろし長篇『逃避行（低迷期の人々 第一部）』が刊行できたのはプロレタリア文学の新人と目されたからだが、この長篇は「人生劇場」の原形で、題名が象徴するように、社会主義に対する幻滅が描かれ、運動家たちの分裂状態が暴露されていた。文壇の話題には一切のぼらず、運動家たちからの非難ばかりが集中した。刊行後まもなく上海へ旅立ったのは、名目上は「取材」でも、その実「流謫《るたく》」の思いがあったにちがいない。

士郎の半生は放浪に次ぐ放浪だった。だからこそ、人のやさしさがひときわ胸にしみる。回想の末尾に現れる川端の無言の友情を、士郎は死ぬまで大事にしまっていた。

初出一覧

滝について㈠＊　（初出不詳、一九二七年頃）
獄中より㈣　『時事新報』一九二一年一月四日
予は野良犬の如くかの女を盗めり＊　『読売新聞』一九二三年八月三十日
賭博場へ＊　『文藝春秋』一九二三年十一月
影に問う＊　『新小説』一九二六年八月
三等郵便局㈠　『新潮』一九二六年八月
秋風と母㈡　『新小説』一九二六年九月
山峡小記㈤　（初出不詳、一九二七年頃）
河鹿㈠　『新潮』一九二七年九月
鶺鴒の巣㈠　『新潮』一九二七年九月
秋日抄㈤　（初出不詳、一九三〇年頃）
鳴沢先生㈡　『文藝春秋』一九三〇年十二月
微妙なる野心㈠　『作品』一九三一年三月
酔抄記㈤　『三田文学』一九三二年七月
海村十一夜話㈠　『新潮』一九三三年九月、『経済往来』一九三四年一月
秋情抄㈤　『マツダ新報』一九三三年十二月

初出・底本

蜜柑の皮㈠　『中央公論』一九三四年四月
落葉と蠟燭㈠　『中央公論』一九三四年十二月
俠客㈠＊　『新潮』一九三六年一月
母㈠＊　『文藝春秋』一九三六年六月
父㈠＊　（初出不詳、一九三六〜三九年頃）
春の夕暮㈡＊　『文芸日本』一九四四年一月
林檎㈤　（初出不詳、一九四七年頃）
春風堤㈤　（初出不詳、一九四七年頃）
馬込村㈢＊　（初出不詳、一九六三年頃）
「没落時代」㈢＊　（初出不詳、一九六三年頃）
没落主義に関して＊　『没落時代』一九二九年四月

〈底本情報〉

㈠は『鶺鴒の巣』（新潮社、一九三九年）、㈡は『秋風と母』（日東出版社、一九四六年）、㈢は『青春記』（創思社、一九六三年）、㈣は『尾崎士郎全集』第七巻（講談社、一九六六年）、㈤は『尾崎士郎全集』第十一巻（講談社、一九六六年）、無番号は各初出紙誌を底本とした。なお、＊は全集未収録作品である。

本書の編集にあたり、原則として漢字は新字体に、仮名は新仮名遣いに統一した。また、明らかな誤記・誤植と思われるものは訂正した。ただし、当時の慣用表現もしくは著者独特の用字と思われるもの（「泌々」「無精《むしょう》」「報導」など）はそのまとした。なお、底本で伏字や欠字となっていた箇所は、初出誌や各本を対照して適宜補完した。

底本にあるルビは適宜採用し、難読語句については新たにルビを付した。

本書中には、現在の人権感覚からすれば不適切と思われる表現があるが、原文の時代性を考慮してそのままとした。

尾﨑 士郎（おざき しろう）

1898年、愛知県幡豆郡横須賀村（現西尾市吉良町）生まれ。早稲田大学政治経済科に在学中、社会主義運動に身を挺し除籍される。1921年、処女作「獄中より」が『時事新報』の懸賞短篇小説にて2位入選。同年、長篇『逃避行』を改造社から刊行。1923年、宇野千代と結婚。1927年、伊豆湯ヶ島で知り合った梶井基次郎と千代の関係を疑い、夫婦仲に亀裂が生じる。1929年、千代と別れ、『没落時代』を創刊。1933年、「人生劇場」の新聞連載開始。これが単行本になると、劇化、映画化が相次ぎベストセラーになる。日中戦争以後、従軍記者として戦地へ赴くことが多く、戦後、戦争責任を追及され公職追放に遭う。1964年、腸癌により死去。

『人生劇場』で文芸懇話会賞、『天皇機関説』で文藝春秋読者賞を受賞。戦前に12巻本の選集が編まれ、没後、全集が刊行された。

没《ぼつ》落《らく》時《じ》代《だい》

——シリーズ 日本語の醍醐味⑤

二〇一三年七月三十一日 初版第一刷発行
定価＝本体二六〇〇円＋税

著者 尾﨑士郎
編者 七北数人・烏有書林
発行者 上田宙
発行所 株式会社 烏有書林
〒一〇一―〇〇二一
東京都千代田区外神田二―一―二東進ビル本館一〇五
電話 〇三―六二〇六―九二三五
FAX 〇三―六二〇六―九二三六
info@uyushorin.com http://uyushorin.com
印刷 株式会社 理想社
製本 松岳社 株式会社 青木製本所

ISBN978-4-904596-07-4